作者・
雙生驪歌

目錄

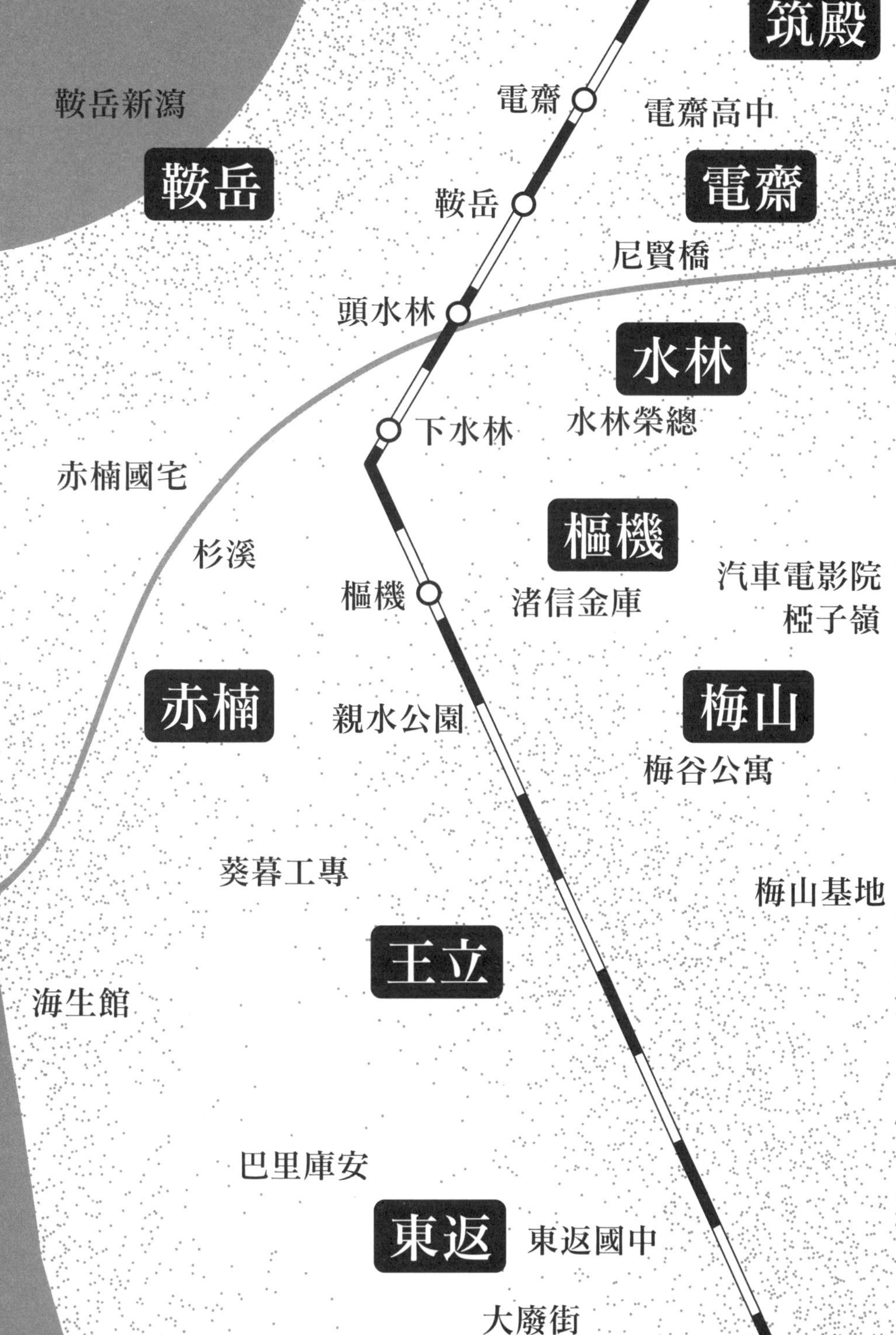
筑殿
鞍岳新瀉
電齋
電齋高中
鞍岳
電齋
鞍岳
尼賢橋
頭水林
水林
下水林
水林榮總
赤楠國宅
樞機
杉溪
汽車電影院
樞機
渚信金庫
椏子嶺
赤楠
梅山
親水公園
梅谷公寓
葵暮工專
梅山基地
王立
海生館
巴里庫安
東返
東返國中
大廢街

木咬契
（英雄名：勇者AAAA）
從異世界穿越而來的勇者型英雄，Narrative的英雄輔導員。
技能：提升等級
特點：自來熟、不會讀空氣、看起來很廢，但關鍵時刻很可靠
鼬占
（英雄名：卡牌大師·異戰王牌）
變身戰士系英雄，曾以英雄死敵身分出現，立場亦正亦邪。
技能：幸運抽牌
特點：暴力、沒有禮貌、實際上是個好人、喜歡初洗花
鹿庭
祕教·八部龍王天龍王之主祀祭司。
技能：龍王顯正（電擊）
特點：毒舌、思緒跳躍、霸氣、喜歡椴葉
椴葉
（英雄名：齊格菲）
尼伯龍根指導院的人造英雄一號，專門討伐非人型怪獸。
技能：殺獸劍（Balmung）
特點：溫柔、細心、積極、單車狂、喜歡鹿庭
初洗花
（英雄名：魔法少女·輝煌軍神）
與魔法小妖仙締結契約的變身系魔法少女，很強。
技能：可愛暴政
特點：成熟、冷靜、停止生長中、喜歡鼬占

EP. 01 E1

深麗的重黑與絕雅的純白於眼前交錯。

快點，把手舉起來，把手舉起來向其中一邊獻上聲援吧？

你可以盡情呼喊他們的名字——祈求某個人的勝利，咒詛另一個人的敗死，想成為誰的戰友是你絕對的自由。

然而務必、務必謹記，這個世界非黑即白。

你終究只能從中選擇一邊。

*

昨晚做了個關於道歉的惡夢。

他非常喜歡惡夢，惡夢對他而言更言之有物。如果記得細節，他可以拿那些破碎的象徵來思考，或許也能做點反省。他欣賞自己的大腦總能提供新奇又令人不快的素材，那肯定屬於寶貴的天分。

可惜睜開眼睛時，什麼也不記得了。

「唔——」

短暫遲疑後，鼬占發出了嗚咽一般不爭氣的呻吟，手肘支撐著上半身的重量緩緩從被窩裡坐了起來。

腦袋還很混亂。

輕薄的棉被從身上褪去。三月中旬，晨間的寒意擁抱了他。全身關節猶如浸泡瀝青，傳回駑鈍的負荷感。

鼬占像某種修長的動物般彎屈身體，清晰的脊骨曲線暴露出來，一陣酸楚伴隨著伸展的舒爽，沙啦沙啦滲入肺臟。

也許太早開始裸睡了，夏天什麼時候才要來？

他瞇著眼從枕頭底下取出手機，解開螢幕確認時間：七點四十分，比預定早了許多，再耍賴一下也無所謂。

點掉來不及響的鬧鈴，拇指很自動地移向了社群網站的應用程式。幾則沒印象的消息羅列於首頁，圖片和字符交錯著浮了上來。

「……呵，白痴。」

雖然處於初醒的茫然中，但看到螢幕上、因為咬了主人而被巴頭的貓咪，他仍然反射性發出了真誠的嘲笑。然而也僅止於此，貓咪影片跟隨著其他貼文，很快被向上滑掉了。

多虧那頭愚蠢的畜生，感覺精神恢復了不少。鼬占轉身下床，將手機隨意擱在玩具的紙盒上。

跨過凌亂的地板，踏進浴室點開燈。喀喀響的換氣扇暴露出設備的年久失修。電齋一帶的戰前公寓都長得差不多，又老又便宜。

鼬占扶著水槽，瞪向梳妝鏡中的倒影，隨即狼狽地撥掉了黏在肩膀上的塑膠碎屑。每次修剪模型玩具的注料湯口，這些尖尖的小垃圾老是掉得滿地，跟落髮和頭皮屑混在一起。

他揉揉皮膚上的壓痕，每日檢查肌肉（1／1）。

距離戰爭結束差不多正滿一年，最近日子過得很安寧，不怎麼打架，體態的維持也有點鬆懈了。

他突然想起了椴葉的事情。

身為科學改造人的英雄齊格菲，鼬占見過他的裸體幾次。若鋼骨俠擁有人類最硬的身板，那椴葉則掌握著人類最美的肌肉。不僅是力的化身，還受到美神的青睞，一舉一動都散發著英氣。

路加福音不是寫著親吻耶穌的腳趾使人赦罪嗎？把椴葉的奶頭當成按鈕按下去，搞不好能把清水變成紅酒。

改造人真神祕。

相比那些充滿夢想的姿態，鼬占的肉體呈現的則是功能性。

為了承受變身的反動——更準確地說，是為了克服「西洋棋銀河」那件早已不屬於自己的變身手鐲，他才一路將體質鍾煉至此。

真滑稽。

自己的整個人生，原本全是替西洋棋銀河準備的。

「咳。」鼬占乾笑一聲，取來捲毛的牙刷，擠上牙膏，嘩沙嘩沙地折騰了一陣子，將泡沫吐進水槽。

盯著混雜了一點粉紅色的白沫緩緩流逝，他突然感到一陣沮喪。

「……再怎麼努力，牙齦也沒辦法鍛鍊啊。」

不覺得魔裝操者很讓人洩氣嗎？

即使披上密密麻麻的鎧甲，腦子也不會改變。只靠單純的變身，到頭來什麼煩惱都解決不了。

魔裝就像火車那樣無聊的東西——很久以前某個朋友曾說過：

想著「要回故鄉探望父母」的人會搭上火車，下定決心「要看遍各地風景」的人會搭上火車。但懷抱著「要把世界上所有搭火車的傢伙殺光」念頭的人，肯定也會搭上火車吧。

邊回憶著，鼬占再次將嘴裡的薄荷氣味漱洗乾淨，對著鏡子扯開嘴角，摸了摸發疼的牙齦。

——咿。他咧嘴，確認自己的表情沒有問題。

平凡的一天開始了。

＊

回臥房時，鼬占才注意到玩具紙盒上的來訊通知。

他拾起手機檢查「納拉通」。聯絡人名單寥寥列著五枚大頭貼：木咬契、椴葉，學校社團的群組，以及納拉 Soul 宅物店的官方帳號，依序排在後四位。

第五張頭貼是某處草原的風景。鼬占有點忘記那幅景色在哪了，大概是土耳其或喬治亞吧？君山難民營附近的野地。

他點開聊天室，確認訊息。

↓起床，我到了。

「哼。」還真是簡單粗暴的五個字，鼬占不禁發出冷笑。

對方多半發現被已讀了，又傳了張山羊寶寶吃枕頭的貼圖過來。

鼬占能輕易去想像這個小舉動背後的意圖。她肯定猛然意識到了前面的訊息很生硬，想拿貼圖緩和一下語氣。

「妳是貓嗎？咬完人還補償性地舔幾下。」

鼬占很難壓抑住嘴角的笑意。做為小小的無聊的報復，他一個字也沒回，熄掉手機，故意放她一個人去乾焦急。

花上整整二十分鐘，他慢條斯理地整理頭髮、把手鐲塞進背包，換上外出服，才溫吞地拎著鑰匙出門。

房外的走廊狹窄且封閉，盡頭掛著褪色的換氣扇，光線從扇葉縫隙間落下，即使如此周圍仍舊飄著淡淡的霉味。

鼬占聳起肩膀，喀答喀答通過低矮的樓梯，先是扔了垃圾，才拿磁扣解鎖公寓大門。

短短的階梯三步向下，門前橫著習以為常的住宅區內巷。

高聳的樓牆遮去天空，鉛灰色調之間錯落著各式符號——路面上僵硬的白線、變電箱的警語，以及電線杆上用褪色貼紙寫著的、將有誰會降臨來拯救一切的承諾。

那根電線杆下方，差不多剛好是天父愛你的「愛你」兩個字下面，並不愛任何人的初洗花正坐在摩托車上滑手機。

蘭美達？

上週才聽她說牽到第一輛車了，沒想到居然是這種貴族廠牌。

察覺到鼬占推開鐵門，初洗花立刻抬頭望了過來。她踢落側柱將摩托車立起，彎腰跳下坐墊。

「為什麼不回覆啊？」對方鼓著臉頰，將雙手插在腰上問。

肯定沒在生氣或什麼的，但由初洸花來問就有種謎樣的壓力。

颱占聳了聳肩：「新車很好看。」

「寺丁桂女士送的，說是慶祝我成年的禮物。」

「哼，真是大手筆，她就那麼想討好妳啊？」

「我查到價格的時候也嚇了一大跳，畢竟我不太懂這些。然而想拒絕已經來不及了，早知道提前問問她的打算。」

初洸花苦笑著，輕拍坐墊。

水藍色的車殼散發出新穎的個性。車身沒有多餘的裝飾，貫徹機能美的同時，卻擁有柔和的弧線。造型非常舒服，彷彿能僅憑視覺感受到公路上的微風。

「看，是我的顏色。」初洸花用指節敲敲車殼說。

「好好保養，也許會升值呢。」

「才不賣，我要把『瑪蒂露妲號』用到徹底解體為止。」

「取那什麼蠢名字，又長又拗口。」

「稍微追求一點英倫浪漫哪裡礙到你了？」

「再過兩個月妳肯定就後悔了，以後我只要說出『瑪蒂露妲』四個字，妳就會羞恥到想把它賣掉，我很清楚因為我也有過青春期。」

「都說不賣了就是不賣。」

命名品味居然被恥笑，初洸花露出了不以為然的表情：「話說回來，你打算穿這樣去會場？」

「嗯？有什麼不好嗎？」鼬占低頭瞟了一眼身上的衣服。

他披著質樸的軍裝外套，敞開衣領露出內襯的樂團T恤。相對的，初洗花則是白襯衫，搭配氣質更正式的鼠灰色西裝外套。長髮如往常般束起綁成馬尾，瀏海整理得很乾淨，畫了淡妝，讓她的表情比平時更加穩重，或者說，成熟了少許。

總覺得這時才真正意識到，眼前的學姐已經是「成年人」了。

「不然，」鼬占支吾了片刻：「妳再等我個十分鐘？」

「沒關係啦。」察覺到他眼神裡的困窘，初洗花連忙搖搖手讓他別介意：「你穿正裝搞不好很像黑道，現在比較好。」

「嗯，上次穿西裝，我確實就被別人說了像黑道。」

「上次？」

「老爸的告別式。」

「……」初洗花感覺舌頭卡了一下。

遠在三百日戰爭前，魔裝操者們曾經深陷於世界的陰影廝殺不息。羅修羅公司的研究者黑博士，同樣葬身於那場祕密戰爭中。

看初洗花好像有點腦袋堵塞，鼬占兩手一攤：

「衣服沒問題的話，我們就出發吧？」

「喔、嗯，說得也是呢。」

初洗花動作有點笨拙地拿鑰匙將坐墊掀開，取安全帽交給鼬占。她頭頂此時已經沒有寫著「愛你」的貼紙了，換了個位置，變成外籍新娘的「新娘」兩個字。

「你戴這個。」

「謝了。」

鼬占接過西瓜皮安全帽，不禁莞爾。

絕對找不到比「英雄的安全帽」更窩囊的工作了吧？且不論魔裝操者，魔法少女可是以幾馬赫速度來去天際的破格存在。

「怎麼了？你在笑什麼？」

「啊～沒事。」

鼬占不置可否地回應，戴上安全帽扣起綁帶。他其實不太擅長應對這種半吊子的保護措施、彆腳的溫柔體貼。

如果有人能跟自己一起嘲笑死去的王八蛋老爸就好了。

*

從電齋出發，騎市區穿越水林，不通過樞機改走外環往王立。即使選擇了最簡潔的路線，整趟行程也耗上近一個半小時。

王立再向南深入，很快便會進入一片戰後殘骸。幅員廣闊，巴里庫安或鄰縣的桅帆都囊括其中。而首當其衝的城區遺址，名為「東返大廢街」。

廢墟地帶對多數英雄不成阻礙，去年年底替椴葉助陣、跟祕教幹部對峙時，鼬占也是跑直線穿行。但普通人不同，除了坍塌路障，還會碰上零星的遊盪者與野獸，有常識的旅客通常會選擇由鐵路通過。

兩人今日的目的地便是東返。

準確來說，是位於最外圍、廢校兩年的東返國中。無論初洗花或鼬占都不曾造訪過，必須靠電子地圖慢慢尋路。

週六早晨的路況還算舒緩，但進入王立後，車流也逐漸湧現了。初洗花的騎行一直保持在時速三、四十公里。加上街區切得很細，隔三步一個紅綠燈，走走停停有點惱人。

「王立最初設計的時候，好像參考了巴黎的城市規劃。」等在倒數中的紅燈前，初洗花突然沒頭沒尾地說：「現在看到的街道、行政區位置，都是當時制定下來的。」

「喔？虧妳還懂這些無聊的冷知識呢。」後座的反應顯然沒什麼興趣。

「聽廣播會學到很多冷僻的知識。」

「靠網路也行吧？」

鼬占端著手機幫初洗花找路，一邊懶散地回應。

他抓緊坐墊後緣的支架，保持著就算碰上急煞車，也不至於滿懷撞上駕駛的微妙距離。即使如此，對方的馬尾偶爾還是會隨風砸在臉上。

燈號再度轉綠，初洗花緩緩催動油門：「有機會的話，其實挺想去巴黎觀光呢，看看他們的城市。」

「嗯？那就去唄。」

周圍轟隆的行車聲淹沒了兩人的聲音。鼬占不得不將臉向前靠，湊到初洗花的耳邊說話。

感覺到氣息靠近脖子，她微微縮了一下肩膀：「法國也不能說去就去呀，現在隨便穿越國境會造成麻煩的。」

「誰敢攔妳？」

「做人不能依賴霸道，那種生活方式太累了。」

「妳過得太拘謹了。」

「鼬占你呢？沒有想去的地方嗎？」

「呃，我嗎——」

摩托車鑽入高聳的陸橋側道，籠罩在混凝土灰色的陰影下。穿梭於人造物間春末的寒風發出嗡嗡呼嘯。

鼬占關掉地圖，抬頭眺向陸橋邊的道標。那些陌生的地名之中，有好幾枚已經腐爛在大廢街裡了，無意義的白色箭頭格外空虛。

他思考了好久才回答：

「沒有，電齋我住得挺舒服的。」

「對電齋產生感情了？」

「也還好吧。我待的時間算不上長。」

「你以前在哪裡？」

「三岱，我原本讀三岱高中。」

「那還真遠。」

「Narrative 通知我說『從今天開始搬去電齋念書吧』的時候，我也覺得到底在開什麼美國玩笑，但三岱高中沒有別的英雄。」

「我記得電齋的錄取分數比三岱高很多呢。」

「對對對，我只考得上那種流氓學校，不用妳囉嗦。」

鼬占乾笑了兩聲。

三百日戰爭剛結束的那一年，在木咬契出現之前，Narrative 已經派人與他聯絡過——準確來說首先聯繫上了社會人銀海，才藉由銀海的關係，找到很難溝通的鼬占。

Narrative 的手意外探得很深。

「我覺得鼬占頭腦不錯啊？」初洗花打響右轉方向燈：「你只是不喜歡被別人察覺到這件事而已。」

「那妳現在提起又是什麼居心？故意戳我？」

「對，故意戳你。」

初洗花似乎忍不住笑了出來，但從後座只能看到一點點側臉。

真不曉得她在想什麼。

鼬占重新點開手機確認路線，把臉湊到初洗花耳邊：

「前面那個十字路口左轉。」

「唔、喔好。」

從微微聳起的肩膀，以及頸側的雞皮疙瘩能感受到，初洗花現在騎車仍然有點緊張。即便是她，也不可能碰上什麼挑戰都立刻上手的。

不過耳根怎麼有點紅紅的？

是上路時情緒會比較高昂的類型嗎？鼬占暗暗擔心自己的人身安全，祈禱初洗花不要突然飆起來。

「妳呢？學姐應該能考上相當好的大學吧？目標是哪一所？」

「我不打算念大學。」

「啊？」

鼬占一瞬間以為自己聽錯了。

正想著追問，他注意到摩托車進路有誤，連忙又把臉靠了上去：「等等等，別拐進右邊，繼續直走。」

——後座的氣息頻頻吹在頸背上。初洗花的耳朵正以驚人的速度浮出嫣紅。

真奇怪，現在應該算不上什麼躁熱的季節啊？

「冷靜點，油門不要抓那麼緊。」

「咿、我我我知道！」

「妳慢慢換車道就行了別動搖，嗚哇車身不要晃啊！」

「哈哇！好啦！你、你能不能稍微安靜一下！」

「女人我在幫妳指路耶？」

「那暫時別呼吸！」

「直接叫我去死也太過分了吧，我又哪裡惹到妳了？」

「呼吸！」

「學姐您是不是有路怒症啊？」

EP. 02 E2

經歷一番波折，兩人總算安然抵達東返國中。

「來得有點太早了。」

「會嗎？」

「明明半路上先吃個早餐也來得及，媽媽我好餓。」

鼬占邊嫌邊摘下安全帽，順手抓了抓頭髮。

初洗花腰桿一挺，「嘿」地用力撐起車身將中柱立上，才抽回鑰匙，與鼬占一同望向灰白的校舍群。

距離活動開始還有好一陣子，現場正在布置。幾間報社、新聞社的外勤車停在校舍旁，能看見遊走的記者忙於拍照。

廣場右半部搭起了數座半圓頂帳篷，擺著座椅。工作人員穿梭來去，但賓客倒是零零星星。

「的確，人還來不到一半。」

「誰叫妳約那麼早起？所以我才說妳太神經質了。」

「好啦別抱怨了，早到有早到的好處不是嗎？」初洗花自覺理虧，含糊地回應：「噢，看到熟人了，我過去打聲招呼。」

「慢走～」

鼬占慵懶地擺擺手，目送她快步朝帳篷走去。

周圍盡是視野開放的空曠地，寒風吹起來有些壓人。他束起大衣拉鍊，搓了搓沒有溫度的手指。

周邊的廢墟，除了幾棟評估中的危樓之外，大致都已經拆除了。空地用封鎖線或綠色烤漆浪板切分，等待重新利用，恐怕很快便會被新的建案淹沒。

學校原址則要改建為「東返戰爭博物館」。

之所以邀請了好幾名英雄，便是為了參加博物館的動土典禮。

名為「鏤銀骷髏」的空戰英雄團體曾在東返奮起。其中，骷髏四號的戰鬥機「灰鷲」被宇宙怪獸擊落，駕駛員及時逃生，墜落的機體則直接砸穿了屋頂、半嵌在國中校舍裡。

館方預定將「灰鷲」的殘骸當成主題展覽物，周邊的教室陳列戰爭期間留下的影像，輔以文字解說，設置各種學習區。

若廢街打算迎接復興，博物館肯定能建立起不錯的精神指標吧？也有助於吸引遊客、促進商業。

說到復興。

「椴葉他們倆……還沒到嗎？」

他環顧四周。

那傢伙該不會想騎自行車過來吧？不，如果由鹿庭跟著，應該會老老實實搭人類的交通工具。

鼬占邊思索著，徒勞地在人群中想找出熟悉的臉孔，一邊走向奉茶處取走一杯麥茶，輕輕啜飲感受茶水的熱度。

動土典禮以骷髏四號為中心展開，舉辦演講、鎮魂祭、餐會等等。但骷髏四號已經七十好幾歲了，沒辦法在活動上露面太久。

其餘英雄不過是陪襯——這麼說稍嫌失禮，但齊格菲、祭司鹿庭、異戰王牌、輝煌軍神，以及其他受邀的英雄們，不少人根本沒參加過東返之戰，純粹讓主辦方借點光彩、活絡氣氛。

英雄之外，來賓全是些本地或鄰區的政要人物。加上前校長和師生代表，以及最重要的：博物館的贊助者們。

「明明才發生過戰爭，還是能找到那麼多有錢人啊……」鼬占隨興地嘟囔，接著才察覺這番話有點無禮。

遠處，初洗花正在跟一名中年貴婦交談。

那應該就是寺丁桂女士？送她摩托車當禮物的傢伙。鼬占決定識相地閃遠一點。寺丁桂可是學姐的恩人，不能把場面搞砸。

鼬占本身合法持有黑博士可疑的龐大遺產，以及英雄商品的抽成，日子還算愜意。但初洗花自從雙親去世後，主要靠著由 Narrative 牽線的慈善資助經營生活，跟金主保持好關係挺重要的。

「……如果一切能順利就好了。」鼬占低喃著轉過頭去。

正是此時，他遠遠望見了停車場上兩個熟悉的身影。

「總算到了？屁股好痛。」

「唔唔，真遺憾，這可是我精心爆改的雙避震強強登山車呢。果然超高速騎行的話液壓系統也有極限——」

「椴葉，當女生表示『屁股好痛』的時候，就是在做球給你說『嘿嘿那我幫妳按摩按摩』的意思，你為什麼老是 Get 不到呢？」

「大、大庭廣眾之下別說這種話啦。」

「你需要在意的不是大庭廣眾，而是我尊貴的龍王屁屁。」

「龍王屁屁是什麼！」

「上好美臀。」

「絲毫沒有解釋到！」

「想親手測試看看我的避震效果嗎？」

「鹿、鹿庭，再怎麼說，剛才那句也有點踩線了。」

……令人脫力的情侶檔。

那邊的氣氛在另一種層面上讓人不想靠近。颱占立刻移開視線假裝不認識，一邊猛烈反省自己的社交圈。

到校舍裡面看看「灰鷺」戰鬥機好了。

跟接待員再要了一杯麥茶，他穿越帳篷區，悄悄溜進穿堂。該如何避開看守崗哨的目光，身為異戰王牌，他對這些偷雞摸狗的勾當早就駕輕就熟了。

＊

東返國中是很傳統的回字型建築。運動場、風雨操場與禮堂額外獨立。往更後方能看見新設的五層樓多媒體教室，藏在綠化帶斜後、南側門旁。

無論中庭或綠化都荒廢多時，土地的龜裂從高樓層俯瞰時更加明顯。崩碎的地磚、凹凸崎嶇的步道散發出寂寥的氣息。

安靜得嚇人。

只稍微離遠一點，活動會場的聲音已經完全聽不見了。

颱占穿過空蕩蕩的走廊，感受積塵在鞋底沙沙的不穩定感。畢竟從戰爭初期便緊急停課，教室內除了課桌等設備，什麼雜物也沒留下。走在失意的遺骸裡，每踏一步都會淺淺累積心慌的計量表。

慢條斯理地爬上三樓，颱占順著磨石的長廊來到校舍崩毀的位置。

「喔～好大啊。」

他不禁對眼前的景象發出感慨。

銀灰色的戰鬥機斜斜橫在爛掉的廢墟內。破開的外壁後頭是天空的顏色，詭異的開放感與廊內空間達成了某種異質的平衡。

越過戰鬥機，能看見另一側的室內斷面。亂七八糟的碎塊，與赤裸的鋼筋殘骸掛得到處都是。

「灰鷲」機身長近十八公尺，從校舍的破口向外探頭，會發現機尾不斷朝上延伸出屋頂，冰冷的日光落在暈白的甲殼上，如落雪模糊輪廓。

機首的進氣口留下了生化飛彈可怕的腐蝕傷痕。金屬外殼像泡棉一樣燒得萎縮，表面扭曲浮出交織的坑坑疤疤。

鼬占佇立著，靜靜感受這段被所有痕跡挽留的時間。

骷髏四號又是怎麼看待這臺「灰鷲」的呢？

恩人嗎？或者恥辱？

已經活到能用指尖去觸碰壽終那條線的年紀了，即便如此，仍舊像玩命一樣套緊頭盔、掛好面罩躍入駕駛艙。

當跑道上的指揮員高舉燈棒，用手勢傳達「允許起飛」，當骷髏四號相隔數十年歸返天穹時，那個老頭在想些什麼？

終於回到風中了？

或者，察覺到自己其實一直被宿命束縛著，無法逃走。

我最後一定會死在空中——「真是太好了」。

鼬占仰起脖子，飲乾最後一點麥茶，將紙杯輕輕擱在廢墟斷面邊緣。

雖然是隨意拋棄垃圾，但他諷刺地想：或許這個取代了敬酒的舉動，能讓自己稍微參與到灰鷺曾經的冒險時光。

正當他進行著自我滿足的小小儀式時，從身後傳來了腳步聲。

「你對戰鬥機之類的載具有興趣嗎？」

初洗花出聲招呼，也端著麥茶杯來到了身邊。

鼬占上下打量了一遍戰機的全貌，才懶懶地回應：「還行吧。如果擺在納拉 Soul 的模型櫃上，我可能會買的程度。」

「那是你的？」初洗花指著地上的紙杯。

「待會再撿去扔，我不想握在手上。」

他反射性撒了謊。

但初洗花只是點了點頭，將自己的飲料喝完。隨後，也如鼬占一同，將紙杯留在戰鬥機前。

她挺直身體，直視著灰鷺。左腳往地板一蹬，發出清脆的「喀」聲，右掌五指平舉迅速擺向臉側，行了軍禮。

「美普露特仙境，小妖仙之國，魔法少女飛行大隊三號作戰人員・輝煌軍神，向您捨付的高貴犧牲妄呈敬意。務請於榮光中安息。」

語畢，初洗花也結束了敬禮。

飀占不曉得該對此嘲弄還是附和。看她肅穆又平靜的表情，他吞吐著幾個或許恰當也格外失禮的詞彙，最後才悶著說：

「魔法少女遇到每一臺墜落的戰鬥機，都得像這樣念一遍嗎？」

「嗯？不用啊，興致使然罷了。」

「學姐您的興致可真扭曲。」

「飛上天空的東西，總有一天都要落在地上喔，飀占。之所以如此做，只是二度自我申誡而已。」

「妳對魔法少女也是那麼想的嗎？」

「什麼？」

「學姐妳，總有一天也非得落在地上不可嗎？」

「對。」初洗花苦澀一笑：「怎麼樣，想想就覺得很可怕吧？希望將來別人也會對我敬禮。」

「妳不是戰爭兵器。」飀占低喃似的，用細不可聞的聲音說。

初洗花露出微微訝異的表情，轉頭望向他。然而飀占已經別過視線，若有所思地注目著灰鷲。

「……謝謝。」她語帶珍惜地回應。

「嗯。」

鼬占有點不自在地伸手撓了撓後腦勺：「噢，妳跟寺丁桂聊得如何？她大概一直問妳怎麼長不高，要多吃點飯吧？」

「人家才不會那麼沒禮貌。」

「小心點，那種年紀的女人很容易沉迷於養生或偏方。如果妳被灌了什麼奇怪的轉骨藥湯，用飛的也要逃走。」

「說得太誇張了吧？而且我並不討厭中藥的味道。」

「哼哼，還以為妳連舌頭也還是小孩子。」

「在我眼裡，喜歡拿這種話來刺激別人的你更幼稚喔？」

「說別人幼稚的人自己就是幼稚。」

「你先開始的。」

「我有絕對防禦。」鼬占雙手交叉在胸前，比出保護罩的姿勢。

「那我……」

初洗花本來還想回懟點什麼，頓了一下才作罷：「不跟你玩了。」

「之後咧？都在談些什麼？好像講了很久。」鼬占延續了話題。

「重新討論不念大學的事情。」初洗花輕描淡寫地回答。

寺丁桂很大方，一直以來向她提供了許多照顧，以資助者而言，或許還做得過多了些。另一方面，初洗花的存在對她也有聲譽方面的助益，如同進行某些社會服務，雙方多半最終也算是各取所需。

「所以我不能拿她的錢上大學。」

「她肯定想說服妳回心轉意吧。」鼬占撇了撇嘴。

「是啊，所以反過來好好說服她，也算是我的一項義務。」況且我也不是毫無打算，初洗花說著：「畢業之後，我想盡快接觸廣播員一類的工作。」

幾個禮拜前才聽完這個打算，木咬契很快就跟業內人士牽上線了。多虧有她幫忙聯絡，幾間廣播社寄了參觀學習的邀請函過來。

這幾天也陸續發了不少作品集出去。

取得需要的資格、捕捉實習的機會、嘗試接一些額外委託累積履歷，然後爭取一份廣播社的固定工作，靠過去累積的、鑽研的技能爭取財富。

「至於念大學，等一切穩定後，我會再考慮考慮的。」

「這樣啊。」

鼬占沒什麼起伏地應了一聲。

他很清楚這是不能、也不需要插嘴的事情。相對的，更不打算魯莽地說些祝福的話語，那一點幫助都沒有。

寺丁桂搞不好同樣很苦惱。鼬占原本對她沒什麼好感，這時候卻稍微體會到旁觀者共通的踟躕了。

「要不——」

颴占想到了幾個輕鬆一點的延伸話題。嘴才剛打開，初洗花就唐突伸手扯住了他的袖子，將視線投向身後。

「颴占，那些人是誰？」

「咦？」

他順著學姐的視線看去。

校舍對側四樓的走廊，兩抹身影正在通過。普通身高的成年男性，穿著筆挺的正黑西裝、萊姆綠領帶。那身裝束要是出沒在一眾來賓中，多少應該會留下印象，但她自認沒見過。再說，普通賓客也不該踏進危樓。

向颴占徵詢意見，幾秒間卻沒有回應。抬起頭時，初洗花立刻意識到了是怎麼一回事。

颴占露出了扭曲——不，那是一張極端恐怖的表情。

魔裝操者總是將身體以鎧甲全部包覆，無法目睹他們戰鬥時的神情。但初洗花明白，當颴占升起殺意時，肯定就是如此駭人的臉孔。

那道視線除了「幹掉」之外別無他物。但他沉默並僵立著，並未採取實際行動，控制著陰暗的敵意。

「那些是羅修羅公司的現場調查人員。」他用乾裂的嗓音回應初洗花：「但為什麼在這裡？他們想找什麼？」

「羅修羅……現場調查？」

「為了確認祕密武器的實效，必須配屬監視官。換句話說，那種西裝男出沒的地方，通常就是殘殺現場。」

與迷離支裂的哀號一同出現、嘔心抽腸的嘆息一併消失。

「東返國中有東西引起了羅修羅的興趣嗎？怎麼會是今天？誘因已經遠遠超過被媒體察覺的風險了嗎？」

鼬占一面低喃，不動聲色地取出了魔裝手鐲。

西裝打扮的兩人並未留意這邊，對半暴露在牆上的「灰鷺」戰鬥機絲毫沒有興趣，只是加快腳步往樓梯口移動。

身板較高的人彎腰聳肩，正急切地拿手機聯絡。另一名矮胖的男人則焦躁地東張西望，頻頻回頭確認背後。

行跡緊張的調查者們匆忙轉過拐角，身影埋沒在樓梯間。

幾乎同一時刻——一道夾雜著嚴重失真與雜訊、空洞混濁的巨大旋律突然降臨於建築群內。

東返國中的鐘聲響了。

EP. 03 E3

騷音群起時，浮現在初洗花腦海的居然盡是些瑣碎、無關緊要的回憶，伴隨浪濤的沙沙聲響，陣陣侵襲安靜的海灘。

東返的校鈴是傳統的西敏鐘聲。好久好久以前，讀國小時也用直笛吹過那張譜，印象裡，簡譜順序是「6451、1564」之類的。

本曲最早於西元一七九三年，為英國劍橋大聖瑪麗亞教堂所作。除此之外，西敏鐘聲也在很長一段時間被ＢＢＣ英國廣播公司使用。對廣播文化充滿興趣的她，曾在某些地方讀到不少與相關的小知識。

「唔嗚，這是什麼？」

初洗花按住腦門，眉頭皺了起來。

看似淺薄，但不斷膨大的資訊正干擾著思緒。

熟悉的鐘音絲毫沒有提供安心感。旋律結尾頻頻出現供電不穩的下墜，音色扭曲、噪化，參雜刺耳的引人頭痛的嘎嘎聲。教室內的電視機紛紛冒出白光，跳閃著亂訊，同時發出重疊的嘶沙聲。校舍四下裸露的纜線也迸裂火花，外洩的電絲劈啪作響。

精神攻擊嗎？或者是某種特殊兵器造成的電波亂流？整座學校被狂歡似的噪音淹沒，甚至能感受到腳底微微的震動。

初洗花用力搖了搖頭，重新振作，憑空抽出十字星短杖。

魔法少女的變身時長有其極限，進入完全著衣狀態後更是以分鐘計。在尚未掌握局勢前，多節約一發光彈就多一分保險。因此她沒有穿上禮服，單靠短杖的性能進行應變。緩降滑翔、力場盾、低速射擊，若狀況比預料中更險惡，才會取出鈴環詠唱，徹底解放實力。

「麻煩帶我下去。」

她轉身說，身後的男高中生早已異化為渾身漆黑的英雄。

身高一九九公分、全重二一〇公斤，跳躍力九公尺、拳擊威力一百二十萬焦耳，彷彿烙印於世界一抹燒槁的枯痕，高大的變身戰士。

異戰王牌單膝半跪：「軍神，坐上來。」

「嗯。」

輝煌軍神側身，坐上漆黑英雄的左肩甲。異戰王牌輕輕扶住她的腰際，猛烈翻出走廊，縱身躍出高樓。

兩人組以如此的騎乘方式，飛速回到了動土典禮會場。

——別猶豫。

絕對不能猶豫，因為任何的遲疑，最後都跟某處生命的消逝有關。所有參與過三百日戰爭的英雄，心底都緊緊扣著這份教訓。

廣場上的一般民眾正陷入恐慌，工作人員與賓客聚集在一起，受邀的英雄們則護衛著周邊。

異戰王牌輕輕落地，將軍神放了下來。

「謝勒汗鐵狼，請帶他們到體育館避難，」還等不及站穩，軍神已經開始對其他英雄們下達指示：「找器材架設阻擋，無論如何都別遠離群眾，也不要讓他們去取車，要是出意外你會追不上。現階段專注於防守。」

「我會死死撐住的。」渾身肌肉的壯漢頷首。

轟隆！

剛劃分出保護小組，從地底深處又傳來數聲巨響。

令人膽寒的震動傳達給了在場每個人。那可不像輕度地震般溫吞的搖撼，而是持續製造著「咣！咣！咣！咣！」崩潰響聲的鳴動。

煙塵從建築與樹林後方高高竄出。難道校舍開始坍塌了嗎？依稀能聽見落石與鋼梁拗斷的雜音。

驚呼從群眾裡不斷浮出，甚至有人緊張得痛哭了起來。

「嘖，卓越飛燕小姐！」軍神取出手機，對擁有鳥類翅膀的年輕女孩說：「我們需要妳負責空中偵察，暫時請先用納拉通與我保持聯絡。搜索範圍從直徑一公里開始逐步擴展，任何騷動都要報告。」

「喔、喔喔！那我這就去！」

英雄們紛紛行動了起來，帶著無辜民眾開始轉移。

最後，軍神看向留在此處的人員。

「檀島騎警，齊格菲和祭司鹿庭去哪裡了？」

身穿皮革夾克，戴著雷朋墨鏡的壯年男人回答：「齊格菲老弟感應到南側門有異狀，早兩分鐘先一步去察看了，祭司也跟著。」

「那麼麻煩你聯絡王立的警察。」

「我負責報警嗎？」

「是的，請騎著摩托車接應他們，一路確保警員的安危。抱歉只派了你，但由你跟著警車比較恰當，自己注意應變。」

「喔喲~包在我身上吧軍神。」

至此暫且交代完畢。

初洗花點開手機，確認與所有英雄的聯繫。最後才轉向異戰王牌：

「要是齊格菲的直覺不幸命中，南側門恐怕已經開始戰鬥了。異戰王牌，請去支援他們。如果情況告急，就立刻從納拉通申請警報。」

「哼，妳等著幫忙打掃殘骸吧，我來把雜魚通通撕成碎片。」

異戰王牌冷笑一聲，轉身奔赴戰場。

＊

邪惡的變身英雄降臨於多媒體大樓後方、南側門旁時，誠如軍神所言，齊格菲正獨自一人奮戰著。

他並未穿上平時的緊身戰鬥服，身上那套挺不錯的休閒西裝已經破破爛爛，刮得到處是缺口。齊格菲則一面勉強應對四面八方湧進的殺意，一面後退至樹林邊緣，似乎已經沒有轉圜的空間。

地面裂開了。

改造人英雄此刻面臨的，是一大群從裂隙中竄出的黑色「某物」。數量想必超越十、二十頭之幅，漆黑消光的人偶。那場景宛如服飾店內的人臺一口氣全部尖叫著騷動了起來，用詭異的姿勢扭動撲來，欠乏表情的臉孔組成了無形的威壓。

喀啦喀啦、喀啦喀啦！

謎樣材質的碰撞與關節轉動的聲音不絕於耳，雖然擁有四肢與頭顱，但它們顫抖靠近的模樣更像碩大的昆蟲。

騷音深處，最不寒而慄的是，某些低沉的音波隱約能組成話語——『請饒了我吧』『不想回學校』『要是你不存在就好了』『再也沒有臉見那個人了』——耳底嗡嗡的低鳴搔癢著心神。

該死。

為什麼會有種強烈的熟悉感呢？異戰王牌暗自咒罵，在齊格菲身旁落了下來，一拳「咚！」地轟飛側方近身的人偶。

「喂耍劍的，撐不住了嗎？」

「還行！但人形敵人我很難拿捏手段啊！」

齊格菲用艱苦的語氣回應，一面驚悚地偏頭閃躲人偶的橫揮。漆黑的指尖插在他正後方的樹幹上，輕易劈出破口，大片木屑「啪啦啪啦」紛飛灑落。

雖然餘悸猶存，他仍然立刻做出了反擊：

「殺獸圓斬！」

白光磨利的圓盤斬刀將敵人攔腰切斷。齊格菲放低姿勢揮舞「殺獸劍」，把成群跳上來的人偶砍得七零八落。

藉助寶劍的強大性能，攻擊看似每次都能奏效，但齊格菲卻時不時陷入必須強行防禦、硬吃多方向襲擊的狀態。

另一方面，異戰王牌則顯得得心應手。

比起盲目出拳，他更常採取精確的踢腿。粉碎、逼退、粉碎、逼退，當對手出現大破綻，就用摔技絞住單一的人偶，壓在身下以重拳徹底打潰結構。

「對方是人形，耍劍的！」

異戰王牌一面穩紮穩打地清理戰線，一面高聲斥喝：「只要腿被砍斷就無法行走、斬掉雙手就無法抓握！」

「無法行走和抓握……狙擊對手可能採取的逼近路線，主動限制接敵數量嗎？多謝，明白了。」

「混蛋，你悟性也太高了吧。」

「但實際操作還要習慣，請再支援我一陣子！」

齊格菲振作，調整了殺獸劍的長度，改變體勢。

若要給個形容，他的戰鬥風格類似於「鬥牛士」。過去死鬥的對象盡是野獸，那些龐然巨物即便承受一點損傷，也能繼續橫衝直撞，因此齊格菲熟悉長距離迂迴，以及瞄準重大傷害的突進脫離手段。

但現場並非「逐步累積成果，靜待勝機的長期戰」，而是不斷強奪短暫的有利、與複數個體「平行發生的高速互殺」。

重新計算勝利的方程式吧。

別認為齊格菲的格鬥能力低啊，惡黨們！

「殺獸流星！」

粉碎、逼退、粉碎、逼退！

閃光之劍與漆黑的格鬥家，乘著暗流般的默契互相交換站位、慢慢推進。兩人於戰場翩翩起舞，側步、蹬步、墊步，輪替上演優雅的華爾滋舞步。

「呵呵、呵哈哈哈哈哈——!」

被腎上腺素感染的異戰王牌發出恐怖的笑聲，單手撈住黑色人偶的頭部，硬生生捏爆，一腳將遺骸踢向人群裡，震退了兩、三個敵人。

然而，敵人的數量卻遲遲不見消滅。

『為什麼一直回憶起那麼羞恥的過去呢』『我知道自己不被原諒』『葬禮肯定沒有任何人來吧』『那時候他怎麼會說出那種話呢』。

嘎嘎作響的人偶絲毫不退縮。折往不自然角度的肢體旋轉著，在異戰王牌的鎧甲上摀出火花、扯破齊格菲的衣服、在皮膚上創造嶄新的裂傷。相對於人偶未知的動力來源，兩名英雄的體力正持續削減著。

另外，巨大的震動讓南側門整體崩毀，圍牆與鐵門倒成一片。塌落的地板出現了一道近三公尺寬的大型裂口。

從破壞處往內能看見延伸的窟窿，但如此數量的人偶，原本藏在哪裡?東返高中的地底有個龐大的空間嗎?

「喂，耍劍的，鹿庭人呢?」

「空中，去視察附近的狀況了。」

「跟卓越飛燕重疊了?不曉得有沒有會合，但這邊可真沒完沒了。」

「異戰王牌，我感應到附近還有一個人。」齊格菲再度砍斷兩具人偶，偏過頭來：

「在多媒體大樓的樓頂，你先一步去看看。」

「說不定是這些噁心傢伙的魔頭對吧？那我可要狠心扔下你囉？」

「沒關係，能撐住。」

語畢，齊格菲一步後踏，屈膝弓背，肩膀聳起，將光劍收至腰際，做出類似納刀入鞘的預備姿勢。

「跳起來，現在。」

「唔喔！」

嗡。隨著異戰王牌雙腿離地，熱光照耀了四面八方。

殺獸劍倏然伸長，劃出一道烈日般毫無死角的圓形軌跡。沿途摧枯拉朽熔斷了所有黑色人偶，轉眼清出空間。

齊格菲伸手一接，讓戰友落在左臂上，穩穩踩住。

「王八蛋，對老子溫柔一點吶。」異戰王牌失笑。

虧你想得到。

「飛吧，王牌！」

振臂！齊格菲誇張的瞬間臂力，成了異戰王牌的彈射跳臺。

黑色身影向天竄出，輔以魔裝操者自身強大的跳躍力，縱使多媒體大樓是五層樓或者五十層樓，都不可能成為阻礙。

異戰王牌調整姿勢，高樓的外牆細節宛若流瀑，迅速自眼前急墜。轉眼風景再次清朗，與牆面交換的是又冷又開闊的視野。

他翻轉身體、穩穩地落地。

「什——」

然而，語言彷彿隨著天臺的強風被奪走了一般，僵硬地、愕然地，從異戰王牌的面具底下，迷惘且不成形的問句摔落下來。

屋頂上的男人敞開雙臂，露出笑容。

那是鼬占這一輩子，直到被神明深深葬入地獄，都無法忘懷的表情。

「總之我先這麼說吧……『小鬼頭，好久不見。』」

蟬壬。

——魔裝操者・數獨駭客，以這句話填入了重逢的開場白。

＊

該如何去描述這個男人呢？

吸血鬼，哥德式浪漫意義上的吸血鬼，或者，若不幸在暮陰的夜路撞見了優雅可怖的吸血鬼，肯定會與那雙眼神對上線吧。被用餐者以寧靜而激賞的態度注視，接著，意識到自己身為食物的現實。

四、五十歲，線條深刻的中年男性臉孔，蒼白的肌膚。及肩自然捲長髮隨興而雅致地披散，猶如獅子的氣質。瀏海左右區分露出完整的額頭，濃厚的眉毛，以及野性的絡腮留鬍。

僅僅從外表，似乎便能聞到篝火的餘薰、火藥和龍舌蘭的氣味，洗染著獨狼既危險又蘊含魅力的氛圍。

蟬壬。

羅修羅科技公司，武器開發者。

穿著漆黑的長襬風衣，內裡襯著米白色的高領毛衣，彷彿曾經的研究員白色大褂，由裡至外顏色被倒反了過來。

此刻的蟬壬打扮並不像個研究者，而是神父。

「怎麼樣，最近過得還好嗎？」詭異的男人輕快地問。

異戰王牌愣了好一陣子，解除變身，遲疑地開口：

「……真的是你？蟬壬？」

「哈哈哈，我有老得那麼快？居然能讓你認不出臉來。」

「喂喂別說老，根本一模一樣啊！就像、就像——」

就像你被西洋棋銀河殺死時一樣。

生著尖刺的話語割破喉嚨，鼬占突然發不出任何聲音。

萊薩事件。

熔毀的兵器生產工廠，消失於火焰中的惡黨。

當年發生的戰鬥，最終應該要「那樣」收尾才對。天理不容的魔裝操者・數獨駭客，早已經被正義使者擊敗了。

那又為什麼，蟬壬會出現在東返？

「跟以前一樣，熱衷於不斷造口業呢，小鬼頭。」蟬壬笑著瞇起了雙眼：「或者我戰死才是你希望的結果？唉，好感傷。」

「怎麼可能！」鼬占焦急地否定了他：「如果蟬壬沒死的話，我打算……不，我肯定會去找你的！如果知道你其實沒事的話，一定！」

「噢噢，別急，那不是你的錯吧？」

蟬壬的語氣非常溫柔。如同父親——啊啊，彷彿做為鼬占真正的父親，他謹慎且珍重地揀選從嘴唇間吐出的詞句：

「或許我該如此宣稱吧：『花了三年，我終於從地獄爬回來了。而那全是因為我也很想念你、無論如何都必須與你重逢呀，鼬占』。」

「……」

理解到眼前正站著的，確實是曾以為再也無法見面的人，鼬占感覺到十指發麻，全身都陷入了輕微的顫抖。

他有好多話想對蟬壬說。

自己與銀海和解、後來又參加了三百日戰爭，即使瀕臨死境，最後卻硬撐著活了下來。也交到了珍貴的朋友、正正常常地回去念高中——

累積起一千零九十五天不止，永遠不可能傳達到的詞句，此時卻如同淤塞的潮洪般，沖得他根本無法思考。

鼬占露出了雜揉著悲傷與委屈，扭曲又如釋重負的笑容。他向前踏出幾步，想靠近向自己敞開胸懷的故人。

砼嗡！

「咕啊！」耀眼的雷擊打在眼前，僅僅一步以後鼬占會踩中的地方，在頂樓上炸出烏黑的放射狀焦痕。

旋即，龍王祕教的主祀祭司如蝴蝶般倏然落在身旁。鹿庭伸手擋住鼬占，制止了他進一步的動作。

「別靠近。」

「唔！瘋婆子神棍？妳搞什麼鬼！」

「那個人很不妙，異戰王牌。」

鹿庭的表情十分陰暗。用絲毫不帶寬容的語氣，一個字一個字，深怕鼬占無法理解事態嚴重性似的嚴厲質問：

「為什麼解除變身？這個男人什麼也沒有。沒有殺意、沒有體諒也沒有撒謊，僅僅像是單純地深愛著你一樣，出現在戰場中央。面對這種傢伙，你怎麼會裸著裝備？」

「白痴！妳到底在說什麼鬼話？」

「這可是天生神職者發出的忠告。除非給我一個比龍神還可靠的理由，否則我不能放你和穢物接觸。」

「喂喂，可愛的小姐，」蟬壬語氣輕飄飄地插進話來：「打斷了我們感動的重逢，不覺得失禮嗎？能請妳先解釋解釋自己的身分嗎？」

「閉嘴，邪道。」鹿庭散發出鋒利的敵意，狠狠瞪了回去：「雖然搞不懂你究竟是『什麼東西』，但我絕不會看走眼，那股渾身上下刺鼻的教敵臭味。從剛才開始，龍王就騷動著無法平靜，我從未見過人類之軀能盈滿如此褻瀆。」

「呵呵，貶低到這份上，卻沒有立刻攻過來呢。是看在鼬占的面子上嗎？喂小鬼頭，這位該不會是你的小女友——」

嘎喰！

蟬壬話音剛落，閃電便砍裂空氣，當場炸碎了他的頭顱。

大概踩中了不能觸犯的界線吧，鹿庭板著冰冷的臉，伸出的五指冒出輕煙，什麼預告也不做便釋放了一記殺招。

電絲殘跡自軌道上劈啪消散。

從混濁的燒煙內側，原本應當是蟬壬頭部的位置，暴露出一張深紫色金屬質感的面甲，機械的凶眼隱約發出紅光。

隨即，無數細緻的漆黑粒子飛舞著填補上缺口，重新凝聚出人類臉孔。那似乎是數獨駭客戰甲的能力，在外殼上以易容機能重現了肉身樣貌。

看不出破綻，但此刻的蟬壬似乎一直處於變身狀態。

「抱歉，」蟬壬抬手捏了捏重新偽裝的臉，平淡地說：「這下反倒是我說了些失禮的話，我不會再多提了。」

「嘖……」鹿庭的眉頭微微蹙了起來。

「好，來解開誤會吧。」

相較於鹿庭的缺乏餘裕，對方則做出了令她意外的讓步。只見他將手掌放在胸前，微微低頭：

「害羞的小姐不願意自表身分，那麼由我先開口也無妨。嗯……魔裝操者．數獨駭客自地獄歸來的首次亮相，就如此說吧：」

於此，彷彿寫意地玩著數獨遊戲，經過謹慎思量過後，起死回生的男人最終選擇了該填入的句子：

「『超弦響應物理學家蟬壬。同時，也是變身手鐲的開發者』。」

EP. 04 E4

Selig ist der Mann, der die Anfechtung erduldet; denn nachdem er bewährt ist, wird er die Krone des Lebens empfangen, welche Gott verheißen hat denen, die ihn liebhaben.（Jakobus 1:12）

*

黑色人偶的攻勢總算看見了盡頭。

淒涼散落的人形肢體噴得到處都是，從主幹被分離後，這些未知的素材便迅速變得不牢固，像沙堡輕輕一捏就會破裂，潰散成細密的塵埃。

戰鬥間的衝擊，以及踩踏移動的過程能徹底將其破壞，因此殘骸並未高高堆起，反而讓側門一帶的磚地鋪滿了黑沙。

聞起來沒有特別的味道，也不怎麼飛揚，是因為本身很重嗎？類似鐵沙或碳粉？齊格菲一面用改造人的感官解析，纏鬥正將近尾聲。

『請給我一個機會殺了他吧』『不會再惹任何人的麻煩了』『對你而言我就像能隨意拋棄的東西嗎』『我毫無價值』……

「滾回去！」

嗡！光劍削斷了一條迎著正臉伸過來的手掌。

齊格菲後仰一步，取出距離，將發起攻勢的敵人劈裂。伴隨著最後一劍，上方同時「颼颼」降下兩發灼熱的光彈，自天頂貫穿剩餘的黑色人偶。

輝煌軍神乘著氣流在身後降落。眼下再也沒有活動的人偶，一瞬間耳朵就清靜了下來。

「這是全部了嗎？」她收起十字星短杖，望著大坑洞問。

「大概，落穴裡面沒動靜了。」

「一共擊退了多少人？」

「八、九十？」

齊格菲不太肯定地回答，將光劍收回：「破百也說不定。有些個體就算喪失雙腿也能爬著攻過來，所以計算中途亂掉了。」

「『破百』。」

軍神重新咀嚼了一次那個答案。

成年人高度的人偶堆積出破百數量，總體積絕對很驚人。全部都是從地洞鑽出來的嗎？如果能讓他們自由前進，腳底的空洞幅度想必很壯觀。

「其他人呢？」齊格菲問。

「警察正在將普通百姓送走，沒有出現傷亡。比較慶幸的是，周邊地區只有這裡發生了戰鬥。」

「動土典禮辦不成了呢，好不吉利。」

「嗯，希望館方別對此想太多。」

初洗花彎下腰，檢查散落在過道上的黑色塵土。人偶的殘留物踩起來格外厚實，不像沙子。拾起一點捏在手掌心，能感覺到沉甸甸的分量。以這些材料組成身軀，人偶必然擁有具備威脅的體重。揮動手臂的劈斬、戳刺破壞力，甚至單純撲上來都很不妙。

動力來源又是什麼？

她放掉黑沙，拍了拍手掌繼續說：「在地震原因查明前，附近也不適合繼續重建了，難保還有沒有殘黨呢。」

「警察們打算封鎖嗎？」

「是啊，必要的話甚至得通知軍隊。至於Narrative，就算什麼都不說，也很快會派人來支援吧。比如地質學者、擁有大量探測器械的工程單位，或鼎鼎大名的尼伯龍根指導院之類的。」

「你們對指導院好有信心喔。」

齊格菲乾笑了幾聲。身為該院祕密製造的高科技改造人，聽著初洗花這些話還真是啞巴吃黃連，有苦說不出。

他放鬆地在整組斷掉的樹樁處坐下，脫掉變得像漁網一樣的破爛西裝，檢查皮膚上的傷口。被割開的地方正在慢慢癒合，不到戰爭時的效率，卻也相距甚微了，放著一兩個小時就會沒事。

經歷去年年底壯烈的告白後，石膏一路包到二月上旬，斷得亂七八糟的右手臂才臻至痊癒。穩健的恢復進度令人安心，就算再度反芻那些令人沮喪的回憶，心情也出奇地平靜。

「軍神，」他出聲向夥伴發出招呼：「要不要休息一下？妳也很緊繃吧，我會盯著附近狀況，所以沒問題。」

「不了，我想趁敵人短暫安靜下來的時候，下去洞裡探勘。」

「咦？馬上嗎？」

「我還沒進入完全著衣，真遇到什麼，只要徹底變身就能掙脫。」

「那我跟妳下去吧？有我在會知道得更多。另外，也得找擅長防禦的謝勒汗鐵狼在洞口接應，多一份保險。」

「不錯的提議呢，那麼先回去聯絡——」

「那個……勸兩位還、還是別那麼做比較好。」

第三人的聲音，在寒冷的空氣中滴出異質的一抹顏色，毫無預兆地從對話中浮上，讓椴葉與初洗花都愕然地轉過頭去。

校舍來路的方向，不知何時已經站著一名與他們年齡相仿的女孩。

她擁有一頭豔麗的——即使在低飽和度的日光中，仍然不減其材質表現力、柔軟溫和的淡金色長髮。梳理至兩側，綁成窄束成對的馬尾，隨著其餘後髮落於腰際，像個貴族千金或書卷世家的大小姐。

保守的瀏海、眼角略下垂的雙眸，歐陸族裔立體的五官，以及深紅色的粗框眼鏡。那一身典雅整潔的裝束，很難想像會在戰場穿梭，明明更符合文書或藝術工作的印象，散發著優柔寡斷甚至反應慢了半拍的氣氛。

然而她正拎著一只突兀的硬殼公事包，如果把側邊的姓名牌抽掉，搞不好露出來的就是內藏衝鋒槍的槍眼也說不定。

「……Götterdämmerung（諸神的黃昏）？」

椴葉脫口說出了訪客的真名。

接應在Siegfried（齊格菲）向後一順位的名字。來自遙遠又寒冷，無人知曉的北國深境，尼伯龍根指導院贈予人類的片語。

人造英雄二號，諸神的黃昏。

初洗花聽到他的反應，立刻開口：「椴葉，你認識她？」

「啊啊，該怎麼跟妳介紹呢……」椴葉支吾了一下：「說姐姐或妹妹都不太對？總之，這位的確是我的熟人，叫做Ämme。」

「請、請不要對院外人士透露情報，這樣……唔，不太好。」

名為Ämme的少女用膽怯的語氣指正。當她說話時，脣形的變化十分明顯，令人察覺到嘴角微妙的深度，有種「使勁念字」的感覺。

像小動物在生氣。

她先是費力地阻止椴葉說下去，很快卻偷偷嘆了口氣：

「果然你過得很鬆懈，好不想在這種狀況下遇見你。」

「我、我也沒料到要跟妳碰面啊！」

椴葉比手畫腳，狼狽地回應：「Ämme怎麼會出現在這？呃不對，想問的問題有好幾百條。妳是被指導院派了什麼工作，才特地飛過來的嗎？」

「嗚，沒有工作就不能見面了嗎？我……啊，對不起，」才講幾個字，她又露出了洩氣的眼神：「我也沒有對你指指點點的立場，但至少在院外人士面前，別總是談工作會、會比較好也說不定，我覺得……」

被頻頻強調「院外人士」的初洗花，心裡冒出了莫名的不愉快。

Ämme的表現並非普通的怕生，而是話講一半、讓人微微煩躁的舉棋不定。初洗花頓了一頓，決定單刀直入地問：

「Ämme小姐，妳剛才說『別那麼做』是什麼意思？既然提出了建議，至少把背後的理由解釋清楚吧？」

「因為什麼也找不到。類似的坍塌很多，所以只是浪費時間。」

「類似的坍塌很多？」

「我正在蒐集坍塌的地點與時間，東返大廢街不只一處出現過黑色人偶，系列事件的規律和路線也，唔，也在統整，姑且是這樣。」

「尼伯龍根早就察覺到了嗎？那麼人偶的來歷，或者黑色粉末的材料分析也做了？」

「那、那屬於工作內的細節，沒辦法多講，嗚嗚，對不起！」Ämme 瑟縮地向初洗花回完話，接著又將矛頭重新對向椴葉：「齊格菲也是，那個，如果獲得什麼情報，果然還是優先向梓司令聯繫就可以了吧？嗚，你們現在同住在梅谷不是嗎？我覺得不要做多餘的事情，會、會比較好喔？你看這不就把別人捲進來了嘛……」

「等等啦。」椴葉連忙抬手打住了她的話：「軍神是我的戰友，就像 Ämme 如果知道些什麼，也可以跟我分享，不是嗎？」

「咦？啊，呃嗯，就算你這麼說……」

金髮的少女最後一次嘆氣。

她取出手機確認時間，悄悄瞥了一眼多媒體教育大樓上方，隨後像是要收拾掉毫無進展的對話般，張開雙脣：

「那，齊格菲，你對『預知未來』有什麼看法？」

「預知未來？物理決定論，超大型模擬，甚至命定說一類的觀點？有點超出涉獵範圍了，我恐怕給不出什麼有效的建議。」

「好、好吧，請你當我沒說！對不起！真的很對不起！」

「怎麼可能當妳沒說。」大概從很久以前便習慣 Ämme 動不動搖頭晃腦、瘋狂道歉的態度了，椴葉並沒有收手，繼續追問：「該不會跟東返有關？別繞圈子，妳究竟在查些什麼？哪個部門提出的考察要求？居民都面臨危險了，就算只是個大略也好，告訴我們啊！」

「不不不是的！」對方看起來都快哭了，聲音微微發抖地說：「我、我跟你一樣沒在執行任務，受輔導員照顧，正在葵暮工專念書。所所所以想碰面還有機會。這裡環境不保密，交換資料留到那時候也可以吧？我是這麼想的……噫。」

「葵暮工專？妳也被 Narrative 視為英雄了？」

「談話到此為止，很、很抱歉。」對方坐立難安地推了推眼鏡，抿著嘴脣，用快要氧氣不足的表情將對話單方面結束：「唔，再見，齊格菲。」

語畢，Ämme 畏縮地向初洗花微微點了個頭，腳步虛浮地轉身離去。

彷彿事先計算好一樣，從校舍來向的路徑，正巧有幾名刑警趕來問話。雙方就這麼擦身而過，直到金髮的背影搖搖晃晃地消失於建築物後方。

*

「『開發者』？我以為手鐲的製作者是黑博士。」

順著男人剛才的發言，鹿庭反問。

她的挑刺只引來了蟬壬深長的輕笑。不過，既然鹿庭知道黑博士的存在，那麼羅修羅科技公司的惡貫滿盈等等，這些基本的情報也掌握著吧？

不必從頭開始說明省去不少麻煩，蟬壬坦然回答：

「黑博士的確是以一抵百的天才，但要讓手鐲實現，終究必須依靠團隊合作。觀測超弦響應、生產操響粒子與精細的指令編程，涵蓋實驗到材料，以及程式語言，想問罪至少也得列出三個名字。」

「並非左右手，而是等同於黑博士地位的研究者？」

「正確，黑博士實現了讓一切夢想開花為惡果的『操響粒子』，編程工作則歸功於羅修羅團隊數年的輾轉進修。至於最原初的理論——聽起來有些自誇，但若沒有我，魔裝操者也無法誕生吧。」

「你現在吐出的情報對現況毫無助益，如果以為拿些缺乏脈絡的名詞，想模糊掉自己的意圖，那奉勸你別忙了。」

「別急嘛。」蟬壬以不觸動鹿庭的警戒為前提，緩緩抬手伸出食指：「我的話比想像中更貼近於現況喔？緊張的小姐。」

一瞬間，鹿庭誤以為他意指鼬占，然而很快便理解對方提到的，是此刻高樓下方騷動的大群黑色人偶。

「容我用簡單易懂的方式講解一次吧。收束於手鐲中的操響粒子被釋放時，會遵循預設模式組成鎧甲，也就是魔裝操者的變身過程。」

把操響粒子想像成水，隨著裝盛的容器改變樣貌……噢，遠遠不只如此，水還能結凍、霧化為蒸氣，被染成其他顏色，折射光線、傳導或絕緣電流。而操響粒子甚至擁有在水之上的「可能性」。

超脫善惡——敵我同源。

羅修羅公司既能編輯出耀眼的「西洋棋銀河」，也能讓一名少年成為「異戰王牌」那樣千古稀有的大壞蛋。那麼，如果欠缺編程規範，強行觸發反應，或操響粒子反應過度劇烈，溢出控制，會導致什麼結果呢？

喪失主題的粒子將瘋狂捕捉周圍任何咬得住的情報。動與熱能，甚至腦波訊號，亦即情緒、執念。雜亂的資料碎片在粒子的特性下顯影，可惜，絕大多數情況只會誕生出不得了的怪物。

我們稱該結果為超響體。

如同改造人和「野獸」較勁，祕教祭司與「惡靈」周旋、魔法少女對峙險惡的「怪人」，站在正義的魔裝操者對面的，便是「超響體」這三個字。

被慾望與雜訊纏身的人類，異化為扭曲的怪獸。揮舞粗腫的手臂、鞭子形狀的頭髮，用突出尖錐的拳頭砸破地板、從嘴裡發射蜘蛛絲和蝙蝠的聲波。

「豪怪奔放，完全超惡！」

說到這裡，蟬壬愉快地笑了起來。

羅修羅外流的粒子劑曾經造成無數悲劇，西洋棋銀河也反覆地、徘徊地、苦痛地與各式各樣的超響體戰鬥過。

「如今惡夢似乎歸來了。樓下那些黑色的孩子們，想必也是超響體的某種表現方式，正哇哇大哭雀躍地探索著世界呢。」

「怎麼會……」

鼬占握緊雙拳，氣勢盡失地反問：

「事到如今為什麼製造出新的超響體？萊薩事件還不夠嗎？超響體的終點並非願望而是破滅，這句話可是你親口對我說的！」

「喂喂，小鬼頭，」蟬壬忍俊不住勾起嘴角：「那種毫無品味的超響體，怎麼可能是我的作品？」

「不是……你幹的？」

「你應該也有所察覺，黑色人偶與以往交手的超響體有許多不同吧？」

不帶厚重的武裝、扭曲的鎧甲。

更重要的是，沒有哀號著的宿主。

以兵器的角度而言，超響體其實存在著相當的潛力。將粒子用針管直接打進身體，只需十數秒，就能將一條便宜的人命轉化成失控的猛獸。

對於激進的聖戰士、但求血仇的恐怖分子，或者再無去處的童兵來說，操響粒子是賜予神蹟的極樂禁果，讓任何人都能成為卓絕的超級戰士。

「但黑色人偶卻沒有宿主？真難想像，究竟是哪些情報造成的響應？不但毫無個性，也缺乏目標，枯燥得連我都很驚訝呢。」

「那、那——」

「答案是『不知道』。」看破鼬占的意圖，蟬壬搶答了他的疑問：「人偶與我似乎能互相察覺，但我也想弄清楚它們確切的來歷。」

「你以為自己的片面之詞會被採信嗎？」鹿庭僵硬地問。

「我可不想對鼬占撒謊。不，撒謊妳也能輕易識破吧？小姐有雙相當尖銳的眼神，跟黑博士很像吶。」

「少拿那種惡黨與我類比。」

「哼哼，抱歉，換成是我也會生氣。」

「廢話甩得夠多了吧？就算你真的和人偶沒有關聯，出現在東返也不可能只是單純的偶然。如果再想閃躲問題，就立刻將你埋葬掉。」

「……呵呵、哈哈哈，嘎哈哈哈哈哈！」蟬壬扶住額頭聳起雙肩，輕顫著，唇齒瀝下令人毛骨悚然的嗤笑：「『將你埋葬掉』，啊啊多麼凜然的臺詞！原來如此，Ämme 所指『充滿英雄的時代』是這樣一回事。還真是最糟糕、最苦悶的時代。」

「對陰謀而言的確如此，自知之明也不會救贖你的。」

「但扼腕在於，我似乎並不是為了扮演壞蛋而從地獄歸來，反而成為了英雄輔導員呢。」

「輔導員？」

那個詞彙從眼前的男人口中說出顯得過於突兀，就連繃著表情的鹿庭也不禁瞪大雙眼，暗自複誦了一次。

英雄輔導員？

像木咬契一樣，從屬於 Narrative 的存在？

「沒錯，」

蟬壬的笑臉越來越狂妄，露出了野獸般的兩排牙齒：「不才敝人正在葵暮工專擔任輔導員，協助正義使者回歸普通的生活！有任何需求歡迎聯絡，我喜歡跟人聊天，嚴厲的小姐。」

「既然是輔導員，就乾脆地說出你來東返的目的！不參與防禦，卻躲在一旁看著，你難道沒有保護職責嗎？」

「惋惜，我現在可是羅修羅急於消滅的懸賞人物呢。行動起來左支右絀，請妳原諒我的袖手旁觀吧。」

「鹿庭，他說的是真話，」鼬占冒著冷汗，想拉住快無法自制的祭司：「我跟軍神都看見了，羅修羅派出的人剛才出現在校舍裡。」

「小鬼頭，你變得很圓滑呢。」

「蟬壬也是！別用挑撥的口氣回答問題啊！」鼬占稀有地放低了身段，按捺著性子追問：「羅修羅公司還在為了機密追殺你？難道 Narrative 沒有對你提供保護嗎？需要的話，我也能——」

「不必擔心，我可是個獨當一面的輔導員呢。」

邊說著，蟬壬鬆開了風衣的前襟。

啪噠。

唰啦……咕、滋嚕。

從長襬風衣的下方，掉出了像是零件一樣，破碎而多汁的東西。泛著光澤的腸子、泡沫似的脂肪，或者缺損僅剩半截的銳骨。剛才都被隱藏在哪裡？衣服的內側，還是鎧甲？殘破的原本應當屬於人類的部位，皮、肌肉與骨架，伴隨淅瀝嘩啦雨般，流淌的深紅色濁液一同滑落。

殘殺，或者應當說屠宰的浮骸。究竟要擁有何等野蠻的心肺，才會將人類裂解成無法辨識的肉漿。劇烈的內臟臭味與衝鼻的血鏽味湧出，鼬占雙眼驚駭地睜到最大，鹿庭則瞬間爆發出了敵意。

「瞧，我可以自己解決。」蟬壬輕聲細語地說。

「你果然是個不折不扣的——惡黨。」

「等等，鹿庭！」

「龍王顯正．八方範魔縛！」

轟！鼬占的制止不起作用，鹿庭反手抽出符咒一拍。蒼翠的雷光從無數個方向同時迸射，頃刻間五感被爆閃與巨響洗淨。

宛如神靈揮下的一柄鋼錘槓穿地板，在屋頂砸出了破口。然而當熱風與飛塵逸散後，蟬壬早已經不在那裡了。

超弦響應物理學家、黑色人偶、操響粒子、超響體、葵暮工專的輔導員。擅自留下令人心懸的破碎片語，魔裝操者・數獨駭客化身春風。

EP. 05 R

【宇宙怪獸之後？東返全新威脅】

（記者徊浩旬／筑殿）

東返大廢街地層塌陷與未知機械攻擊事件，自上週六，五日間反覆發生三起。經初步勘查，受影響的重建預定地涵蓋三十九處。王立及周邊地帶英雄頻繁進出，雖有重傷案例，但尚未傳出死亡事件。

警方第一時間封鎖塌陷地點，並聯繫關聯業者，優先確保鐵、公路線安全。襲擊者身分尚未有官方公布，但多數目擊者與研究員表示：該機械群與宇宙怪獸存在明顯差異。據Narrative全國警察顧問協會昨日聲明，不排除本次威脅來自宇宙以外，正在擬定教戰手則，近日將盡速發送給所有英雄。

四季集團董事長寺丁桂女士同為受害者。經過一週沉默，昨日首次在社群網站發表觀點，指出「不要沉溺於英雄帶來的和平，廢街會潛藏危險這麼久卻沒被發現，都是因為人們在戰爭後態度變得駑鈍和安逸」。該論調吸引大批網友留言撻伐，多數人認為寺丁桂企圖重新掀起戰時情緒，且不尊重第一線警力與工程人員的付出。

＊

事件六日後。

木咬契抱著資料夾從輔導處走出來。她向老師們點頭致意，隨後輕輕闔上拉門。

禮拜五提交週誌是例行工作，雖然單純是走個形式，內容很簡短，而且恐怕不會有人仔細看，但 Narrative 的確需要這種形式上與校方的連結。

有個詞彙叫「文書主義」，旨在留下執行、交接的痕跡，提供後續檢討究責的根據。萬一真發生什麼意外，木咬契自認身為拯救世界的勇者，她既跑不掉也不會跑，但穩定聯絡確實能累積信賴感。

另一方面，木咬契也並非一週五天隨時都能留守在電齋。她身上掛著千百條支線任務，偶爾也得支援他校的輔導工作。

前些時間，她才在聚餐上聽到其他輔導員們的訴苦。學生跑去臥底販毒集團，或者鬧脾氣開著機器人躲進沙漠，諸如此類荒謬的事件都發生過。輔導員可不是全由英雄組成，面對活力過頭的孩子，偶爾也會力不從心。比起那些案例，木咬契為自己負責對象的相對穩重感到慶幸。

「改造人跟神明在潟湖上打起架來，也很難說不荒謬就是了……」

邊苦笑著，她加快節奏穿過走廊，往社會科教室移動。

經過一個學期，電齋高中的環境她已經十分熟悉。放課的學生離校或參加社團，三五成群，吵鬧著從身旁通過的景色令人安心。

腳步悄悄變得輕盈了些，懷著「自己發起的社團也得好好努力，再加把勁吧！」的高昂心情，砰的一聲，木咬契精神百倍地拉開門：

「勇者Ａ４大駕光臨！開玩笑的～抱歉捏我又遲到……咦？」

鹿庭與初洗花聚在長桌前玩著桌遊，教室只有她們兩人。

「木咬契小姐，一路趕過來辛苦了。」

「辛苦了。」

女孩們停下手邊的遊戲，稀鬆平常地向她打招呼。木咬契歪了歪頭，將背包放在講桌上，邊問：「奇怪，另外兩隻呢？」

「他們吵架了。」鹿庭聳肩。

「吵架？」她的問句搖晃了一下：「吵了些什麼？早餐應該吃麵包或是喝粥之類的問題嗎？的、的確是很高深的學問呢。」

「在吵能不能對人類痛下殺手。」

「好沉重！」

直接就是生死觀的等級！

連想找個擦邊球笑話緩和一下都做不到！

「咦咦咦？該不會因為吵架不歡而散了吧？沒說去了哪裡嗎？」

「沒事，在外面比賽伏地挺身。」

「ㄈㄨˇ ㄉㄧˋ ㄊㄧㄥˇ ㄕㄣ……抱歉鹿庭妹妹，我有點跟不上。」木咬契擺出給我稍等一下的手勢，冒著冷汗問：「年輕人用語進化太快了，輕熟女的學習能力有限啊。伏地挺身又是暗指什麼？跟兩個男人汗流浹背的地板運動有關嗎？」

「妳才是超前時代太多的案例。」沒好氣地說著，鹿庭拉開窗簾。

社會科教室位於求仁一樓，從窗戶望出去便是鄰接圍牆的過道、灌木叢和草坪。椴葉和鼬占趴在水泥地上，雙臂支撐身體並排著。

真的在做伏地挺身。

「我要接著第四〇一下了喔？還跟得上嗎？」椴葉轉頭看向滿頭汗珠的鼬占，用擔心的表情問。

「閉嘴，三二二、三二三、三二四！」

「硬撐著做肌肉會受傷，你還是適可而止比較好。」

「我說閉嘴！三二五！三二六！咕啊啊！」

相較於椴葉做到打哈欠，停下來等對手補完差距，鼬占都快被自己的汗水給溺死了，用窒息的氣音算著遙遙無期的計數，每次彎下去都有種爬不太起來的感覺。

要是變成魔裝操者，或許還有一戰的本錢吧。拿常識範圍內高中男學生的體能，去挑戰狼心狗肺的指導院科技也太無謀了。

「那兩個人為什麼要彼此傷害呢，咕嘶……」

木咬契擦著眼淚，哽咽地見證這場除了羞辱之外什麼也抓不住的決鬥。人是多麼愚蠢，然而勇往直前的身姿又多麼崇高啊。再比下去鼬占都要幻化成光了。

「不好意思，搞不好是我害的。」初洗花略帶歉疚地自首：「看他們吵得快扭打起來了，所以罵說『精力那麼多就去外面做伏地挺身啊！』沒想到一句玩笑話會被當真……」

「這就是妳平常太嚴肅所累積的業障。」

鹿庭扔下一句毫無幫助的風涼話，把遊戲道具收進桌遊紙盒裡。

＊

等男士們折返教室，已經是十分鐘後的事情了。

椴葉最後乾脆一口氣往上催到六百下，鼬占大喊了一聲「你三代生囝無肚臍啦！老子不玩了」，直接癱軟。

回房裡時，椴葉沒什麼變化，但鼬占的靈魂好像飄在他斜後上方五公分附近，兩眼無神憔悴得要命。

「你們在聊什麼？」椴葉幫自己跟可敬的對手倒了杯水。

「申請高三生在家自學，」初洗花手裡正拿著相關的同意書：「因為需要監護人簽名，木咬契在幫我想辦法。」

「咦？學姐之後不來學校了嗎？」

「四月才開始。我會拜訪一些錄音工作室，還有搬家的事情得忙。順利的話，也想在六月左右找一份打工。」

「這樣啊……」

「但時不時會回來，有空也會參加社團的活動。」她擺了擺手，把這個話題揮散：「我的私務先放一邊，今天不是有要緊的會議嗎？」

「沒錯，事不宜遲，馬上進入正題唄～」

木咬契拍拍手，喚起注意力。

東返大廢街坍塌與未知人偶襲擊事件——她在白板上記錄議題。

上週六，動土典禮時的騷動是最劇烈的一次，漆黑人偶橫超百位，對英雄們露出明顯的敵意，最終被聯手消滅。往後兩次則規模相對縮小，如同坍塌的「餘震」，大約二、三十架人偶破壞了少許工程車輛及樓房。

據傳人偶並非全部從地底竄出，但目前說法雜亂，莫衷一是。

前提結束，英雄會議開始。

「先交換各自掌握的資訊吧？椴葉，你說尼伯龍根指導院的人造英雄二號參與了調查，具體上是怎麼一回事？」

木咬契語氣隨意地問，邊用麥克筆寫下「Götterdämmerung」，虧她曉得怎麼拼這段毛毛蟲一樣的德語單字。

椴葉沉默了幾秒才回答：「Ämme 曾經是情報部人員，負責深入危險地區蒐集資料。為了成功生還並把成果帶出戰區，所以具備還算及格的戰力……」

「現在呢？」

「戰後改制時被釋出了，目前隸屬於監察部。」

「監察？聽起來不像個惹人喜歡的部門呢。看來指導院也不是自然達成一心同體的，這點意外地很親民耶！」

「那當然，成熟的組織本來就需要自淨機制。」

「Ämme 有彈劾你或梓司令的權力嗎？」鹿庭玩著自動鉛筆，用漠然的表情說：「比如強制將你遣返回院。」

「應該不必擔心。我住在這裡有理有據，母親也有撐腰的派系，監察部頂多蒐證，等司令回院再提檢討。」

「扯太遠了啦，」鼬占皺著眉頭放下水杯，撐著下巴問：「麻煩搞簡單點。所以結論是你要聽她的，還是她要聽你的？」

「出狀況時，她要聽我的。」椴葉抿著嘴脣回答。

「呵，好大的官威。那就去葵暮把她拖出來問個清楚啊？」

「也不行。我不清楚 Ämme 就讀葵暮工專的依據。雖然查了紀錄，但只知道她按正常程序離院，資金受監察部支援，沒有破綻。因此她其實跟我的狀況一樣，我不能隨便去質詢駐外院士，那樣反而是這邊會被扯住辮子。」

若放任不同的部門互相干涉，可能會傷害指導院的整體利益，所以這種深追行為相當被忌諱。當然抬出同事情誼，單純打聽還算無傷大雅。然而問題又回到她願不願意開口了。

「你好麻煩！」

「我知道啦鼬占，我也這麼覺得。」椴葉苦惱地摸摸臉頰：「Ämme 的離院還真突然耶，難道有 Narrative 在暗中安排嗎？」

「葵暮工專可沒有輔導員喔。」

「咦？」

「就我所知沒有。」

木咬契輕快地否定了推論最根本的部分：「可不是每間學校都能下派人力呀～高中職以上，且僅有一人的狀況，Narrative 會提供非強制的轉校機會，盡量促成相互照應的環境，鼬占不就是因此才來到電齋嗎？」

「呃，沒錯。」突然被點名的鼬占愣了一下，隨後用難以察覺的音量囁嚅：「（……但這不就跟蟬壬的話衝突了嗎？）」

「先別把話說死，Narrative 並不是個擁有明確體系的傳統型組織。」

木咬契在白板上畫出簡厄的樹狀圖，解釋著：

「例如我，就隸屬於東亞地區的『東海會』。其他像歐美等地區，還有別的團體在運作呢。Narrative不存在真正的中心指揮者，取而代之以顧問小組定期互訪交流。比方說納拉Soul英雄周邊商店，就是從北美引進的業務喔～」

Ämme或許是受其他派系支援了，我剛才的話你們就斟酌聽個三分吧。木咬契邊說，吐了吐舌頭。

「對了木咬契，你知道『預知未來』是指什麼嗎？」

「哈、嗨咦？」

面對椴葉抛出的話題，對方明顯慌了起來，支支吾吾地：「當當當然不知道呀！怎、怎麼突然問這種突兀的問題？我我我從幼稚園就是個奉公守法、不預知未來的模範兒童喔？」

「真的？Ämme在東返提到過一次，但預知未來以科學難以實現，我想會不會跟魔法有關呢。勇者的夥伴沒有涉獵預言能力的人嗎？」

「我、耶、那個——」

木咬契猛擦額頭上的冷汗，頻頻朝鹿庭投射求助的目光。鹿庭嘆了口氣，用慵懶的語氣阻止了椴葉的步步逼近：「假設存在那種技術，木咬契身為輔導員就萬能了吧？使出渾身解數還這麼廢，我想劍與魔法對笨蛋也有極限。」

「唔，原來如此。」椴葉接受地點了點頭，停止臆測。

太好了，只有木咬契受傷的溫柔世界完成了。鹿庭用藏著一絲得意的眼神，瞟向淚眼汪汪的勇者大人。

「好、好了！Ȧmme先到這裡，我們已經搞懂你難以插手的點了。那麼鼬占小弟呢？呃……『蟬壬』，對方是叫這個名字？」

「嗯，蟬壬。」

鼬占把腿翹起來，向後仰躺讓椅子呈現兩腳接地的狀態，不過臉色變得很臭，好像多講一個字胃都會抽痛：

「魔裝操者・數獨駭客，和我一樣持有手鐲，能驅動操響粒子的力量進行戰鬥的事業失敗中年大叔（四十九±三歲）。」

「……」

「……」

「……咦沒了？」椵葉握著水杯的手猛抖了一下：「多說一點啊！比如『操響粒子』是怎麼回事、他有什麼能力之類的！」

「祕密戰爭期間我只負責到處殺來殺去，那麼細節的設定關我屁事？想知道你就自己去問他啊。」

「居然把球拋回來！」

「啊，大概你真的去問他也沒什麼用。那傢伙講話不打啞謎就會死，嘴邊總是掛著莫名其妙的詞彙，很傳統的瘋狂科學家。」

「我好討厭直覺接受了『很傳統的瘋狂科學家』這種爛比喻的自己。」

「嗚哇哦哇～先緩一緩吧椵葉？鼬占答不上來也沒辦法。這年頭已經很少有反派在登場時會自爆家門了，世風日下。」

木咬契連忙出面打圓場，轉身在白板上追加了「操響粒子」和「蟬壬」兩個單詞：

「嗯，操響粒子大概是某種材料？把它想像成空白的畫布如何？而且是會自動尋找題材的智慧型畫布，反映周圍的思想或願望，組織成各種實體。但比微小的奈米機械更細緻，甚至到了基本粒子的程度。」

「那種許願機一樣的夢幻素材真的存在嗎……」椴葉似乎一時半刻還無法接受，嘟囔著：「那蟬壬呢？鼬占你和他又是什麼關係？」

「以前照顧我很多，我相當尊敬的傢伙。另外，關於他王八蛋的部分我也不會否認。『比老爸更值得信賴的叔父』，這麼說能懂嗎？」

「居然稱那種惡魔為叔父，人際關係並不是靠攀親帶故組成的，你跟到處亂認乾哥的瞎妹有什麼兩樣。」

「鹿庭，我對妳客氣和會不會揍人是兩回事。」

「想讓我收回的話，說服我啊？給我一個不把他當成怪物的理由。」

「暫停！」

初洗花大聲打斷了兩人瀕危的氣氛：

「別在會議中逞口舌之快！鹿庭，這回是妳的錯喔？單方面的貶低對在場任何人都沒有益處。」

「……抱歉。」

「如果心裡有什麼疙瘩，就用不是情緒化的方式提出來，」初洗花語氣肅穆地勸說：「那樣也能幫到木咬契的忙，對吧？」

「……」

鹿庭放下自動鉛筆，靜靜地思考了幾分鐘。最後，她用身為祭司時鐵面的、蒼白的表情，張開雙唇：「輪到我問你問題。可以吧，鼬占？」

「講話，人在這裡讓妳問。」

「你以為蟬壬已經死了，具體上發生了什麼事？」

「三年前的萊薩事件，西洋棋銀河把數獨駭客殺掉了。猛烈的攻擊將他推落平臺，我親眼看著蟬壬掉入大型鍋爐中，消失不見。」

「萊薩？地名嗎？」木咬契保持微笑，在白板上留紀錄。

「跟『阪神』一樣，是取自瀨洲的『Ly』和三岱的『Sa』開頭發音組成的略稱。架設於兩個縣市之間的祕密工廠，專門研製操響粒子。我和銀海從貨物的進出紀錄反推好久，才搞明白『LySa』的意思，沒想到最後居然得跟數獨駭客死鬥。」

「像偵探遊戲一樣呢。」

「對對，變成魔裝操者後第一件事，就是買一頂獵鹿帽加一支菸斗。」

鼬占嘲弄地對木咬契哼了一聲：

「怎樣，妳覺得這很有趣嗎？銀海聽到肯定會拍妳桌子的。」

會死人的。

從萊薩工廠運出去的操響粒子，想引發幾場恐怖攻擊都有剩。

那可是怪物的胎床啊。

「之後呢？」鹿庭並未就此收住，繼續追打：「你確定蟬壬死了嗎？」

「什麼意思？」

「有親眼見到他的遺體嗎？」

「融化了啊大小姐！從裝甲到皮肉、從骨頭到腦子都化灰了！」鼬占用只差一點就要吼起來的嗓子，大聲駁斥荒謬的問題：「怎麼確認？買一支五金行的不鏽鋼湯勺，從煤槽裡一瓢一瓢撈出來篩嗎！」

「鼬占。」

相較於對方的激動，鹿庭沒有改變自己的態度。

她謹飭地、和緩地選擇了適當的詞彙：

「蟬壬非常愛你。」

「……」

「如同你認為他是可敬的叔叔，他肯定也視你為珍貴的親姪。而蟬壬恐怕拿了『某種不該捨棄的東西』做為交換，才成了現在這種不上不下、連我也無法看破真身的模樣。」

雖然由我來說有點奇怪——鹿庭將手輕輕放在領口上：「可惜並非所有的愛都適合粉身碎骨。即便不刻意，他也會將你拖入泥沼。過了這麼久，你再笨也該意識到了。」

不是只有你啊。

不是只有你，當朋友踏足險境時會生氣。

「比起『蟬壬』，我的朋友是『鼬占』。若那個男人將指爪伸入我的管轄範圍，該龍王顯正的就會龍王顯正，先說聲失禮了。」

「……嘖。」

不需要鹿庭再追註了。

話說得很重，這以上也不願意繼續說了。

鼬占長長嘆了口氣，屈身恢復坐姿，用疲憊的神情單手撐著臉：「唉，多虧妳那亂七八糟的關心方式，我總覺得能做出覺悟了。」

談到這裡，他反而不自禁揚起了嘴角：「喂，木咬契，這次妳別管。」

「嗯？什麼什麼～？」

「蟬壬的事情由我自己去調查，把他揪出來問個明白，你們別插手。當然如果發現應付不來我會求救的，在那之前讓我試試。」

喀噠！椴葉從位置上猛然站了起來：「為什麼還說這種話，嫌吵得不夠嗎？你想再做幾次伏地挺身？」

「嗚哦，原來你們剛剛吵這個？」

木咬契愣了一下，但鼬占並未多搭理她，面對著椴葉攤開兩手，用莫可奈何的閒散態度提出反詰：

「你冷靜想想，蟬壬可是魔裝操者，是殺人的專家喔？面對那種惡黨，你覺得自己反擊時還能點到為止嗎？用小命去維持仁慈？」

「唔……」

「捍衛人類的改造人、勇者、魔法少女和神之使徒。現場哪位逸才像我一樣，習慣拿活人當對手？把十指掐進脖子裡，用力壓制、死命抵住直到對方翻白眼吐出長長的舌頭、失禁、痙攣著斷氣為止，然後回家做幾個惡夢，聽起來很夢幻嗎？耍劍的，你多久沒挖耳朵了？」

「那種事情……鼬占，少瞧不起英雄的覺悟了。從三百日戰爭走過來，這種程度的迷惘根本不會絆住我們。」

「說得真好。」

他伸出一根指頭，筆直指向椴葉的鼻梁：「做得到，所以不行。」

「咦？」

「你們這群小兔崽子居然還顧慮著我的安危，其實感覺滿不賴的……既然如此，怎麼就不替我再多想一點？」

不想讓正義的夥伴們去跟活生生的人死鬥啊。

讓各位背上人命債，往後注孤生社還能是今天的模樣嗎？

「至於我，十個、二十個、三十個，數不清的敗類已經處理掉很多了。非到臨頭別踩過那條線，想必你也不是興致勃勃地想著『好耶終於能殺人了早就想嘗試看看了』對吧？麻煩幫我留點矜持啊，大英雄。」

「我——」

被這麼一回嘴，反而輪到椴葉啞住了。教室同時陷入沉默，空氣似乎會從肩膀兩側重重壓下來，讓人喘不過氣。

死寂的氛圍持續了好長一段時間，木咬契雙手抱胸，偏頭做出用力思量的模樣，但看不出傾向於哪一邊。

她考慮良久，腦中不斷浮出其他 Narrative 輔導員的訴苦，此時她似乎稍微能感同身受了。舔了一下乾燥的嘴脣，木咬契睜開眼睛：

「……好吧，我答應你。」

「「「啥？」」」

周圍的英雄異口同聲發出了詫異的質疑聲。

喂喂喂喂。

開什麼玩笑，那前面的努力都算什麼？

「然而有交換條件。鼬占小弟，這個條件開下去，如果你無法遵守那就一切免談，這邊則會繼續用平時的標準介入，能接受嗎？」

「說說看。」

「從現在開始，直到事件徹底塵埃落定為止，絕對、沒有任何轉圜餘地，不妥協而且零容忍——你一個人都不准殺。」

EP. 06 U1

『Hello？鼬占，現在方便聽電話吧。』

從耳機裡傳出熟悉的男性嗓音。鼬占先瞄了一眼駕駛座，才拾起耳機線上的節點，將麥克風功能打開。

外頭早已夜幕籠罩，鄰近十一點，並不是男高中生逗留街頭的妥當時間。市街的亮光漸漸稀疏，透入車窗的光線不知何時只剩下單純的路燈柱，陰影起伏櫛比鱗次，如波紋般向後消退。

大部分的聲音被阻絕在車外，獨留引擎運作低沉的嗡鳴，心情也隨之緩緩沉澱。鼬占坐直起身體，回應老相識意外捎來的通話：

「你居然這種時間打給我，挺稀奇的。」

『其實想更早 Contact 你，但一忙就忘了。』

「還真冷淡。怎麼，工作告一段落了嗎？三岱還沒有風平浪靜到能讓你閒下來找我聊天吧。發生了需要我協助的案件？」

『不是不信任你，但對我而言，讓你幫忙可稱不上 Preference。』

「彼此彼此。」

『長話短說吧，東返怎麼了？當時你也在現場，具體究竟遇到了什麼？我從各管道打聽獲得的消息盡是些皮毛。』

「很好奇嗎？」

『Stop teasing me，就當成是幫我一個忙。』

「哼。」鼬占莞爾，稍微將手機從臉側移開，向前座的駕駛示意：「司機大哥，麻煩加油站停。」

「我還能把你送到更裡面一點耶，同學你是英雄對吧？」

「但你不是，照我說的去做。」

「呃、嗯。」

輪胎在積沙地上碾出嘶啦嘶啦的細碎響聲。計程車完全靜止的同時，鼬占也推開了車門。他從皮夾裡掏出一張五百元鈔票遞給司機：「差幾塊錢不用算了，大哥你也閃遠一點，附近不安全。」

「別啦我找你錢啦，很快——」

對方手忙腳亂地從排檔前的置物格裡撈銅板。但鼬占並不搭理，逕自闔上門，結束了這段路程短暫的緣分。

他抓著側背包的背帶聳聳肩，開始往廢街深處移動。

『你現在人還在外面？』

「我就在東返。」䶮占拎著耳機線上的麥克風，輕快地回話：「不是想問到底發生了些什麼嗎？正在查，這幾天一直沒閒著。」

『老天，給我一個半小時 Catch on，洗個澡馬上出門和你會合。』

「得了吧銀海──你已經不是英雄了。」

說出這句話時，䶮占感覺自己同時長長吐了一口氣。

他不曉得從舌底漏出來的情緒究竟是諷刺、埋怨或介於兩者之間，但如果字詞能在齒縫裡留下氣味，大概酸得讓人連鼻頭都會擰起來。

銀海在年初的官司中，放棄了魔裝手鐲的擁有權。

現在他只是三岱一名隨處可見、平凡無奇、職涯起步有點晚了的刑警，不再身披銀白色的戰甲，飛躍於城市。

西洋棋銀河的手鐲被 Narrative 保管著。按木咬契的說法，多半由那個叫做「東海會」的機構回收，找了個適當的地方封藏吧？

他能理解──銀海肯定經過掙扎的衡量，最終才做出了這個符合自身正義觀的決定。然而更進一步，事到如今還想用戰友的嘴臉來關心自己，就讓䶮占從胃袋深處湧現不快了。

花費說長不長、說短也不短的人生，追求的目標卻被別人一腳踢開，銀海怎樣都該有點自覺，那是精準踩在自己痛點上的行為。

「你已經不是英雄了，所以我不打算向你報告、不需要你的幫助，也不會成為你的夥伴。Won't buy your shit.」

鼬占壓著嗓音，讓咬字越清晰越好，對通話的另一側說：

「所以，這次你也不要成為我的敵人喔，銀海？」

魔裝操者有我一個就夠了。

西洋棋銀河也好，數獨駭客也罷，最好永遠別增加。異戰王牌可不是為了回故鄉探望父母，或看遍各地風景而搭上火車的。

說完話，不等銀海做任何回應，他獨自抹暗了手機螢幕。

到此為止。

正義的夥伴戲分結束，不會再讓他登場了。就算後面還剩九萬十萬字也沒有留他的舞臺空間。

彷彿收斂掉與計程車司機的關聯般，將昔日戰友的通話捏熄，鼬占些微從中獲得了一絲愉快。他將手機裡的背景程式刷掉，再次點開音樂播放器，用食指將耳機壓回恰當的位置。

重新來過吧，從第一首歌開始循環起。

*

東返的結構不難搞懂。

與王立的舊街道相比，規劃更加現代，甚至三十年內才剛經歷過翻新，誰也沒料到會年輕枉死。

主要道路筆直而寬敞，大樓比矮房多，氛圍更接近有錢人住的地方。憑鼬占的腳程，前後將城區直線走穿，四、五十分鐘綽綽有餘，深入探索也兩三天就能搞定。難點並非時間，而是運氣。

他自認運氣稱得上強項。

超響體的行跡往往伴隨周遭強烈的電子設備騷動，人偶造成的影響更是連以前都沒見過的囂張。

然而幸運女神似乎正在放長假。進出廢街十數日不止，遲遲捕捉不到類似的破綻。可惜除此以外，他也想不出更好的手段去追蹤蟬壬了。

信誓旦旦地要求木咬契別插手，直至今夜，他依舊灰頭土臉地徒步於一片漆黑的大道上。

當任何一點燈火都無法找到時，才特別能感受到月亮多麼濃烈。

縱使毀滅此前也還算是個都市，荒廢期間湧出的葉叢或崩散的亂石，還遠不足以徹底改變地貌。月光的曝照也並未被徹底抹糊，從空隙間切下的銀色無比鋒利，把人工的不自然感列印在土地上。

非亮即暗，非黑即白的輪廓。

那份僵硬讓鼬占忍不住聯想到了骸骨的觸感。

露白的部分布滿歲月的痕跡，暗處則塞著苦悶。兩側排開的高聳石柱組成肋骨，他正通行於某種巨大生物的胸腔，像一顆心臟關在鳥籠裡。

忘了在什麼地方讀過，生物學家能從遺骨推測出軟組織的形狀，甚至猜想原主人的年齡與死因。例如扭曲的關節、露在嘴唇外側的獠牙、用骨骼重量計算肌肉量的比例等。

東返肯定擁有壯觀的屍體，行道部分是粗大血管打通的空間，腐爛的內臟與糜肉沉降至地底，養育著裂縫中伏生的強韌植物。

他忽然覺得腳步虛浮。

路面下想必藏著厚厚一層泥沼般、氣味難聞的脂肪與果凍似的老血。重建工人的電鑽挖破皮膚時，腳邊多半汨汨流出了不少漿水，新聞媒體卻從未報導此事，這個世界充滿了善意的隱瞞。

越鮮活的東西風化得越徹底，最終，東返的籠子只抓住了枯燥的月亮。甚至季節也感受不到，無論明天即將迎接隆冬或酷暑，今晚都得永遠如此冰涼。

若非耳裡還飄著人類世界的旋律，他連好好呼吸都很困難。耳機即是他的水肺，此刻張嘴說話，氣泡便會咕嚕咕嚕地從身體裡湧出來，帶著模糊的聲音浮上宇宙，膨脹破裂。

無憑無據，但鼬占覺得此處肯定能找到蟬壬的痕跡。

直到上個月為止，蟬壬還是個早已下葬的名字。牽動的回憶布滿灰塵，冷卻得跟墓碑一樣。但與黑博士——與老爸不同在於，他的死沒有葬禮，沒能經歷一場正式的告別手續。那盒告別被扔到了離生活很遠很安靜的地方，放置三年，像忘在車庫裡的雜物似的，和懷念感塞在一起。

幸好鼬占的房間一直很亂，對於翻找東西早就習慣了。

印象裡，蟬壬的住所同樣是一團糟。

中年男人的「房間亂」可不是他能輕易模仿的。真要給個形容的話，布置得就像隨時能迎接疲憊的主人回家、癱在沙發上好好喝完一杯威士忌兌冰塊，再從碗櫥裡拿手槍出來自殺一樣。

蟬壬散發的味道總是很安定，像磨損嚴重的皮革外套，外表糟糕，但短時間不會破掉，真破了也是料想中的事情，沒有值得提防的要素。比起黑博士，他就算有一點兩點缺陷，鼬占也能接受。

那是用簡單的加減乘除確立的關係。

他停下腳步。

「在這裡結束。往後走會接上鐵道線？」

西南部小商街一帶，新的破壞痕跡延伸至盡處，似乎沒有其他更像幾個月內發生的毀損形狀，這是一路追蹤過來的第四條斷頭線索。

手機裡的歌單循環了一輪。

那代表時間經過了兩小時。折返也會再花上兩小時，約莫凌晨四點才能回到電齋的公寓。

「今天的份到極限了嗎？」

鼬占摘掉耳機，抬頭從街區的縫隙往深處眺望。

他這才注意到一段距離外不明顯的光暈，稍微染白了小部分夜空。似乎是電力設備、人工照明無機質的顏色。

看來運氣不錯，便利商店還在營業。

*

差點就錯過了，比預想中更近。

明明城市四下又暗又安靜，唯獨這間破舊便利商店所處的方格是明亮的。骯髒的落地窗溫溫流出燈光，傳染在近處的人行道上。

鼬占感受到一股謎樣的吸引力，說不出原因。

他把耳機塞進褲袋，再次拉了拉背包肩帶，逕直走近自動門。隨著喀沙喀沙乾燥的雜音，兩扇玻璃滑開，滑稽的「叮咚」鈴響籠罩了異戰王牌。

熱風消散。

才抬腳一步踏進店內的光亮中，黑色戰甲瞬間喪失了自豪的隱蔽性。佇立於四面八方的空白下，他成了現場最稜角分明的異物。

雖然物理層面的防護很重要，但異戰王牌覺得此刻連彎曲一節指頭都會觸發警報，這套裝束從來沒讓他這麼尷尬過。

該死，趕快解決吧。

他揚起機械雙眼，望向收銀臺。

店內格局不大，無論貨架或冷櫃，商品不是撤走就是被遊民搜光了。五彩繽紛的雜物消失，連走道也寂寞了起來，搞得像核試爆實驗裡的空殼小屋。

拜此所賜，怪異的物件明顯不少，立刻抓住了眼球。收銀臺上堆著厚重的筆記型電腦、一些零落的機械零件，以及散亂的筆記，除此之外沒什麼變化。

但後方「整面牆壁」都被黑色麥克筆塗上滿滿的符號。大規模字符與亂線交疊推擠，找不到句子的開頭或尾巴，類似發狂的囚犯在監牢裡記下的瘋言瘋語，乍看讀不懂哪怕一個片語。

接著是「黑色的人偶」。

只有孤零零的一具，像個店員般站在負責收銀的位置。

不見敵意，也沒有突然扭動起來，奇怪的人偶乖巧地低著頭，好像在等待著什麼。此時它背後的混亂塗鴉意外產生了一點迷彩的作用，稍微淹沒掉了人偶枯燥的輪廓。

『歡、迎光——臨。』

人偶的頭部微微傾斜，從脖頸銜接的位置傳來摩擦聲。音波組成了近似人語的噪音，說不出的詭異。

原來你能溝通嗎？

以前，那些擁有普通宿主的超響體當然能講話，雖然發出的聲音介於咆哮或哀號的待商榷狀態，但至少知道是企圖表達些什麼。

鼬占從沒想過人偶也能傳遞資訊，畢竟上一回遇到時，它們散播的盡是些不連續的怨氣迴響。

『……窕勘選刊（挑看選看）喔。』

「還挑看選看咧，架子上不是什麼也沒有嗎？」異戰王牌忍不住吐槽：「妳說是吧，金絲貓小姑娘？」

「哈、哎？」

Ämme發出神經衰弱的悲鳴，眼鏡從鼻梁上滑了下來。

這個語言系統裡最大的謊言就是「眼不見為淨」。都乖乖把頭低下去、表現出一切配合的低姿態了，全身黑又尖尖刺刺中二到不行的變身英雄還跑來搭話，人生爛透了。

她坐在櫃檯前面，椅子是從用餐區搬過來的。身邊放著不少東西，似乎剛剛還在修理一臺沾滿風塵的店用咖啡機。

「您您您撥的號碼是空——」

「把我當白痴？」

「嗚嗚，果然沒用。」**Ämme**用力咬著嘴唇。

「名字報上來。」

「Ämme……」

「原來如此，妳就是另一條尼伯龍根的狗。」

「對我做什麼都可以，請不要傷害齊格菲嗚哇啊啊！（嚎啕大哭）」

「說什麼鬼話，我能拿他怎樣？在他的紅茶裡放安眠藥嗎？小姐妳要不要先關心一下自己？」

「我、我有……」她神色慌張地左顧右盼，隨即從腳邊撿起公事包，救命符似地緊緊抱在懷裡：「我有槍！」

「呸，什麼嘛槍而已。」

異戰王牌興趣盡失地嘖了一聲，解除變身狀態。

天底下能威脅魔裝操者的東西從上往下排：核彈、經濟不景氣、衣服褪色、鵝、闊刀地雷，最後才輪得到槍。

『誰不是人生父母養。』

「連人偶都在幫妳求情，小姐妳究竟怎麼活成這樣的？」

「嗚嗚嗚謝謝泥人偶先孫！」

『要幹架到酒吧外面去解決。』

「哼，這傢伙還挺有趣，左一句右一句的。」

鼬占浮現兩排牙齒都露白的恐怖笑臉，從飲食區也搬了張椅子，翹腳坐到黑色人偶面前，放鬆地將一隻手肘靠在收銀檯上。

他伸手試探性地敲了敲人偶的臉，叩叩：「根據需求說出記住的成句嗎？有一份對話的資料庫？不曉得是從哪學來的。但能那麼精準地抓關鍵字來延伸，真聰明。」

「連、連泡咖啡也會喔。」Ämme推推眼鏡，用細小的氣音說。

「所以妳才忙著修機器？讓我看看。」

說著，魍占也不等對方反應，抓過咖啡機端詳。

機體外殼拆得七七八八，暴露出裡頭的結構。他轉倒機體，歪著頭用不至於擋住光線的角度一一檢查。

「咖啡機怎麼來的？有氣味耶，之前運作正常？」

「運作正常。但我不曉得來源……都是蟬壬帶過來的。大、大概是從別間便利商店吧，因為這裡的機臺完全不能用……」

「妳果然跟蟬壬一掛呢。」

「唔，嗯。」

「其他部位妳都弄得差不多了，剩這裡，」魍占用手指著其中一個部位：「拉水上來的電磁閥，妳看底座縫隙有乾痕，裡面大概燒掉了。」

「哦哦，好眼力。」

「喂黑色人偶。」

『故鄉的風又在呼喚我了嗎？』

「把你背後那臺爛掉的咖啡機搬來，看有沒有零件能替換。」

『坐在辦公室裡使喚別人當然很容易。』

黑色人偶順從地按照指示行動，然而似乎沒有先拔插頭的概念，電線一扯直接將櫥櫃上的東西掃落滿地，啪哴啪哴摔爛了兩只茶杯。

鼬占借用 Ämme 帶來的工具組，三兩下剝光機體，拆了新的零件塞進它應該存在的位置。

「……你怎麼會修咖啡機？」Ämme 杵在一旁看，怯生生地問。

「『只』會修咖啡機，以前在三岱打工，解體過幾臺。」鼬占聳了聳肩，沒什麼大不了似的，撿起外殼開始復原：「喔對妳讀工科。班門弄斧了？」

「無、無論如何，唔呃，謝謝你幫忙。」

「咖啡豆呢？」

「有。」

「也是蟬壬帶過來的？」

「嗯嗯。」

「那混蛋還真享受生活。我們泡個幾杯，讓機器跑跑看。」

「咦？」Ämme 愣了一下：「要要要是被蟬壬發現，生氣了怎麼辦？」

「安啦我保護妳，我打得贏那傢伙。」

「……你用這種話騙過多少女生？」

「小姑娘，是不是忘了我也能把妳扁到連妳媽都認不出來。」

『殺人還要誅心？好可怕啊。』

「噫噫！對、對不起。」

EP. 07 U2

電力、水、咖啡豆湊齊後，黑色人偶理所當然地準備起了咖啡。

來人啊，付薪水給這個勤快的傢伙。

等待期間，鼬占在塗滿整面牆的鬼畫符前沉思，來回踱步研究，偶爾拉遠距離到空貨架之間觀察，然而無論細節或整體都毫無邏輯。

Ämme 像個小媳婦似的，小心翼翼收拾掉了打翻的茶杯，並蒐集起散落的筆記紙張，堆成一疊整齊放回收銀臺上。

那些筆記的內容也很模糊，勉強能分辨出代表時間、地點的數字，但要不是早已發生過好幾年了，就是遙遠到這輩子都碰不上。

便利商店外已經凌晨一點，換日了。

「嘖，」好不容易抓到蟬壬的根據地，面對線索卻不見進展，鼬占不耐煩地咕噥：「他是在計算什麼嗎？幹麼寫在牆上？打算留給誰看？」

總算將環境收拾乾淨的 Ämme，這時才向他出聲搭話：「啊～可能不是計算喔，我、我已經全部檢查過了。」

「蟬壬什麼也沒跟妳解釋對吧。」

「嗯，只有他找我，沒有我找他，而且也幾乎碰不上面。」

「關係真差。」

「前前後後算來，我們好像只見過三、四次面。」Ämme 暮氣沉沉地回應：「其他類似的據點，就我所知還有兩處。他老是把指示留下，等我自己取。」

「這次也是？」

「對，我拿到了。」

「怎樣的內容？像ＲＰＧ遊戲的任務一樣，叫妳去哪裡殺幾隻？」

「……」對方別開了視線。

「不想講就算了。」

「幾週前，久違地能跟齊格菲搭上話，也是多虧蟬壬的引導。」Ämme 若有所思地說，眼神不自覺飄向手邊的筆記紙疊：「所以這次他留下的訊息，大概是打算要求我的回報吧。」

「回報？喂喂，他真的是妳的輔導員嗎？」

「最初是他先接觸我的。預備轉入葵暮時，面對一連串複雜的程序，依他的指示去做的確拿了不少方便，」她語帶保留：「我也沒有完全信任他，然而想調查也查不到點。」

「至少妳很清楚他是什麼來頭吧？」

「或多或少。幸好有西洋棋銀河，魔裝操者過去的祕密流出不少，這一年間情報部正忙著將其補完。」

「萊薩事件呢？」

「止步於略有耳聞的程度，要是你能詳細和我分享就好了。」

跟初洗花的狀況不同，鼬占屬於關係人，或許握有強力的情報。Ämme抱著拋磚引玉的想法，適度扔出手牌。

她不排斥雙方互挖材料。

『這樣——總共一百六十元，收×××您剛好。』

黑色的人偶將咖啡完成了，兩只冒著熱煙的馬克杯擺在櫃檯上。

鼬占疲勞地拉了拉肩膀，回到Ämme身旁重新坐下來。他端起杯子，謹慎地啜了一口，再興致缺缺地放下。

短暫沉默後，他才黯淡地重新打開話題：「尼伯龍根最終會與蟬壬為敵嗎？」

「視情況，我們必須保護人類。」

「哦喔，好一陣子沒聽到這句話了呢。耍劍的也不太掛在嘴邊。」

「……」

Ämme用別有深意的眼神望了他一眼，遲了幾拍才問：「鼬占先生，齊格菲是一位怎麼樣的朋友呢？」

「很像樣的人，一言一行都有他的風範。」

「總覺得我想要的不是這種答案……」

「妳自己心裡沒個底嗎？」

「我、我沒什麼機會與齊格菲深交，嗚，說來沮喪。」

「同事不疼、輔導員也不愛，小姐妳人緣奇差呢。」

「……對不起。」

對方露出真摯的低落表情，垂下頭，將雙手輕輕捧在咖啡杯兩側。熱水的蒸氣在眼鏡上染出霧濛。

一直等到溫度被冰涼的十指吸收殆盡，Ämme 才將其捧起。然而當溼潤的香氣充滿鼻腔，她又將飲品擱了下來。

其實沒有喝咖啡的心情——直到此刻，心裡才浮現出自覺。

「妳剛才說不是計算，」鼬占仰高下巴，意指兩人眼前的塗鴉牆：「什麼意思？有別的看法？」

「靠動作分析、筆跡鑑定等技術得到的推論。連他是左撇子也能知道喔？但這些亂訊簡直不像同一個人的手筆，手癖習慣不斷跳換，多重人格似的。」

「什麼啊，怪恐怖的。」

「經過整理後，還是能歸納到蟬壬的獨力完成上。至於書寫的目的，比起計算，他更像在努力排除想法。」

「排除想法？」

「呃、對。把垃圾資訊一起統整，再區分出好壞的感覺？我覺得蟬壬留下這些痕跡的時候，或許精神不太穩定。」

「……我也很難想像他會乖乖當什麼輔導員。」

鼬占吐出一口深沉的長氣，混合著咖啡的味道在空氣裡下沉。

你究竟在思考些什麼呢？蟬壬？

「鼬占先生。」**Ämme** 似乎鼓足了勇氣，才張口打斷他的深思：「你的輔導員又是怎麼樣的人？行事作風如何？」

「嗯？愛操心啊。把一群社會不適應的傢伙聚在一起，創了個『注孤生社』，定期關心聯絡，平常跑些雜務，好像很忙碌。」

「就這樣？」

「想問什麼快問。」

「沒有表現出超前行動的跡象嗎？比方說掌握你不曾提及的私事、或者先一步進行人員部署。」

「哈，那女人老是遲到耶，怎麼會有那種白痴猜想？」

「……蒐集情報的人，自身也難免會留下足跡。蟬壬卻穿透了指導院的表層組織，直接聯繫到『我』，諸神的黃昏。手腕再如何高明的蜜蜂，深入至此也該驚動花蕊了，我覺得……充滿敗北感。」

據傳梓司令也遭遇過行蹤暴露的狀況。

手段從何而來？占卜？魔法？

「所以我想，說、說不定，呃嗯，這些人成為輔導員之後，能藉由某種形式獲取一些暗示，靠著 Narrative 背後——」

『Narrative。』

不經意的單字觸動了平穩的氛圍。倏然間，黑色人偶猛烈顫抖，關節放出錯落的喀喀聲響，巨大低沉的噪音從耳底猛烈壓了上來。

嗡！

『Narrative。』

耳鳴伴隨著人偶不祥的複誦，刺入腦海。

「幹什麼！」

鼬占瞬間起身，反射性護住 Ämme，另一隻手摸向變身手鐲。必要的話，他能在鎧甲徹底包覆全身前，先武裝右拳擊碎敵人。

慢上一秒，但 Ämme 也拎起了裝槍的公事包。兩人交錯後退了一步取開距離，姿勢繃緊地面對異狀。

旋即，纏身的震動像黏稠的觸手一樣從腳底爬上。

整間店都在發顫。

身後的貨架不停搖晃，上方斷斷續續滲落灰塵，除此以外，或許還有一陣更加低沉、臃腫的鳴叫聲匍匐於牆內，無法辨識。

人偶不自然地旋轉，掉幀似的改變肢體位置，發出尖銳的響聲：

『預知夢。未來始序於零。HK05832。GHG53387。十億何有安眠。IT'S JUST A JUMP TO THE LEFT。』

「把話講清楚！」

『Jak1-20-07370。晚安，小鬼頭。』

「混蛋。」鼬占掄起拳頭，剎那 Ämme 卻使勁扯住了他的肩膀：

「先等等！」

視野頃刻暈眩起來。

電器濺出火花，頭頂的燈具閃爍，忽明忽暗伴隨耳膜的刺痛。繼續待在如此環境下，只需要五分鐘……不對，三十秒即可，感覺連膽汁都會嘔出來，精神也將瀕臨崩潰。

『嘎、嘎嘎、呀啊啊啊啊啊——』

咚！人偶如同背筋遭人往下硬扯似的，仰起頭顱，高高望向上方，痙攣抽搐了幾秒，旋即垂下身軀，喪失了所有力量。一切燈照隨著斷裂聲熄滅。黑暗立刻從街道灌入店門。轉瞬間，兩人就從廢墟都市的溫暖小窩被扔到了荒郊野外。

『……』

空氣再度安靜下來。

除了天花板依稀傳來嗶剝、嗶剝燈管的碎響，沒有東西再發出聲音。瞳孔漸漸適應黑暗，月色的作用緩慢浮現。

鼬占這才察覺，不論自己或Ämme都喘著重氣，心臟怦怦的聲音強而有力地打在喉頭上，他能清晰感受胸膛的起伏。

不用猜了。

那是蟬壬留下的訊息——預設鼬占存在現場，讓人偶提前學習，並於特定時點觸發、寄往未來的掛號信。

「喂，妳還好吧。」

從一片黑暗中響起鼬占僵硬的聲音。

身旁先是窸窸窣窣了一下，才傳來回應：「我還……啊，又流鼻血了。」

「流鼻血？」

「沒、沒有大礙啦，只是我的老毛病。等等我拿個紙巾。」

「到外面處理，這裡太暗了。」

「唔唔嗯。」

兩人將殘留餘溫的咖啡留在店裡，來到後巷的空地。周圍堆著貨箱和垃圾子母車，地面托著一片月光，比較沒那麼不安。

Ämme 習以為常地取出面紙。

她從鼻孔往下的半張臉全是血跡，滴落到衣袖與領口上。然而表情看不出慌張或苦惱，只是閉嘴慢條斯理地進行著清潔，順便整理眼鏡。

鼬占抱著腦袋，坐在塑膠貨籃上，花了點時間才緩過來。耳朵到現在還隱隱作痛，更深處的地方、延伸至脖子內側、牽扯到下顎的肌肉，有種酸楚緊繃的後遺症。他舔了舔臼齒後面的口腔隙縫，歪著嘴巴咂了幾聲。抬頭看向 Ämme 時，她已經把面紙收起來了。

「止住了？」鼬占發覺自己的聲音啞啞的。

「唔、唔嗯，結束了。」

「妳經常這樣？確定沒受傷？」

「剛才一瞬間，太多垃圾情報湧進腦袋裡，計、計算沒煞住。」Ämme 用相當符合改造人狀況的說詞，支吾地解釋：「我的腦袋不像齊格菲那麼好。」

「明明是二號。」

「二號是追趕著一號背影的位置。」

她勉強地露出一抹乾枯的笑容，抹飾掉語氣裡的苦澀。

「你呢？」Ämme 延續著鼬占的話題：「剛剛發生的事情……有頭緒嗎？我可能幫不上忙，對不起。」

「耶穌問他：你叫什麼名字？他回答：我名叫『群（軍團）』，這是因為附身於他的惡靈為數眾多。」

「咦？」

「伴隨著人偶騷動的聲音，從我腦中浮現的是這段話。」

那是來自聖經的一段故事：耶穌一行人旅經某處岸邊的小鎮時，一名遍體鱗傷、被惡鬼附身的狂人從墳場出現。耶穌斥喝著讓惡鬼報上名號，對方卻回答自己是「無數的群集」。最終，大量的魔鬼們轉而附身在近處的豬群，兩千頭豬最終跳入海裡，全部淹死了。

「你和蟬壬……不可能是個信徒吧。」

「那混蛋哪天說自己信仰神靈，我會搶第一棒恥笑他。不過，如果是為了設計謎語捉弄別人，他肯定也能安安分分地把經書讀完。」

鼬占用食指與拇指按摩眉心，閉上雙眼：

「**Jak1-20-07370**。」

「那是你們之間溝通用的暗號？」

「是遊戲。蟬壬喜歡拋難題給我，看我解決謎語的模樣。」

「解出來了？」

「還沒，但知道方法了，對擁有前提的我而言不難。所以這次只是充當一種指向的包裝吧。用來表現那是留給我的資訊。」

「唔，想排除掉我嗎？」Ämme 抿著嘴唇細細思考，在鼬占對側的廢棄輪胎堆落坐：「指的是日期？或者座標？前面看似沒有關聯的詞彙，也許能對應到大地測量系統上？看來得先限定出密碼的對照庫。」

「小心用腦，別又流鼻血了。」

「我、我才沒那麼虛弱……大概，嗚。」

她一隻手撐著腦袋，反芻人偶說過的話。

兩人苦悶地沉默了幾分鐘，最後是 Ämme 的舉動破壞了寂靜。她從懷裡取出一枝食指長度的黑色錄音筆：

「喏。」

「什麼東西？」

「包含剛才的聲音，這裡收錄著二百四十七筆人偶行動時留下的發音紀錄。如果你願意成為我的協助者，這份資料可以讓你拷貝一份喔？」

先從萊薩事件的情報交換起吧？

Ämme 嘴上如此說著，表情卻掛著一絲遲疑。現在做這筆交易究竟划不划算？她不太敢肯定。

「我要那些垃圾幹麼？」鼬占嘖了一聲。

「也許藏了你漏掉的訊息在裡面，但得用儀器先修復過。」

「我家沒有那麼高級的——」才脫口而出，鼬占就想出了幾個腹案。單純只需要檢查音檔的話，以前的人脈搞不好能派上用場。他頓了一頓：「妳蒐集線索，是預備最後跟蟬壬為敵？」

「倒……也不是。」

Ämme 悄悄別過臉：「蟬壬能跳過一般的 **Narrative** 組織，協助我離開指導院，並引導我接近齊格菲，驗收框架的現況等。我則受到他的委託，幫忙調查新的超響體，以及他『死而復生』的內幕。所以……不至於變成敵人吧？我和他暫時只是各取所需罷了。」

「是利害一致。」鼬占冷笑著修正。說各取所需未免也太有自信了，眼前的小女孩，終究不過是數獨表上的一個字符：

「把黑色人偶的聲音當成線索，妳也真是飢不擇食。」

「咦？但你剛剛才經歷過吧？人偶會記錄事件中的碎片，再加上似乎與蟬壬有某種感應，或許它們也錄下了蟬壬的經歷？比這更有效的線索，只剩親自跑一趟萊薩工廠了，但我打不了沒抽上手的牌。」

「妳期待那些沒有臉的怪物，像唸故事一樣把前因後果說給妳聽？哈哈哈，記憶吐司都沒這麼厲害。」

「當、當然不是！」

「那種殘骸不可能成為『記錄者』，」鼬占不屑地否定了她的計畫：「資料對人偶沒有意義，它們的聲音只有反響，只是些念頭的發洩。」

「……你以前遇到的超響體也是嗎？」

「誰在意肉塊說了些什麼。」

「因為那是肉塊？」

「嘖，因為那不是『原本的東西』！」

雖然低淺，但魎占反著懟回去的口氣浮現一絲慍怒。

Ämme 愣了一下，片刻間慌亂著不知該如何反應。經過一段乾燥的無語，她才微微低下了頭：「抱、抱歉。是我太粗心了，原來魎占先生那麼害怕超自然現象。」

「啥？」

「別別別擔心，我也很怕！這、這是正常的！雖然沒有魔裝操者那麼誇張，但我在任務後也經常睡不安穩……畢竟黑色人偶感覺就像幽靈或冤魂一樣呢，會想起很多不好的回憶，我懂，我完全懂！請你不用覺得羞恥！」

「誰跟妳——」

魎占煩躁地想要否定 Ämme 的說詞，不知為何，舌頭卻停頓了下來，啞著沒能繼續說下去。

既然並不害怕幽靈，那自己剛才又在對她發什麼脾氣？

「……」

「可、可是，黑色人偶應該沒關係喔？原理跟幽靈不太一樣，雖然我也不曉得幽靈的原理是什麼，至、至少不是本尊嘛，心境上比較、呃嗯對吧？」

另一方面，Ämme 並未察覺到颱占異常的沉默，還在單方面進行失言的補償工作，六神無主地說些安撫的話：

「幽、幽靈最可怕的地方，就是不曉得它打著什麼算盤。我滿擅長察覺別人臉色的喔？看一眼就知道對方想從我身上得到什麼利益。但、但幽靈根本無法預測，遇到的話該戰鬥還是逃跑，拿不定主意啊！咕，同樣的道理，青蛙也很討人厭對吧？蝗、昆蟲也是。這麼說來，魔裝操者也沒有表情呢——啊！我並不是在說魔裝操者討人厭，剛剛剛才的話不算數！」

「……」

「颱、颱占先生？」

「——哈啊。」

颱占用力揉了揉臉。

總覺得眼睛附近有點累，不如說整個人都很脫力：「……也罷。錄音檔拿來。另外萊薩的情報也給妳。雖然我覺得意義不大，但愛查就查吧，隨妳去查個爽。」

「咦？」

「『死而復生』的內幕？哼哼。」

——當然是一道白光從破掉的天花板打進廢墟，兩隻半裸的小天使拍著翅膀緩緩降落，雲頂傳來 KOKIA 的歌聲。然後蟬壬的靈魂飛回身體，像被磁鐵吸住一樣，從胸口拎著整個人浮起來。

怎麼可能。

明明雙方都沒有多餘的心力裝飾那些理由了。

Ämme 並沒有說錯——幽靈麻煩的點，是不曉得它在尋求些什麼。

徘徊廢街十數日，魎占此刻才漸漸認清，自己只是想等某個「隨便都行」的第二選項出現，只是心底還有不乾不脆的懸念罷了。

笑死人了，別卻步啊。

期望蟬壬還留有任何轉圜的餘地，那才是一件真正丟臉的事情。Narrative 輔導員？給我乖乖躺回棺材裡。

之所以不讓木咬契插手、不想把主導權留給正義使者們，正是因為這場災難必須由他畫下句點，必須親自捻香訣別才行。

來互殺，將變身手鐲徹底破壞，然後好好告別吧，蟬壬。

既然打算與過去兩斷，那就一個亡靈也別遺漏。

——全部幹掉（惡人正機）。

「我可不能逃走。」

魎占的聲音穩定了許多，他沉靜地望向 Ämme：

「隱藏訊息、遺恨、事件的碎片吧啦吧啦，最後真相是什麼無所謂，我只要能做個了斷就夠了。」

「真相是什麼還挺重要的……」Ämme 囁嚅地說：「不、不過，既然您打起精神了，就一切都好？」

「吶，可真是打起精神了，沒想到會必須跟妳道謝。」

鼬占以手掌抵著臉，目光從指縫間漏出，似乎微微發亮著：「錄音檔我會拿去分析。的確，不把超響體徹底消滅，也稱不上讓事件塵埃落定。無妨，從魔鬼到豬全都殺給妳看。」

「鼬占先生，你的表情好恐怖……」

Ämme 推了下眼鏡，苦苦遲疑幾秒，才戰戰兢兢地把錄音筆交出手。

看著那張完全稱不上善類的陰暗笑容，她很懷疑這個選擇是否正確，只能祈禱至少別造成不好的後果了。

也許戰鬥時會刻意把臉遮起來的人，或多或少都有點神經病吧。

EP. 08 P1

【提問】最近英雄們都很忙嗎？
【作者】menyum0667
【發文時間】1小時前

昨天下班從公車站走回家的時候，巷口站著一個黑色的人偶。
周圍的燈光還滿昏暗的沒有看很清楚，但感覺有點可怕，我住梅山耶，黑色人偶不是控制在東返嗎？
倒沒有說被攻擊還是怎樣的，它就呆呆站在十字路口旁邊。也不是一次兩次了，之前好像也看過幾次吧，我也不可能靠近去確認啊。
人手不足到這種程度了嗎？說來最近也很少看到有英雄在戰鬥。有沒有資源全部集中到東返，搞得現在其他城市燈下黑的八卦？

NekoD1717：樞機半夜也看過（40分鐘前）

Bluetim：報警啊問我們幹麼？（23分鐘前）

Yesyes23：王立在四月初早就有了，但沒發生什麼案件（21分鐘前）

Luichan：東返該升級了吧？（15分鐘前）

XiA404：@Luichan 升級了喔，現在列為二級管制了（14分鐘前）

Yesyes23：說真的沒造成什麼破壞英雄也不會知道（10分鐘前）

Yesyes23：半夜出來巡田又會被嫌擾民（10分鐘前）

Yesyes23：有疑慮反正你就報警，那樣最好（9分鐘前）

Luichan：二級管制是火車還能通嗎？（9分鐘前）

XiA404：@Luichan 還能，但是你買票車站會登記身分（8分鐘前）

eataBOX：我有在當英雄的朋友，其實沒收到通知他們也不太會主動去找案件，原po擔心的話去載納拉通，我沒看過有人在用就是了（4分鐘前）

paincel：我也看到了，在水林寶城天下樓頂（2分鐘前）

Abton109：\|/（1分鐘前）

XiA404：@eataBOX 有啦學校都會叫學生裝，軍訓課的時候（1分鐘前）

＊

趁著行程表出現空檔，初洗花回了電齋高中一趟。

社會科教室週一、四由桌遊社使用，禮拜五則是注孤生社的時間。不清楚桌遊社怎麼分配，但注孤生社是輪週負責打掃。

上禮拜交給椴葉，現在輪到初洗花。雖然其他社員主張學姐既然已經在家自學了，從輪班裡除名也無妨，然而基於各種（主要是個性）理由，初洗花堅持做完自己的部分。

本以為教室沒人，剛收拾掉掃具，離開前卻撞見了椴葉。離放學已經好一段時間了，在等鹿庭從競泳社出來嗎？

「學姐！打掃辛苦了。」

「嗨，椴葉。」

「有看到一副手套嗎？騎車用的那種。」

「我幫你收在系統櫃裡了，左邊第一格。」

「謝啦～」

椴葉匆匆忙忙地錯身而過，到教室後頭翻找東西。初洗花握著鑰匙在入口等候鎖門，隨興地出聲搭話：「最近狀況還好嗎？」

「一切在控制之內。」他拎著軟軟皺皺的手套走回來：「黑色人偶的餘波還沒結束，平均每週一兩次吧，但大家已經開始習慣了。」

「我還以為選了個比較輕鬆的話題……」

初洗花的表情有點複雜，調侃著說：「當我問『最近狀況還好嗎』的時候，迎面走過來的人居然回答『一切在控制之內』，在下是邪惡組織的幹部嗎？」

「說得也對。」椴葉同樣露出了苦笑：「但如果只問我個人的生活，答案也差不多是『一切在控制之內』吧。」

「萬用定形句呢。」

「唔，其實我不太習慣被妳這樣問，也是個原因。」

「自行車社進展如何？」這次話題總不會脫靶了，初洗花想。

「……」椴葉露出了要不是他剛剛一瞬間用超快的速度吃了一顆檸檬，要不就是真相令人難以啟齒的表情，支吾了一下：「懷抱希望展望未來，共創鐵馬新電齋？」

「你在選里長？」

「我還有什麼辦法！本里的里民都不騎自行車啊！」一號候選人椴葉在政見發表會上抱頭痛哭。

「乖啦乖啦～」初洗花摸了摸學弟的頭。不過身高存在差距，她只能把手抬得老高，踮起腳尖搖搖晃晃：「願意採取實際行動真了不起，我從沒想過要創廣播社呢，你已經比我還要偉大了喲？」

「被稱為軍神的學姐居然支持寬鬆教育。」

「才不呢，我可是那種拿到參加獎會生氣的小學生。」

「真可怕的好勝心。」

「午餐也要當全班第一個吃完的人。」初洗花雙手握拳，鼻孔哼氣。

「啊～我懂，謎樣的較勁。」

「考試也不承認甲上以外的成績。」

「壓力絕大。」

「所以拿到一百分和A+的時候，情緒低落了整整一個禮拜。」

「意思不都一樣！單純只是沒搞懂其他評量方法而已！」

「空汙指數為什麼是綠黃紅紫，而不是丙、乙、甲、甲上呢？」

「妳對甲上的執著已經病態了！」

「呵呵呵。」

「感覺現在的對話好奇怪。」椴葉若有所思地說。

「什麼部分奇怪？」

「一樣是瞎聊，兩分鐘都過去了還沒提到腥羶色，空氣好清新。」

「……你跟鹿庭真的需要找時間坐下來談談。」

＊

結束與椴葉愉快的閒談，分別前，她打聽到了鼬占的位置。將教室門上鎖，回辦公室歸還鑰匙後，初洗花繞了一趟遠路。

季節步入初夏，日落明顯推遲不少，夕陽的尾巴還留在校園裡。

鼬占獨自一人蹲在操場外側的綠化區，背對這邊，悶頭忙著清理環境。左耳掛著耳機，不曉得正在聽什麼。

初洗花盡可能收斂腳步聲，輕悄地走到他身後。確定完全沒被發現，她屏住氣息，把臉靠到鼬占右耳邊的至近距離。

雙脣抿起，嘴裡的空氣壓住，像讓泡泡破掉那樣，發出比棉花糖緩緩沉進熱巧克力裡更輕柔的聲音：

「啵。」

「咕哇啊啊啊！」

高達一九五公分的絕叫。

倉鼠從籠子裡衝出來躲到沙發底下時，飼主大概也會發出這種哀號吧。

颱占整個人倏然直起，盲目地猛推，但腳步也同時失去了平衡。碰撞的衝擊力讓兩人都向後仰倒在草地上，亂七八糟的草屑嘩沙嘩沙四散飛揚。

「嗚、咿。」

初洗花發出狼狽的掙扎聲，慢慢撐著身體爬起。抬手想撥掉黏在臉頰的塵土，卻發現手掌上都是奇怪的草腥味。

颱占的表情從驚恐轉為惱怒，摘掉了耳機。裡頭原本正在播放 Ämme 蒐集的錄音檔，他關掉程式，把手機塞進褲袋裡：「妳幹麼！」

「抱、抱歉抱歉……噗哧。」沒料到場面會變得這麼尷尬，初洗花反倒忍不住笑了出來：「是我不好。你的反應還真誇張，我有那麼可怕嗎？」

「妳沒那麼可怕，但妳有前科啊小姐！之前還突、突然親——」

「嗯？」

回憶起去年海生館的遭遇，颱占唐突哽住。

另一邊，初洗花倒是波瀾不興，側臉微笑著回望了過來，等他把話說完，似乎沒意識到自己的罪孽深重。

黃昏時分的薄光從身後透出，雖然頭髮一團糟，袖口與裙襬也沾著草屑，但那樣開朗地胡鬧過後，沉靜的初洗花看上去比平時格外可愛。

那雙乾淨的眼神深處，那顆小小的腦袋究竟都在想什麼啊王八羔子。

「嘖，沒事啦。」颱占困窘地用掌心按著嘴，乾脆放棄了爭執：「喂妳的頭髮，變得像能劇裡的鬼一樣了喔？小孩子看到會哭的。」

「咦？」初洗花慌忙往頸後一梳，沒想到立刻抓下一片落葉。的確很悽慘。

她從背包裡取出梳子，交給了對方。

「啥？讓我來？」

「麻煩你囉～謝謝。」

邊說著，她挪動屁股將身體背對颱占。西晒的落日有些刺眼，讓她忍不住抬手到額邊遮掩光線。

「……」

玩鬧的空氣逐漸沉澱下來。

初洗花閉上眼睛，靜靜等待紳士的服務。颱占掙扎了幾秒，還是無語地靠了過去，一前一後坐在草坪上。

由於沒什麼整理長髮的經驗，不曉得施力到什麼程度會弄痛對方，他的動作綁手綁腳，局促得像在雕刻工藝品。

「手法很謹慎呢。」

「囉嗦。」他小心地從初洗花的臉側收拾起髮絲，囁嚅回嘴。

「怎麼會在這裡愛校服務？你又惹了什麼麻煩嗎？」

「遲到太頻繁。」

「早上爬不起來？」

「嗯，半夜都在東返當偵探，只睡四、五個小時，而且還分開時段睡。不知不覺就多了好幾支警告。」

由於距離很近，雙方的說話聲也放得很低。

操場上此時已沒有其他學生。向跑道望去的晚霞十足遼闊，但兩人擁有的綠蔭角落卻從景色中孤立，風與鳥鳴以外僅剩下話音。

「現在也很睏吶……」手上一面整理，鼬占一面疲倦地說：「平常一回公寓，我會立刻先睡兩小時，吃點東西再搭計程車去東返。」

「辛苦了。」

「本來就是我自己攬下來的，呼哈。」他打了個哈欠：「髮圈呢？」

「剛剛綁的那個，好像掉進草叢裡了？我拿新的。」初洗花撿起提包。

「別動啦，都快散開了。用我的繩子綁吧。」

一邊平淡地出聲制止，鼬占以左手虎口束好初洗花的馬尾，右手從脖子上將一條深紅色的細繩摘了下來。

「那條編繩是裝飾？紀念？有什麼特殊涵義嗎？」

「以前吊著變身手鐲用的。把手鐲像項鍊一樣掛在胸前。因為動不動就得變身，放在褲袋裡會來不及反應。」

「以前？在三岱生活的時候？」

「嗯，不知不覺戴習慣了。」

「之後還給你。」

「我比妳更不需要這條破繩子。」鼬占挖苦地笑了笑：「紅色不適合我，紅是紅心皇后的紅，我是黑太子。乾脆就送給妳吧。」

「……」

初洗花沉默幾秒，等感覺到馬尾被確實紮起後，才側著上半身轉過來，仰起臉望向鼬占：

「走，帶你去一個好地方。」

*

貓咪咖啡廳「肉球工坊」。

「呃，啥？」鼬占給出了直覺的評價。

對不起，椴葉，當時把你硬拉到納拉 Soul 那種宅店。你所感受到的迷惘，我現在也像接住回力鏢一樣被擊中了。

他在心底偷偷道歉，一邊皺著臉，跟在初洗花後面。

店鋪藏在商圈外圍的窄巷、幾乎屬於住宅區的段落。環境更加安靜，門口裝飾成歐洲風情，裡頭的照明也很乾淨和緩。

入口掛著一些店家資訊、規則，也貼著店貓的照片。總共十二隻，囊括各類品種，而且臉看起來都很機歪。

更正，機歪是鼬占的個人感想。

走進店內，換上提供的拖鞋，兩人選在靠窗的位置入座。店裡此時還有其他賓客，但稀稀落落的。

「這裡也有正餐可以點喔。」邊說著，初洗花打開菜單，把專門介紹店貓的那幾頁推給鼬占看。

「沒想到電齋有貓咪咖啡廳。」他直接把菜單翻到食物那一頁。

「鹿庭推薦給我的。」

「我可能太小看附近居民的消費能力了。」

「你平時不去商圈玩嗎？」

「十一點在卡店跟牌友們集合閒聊，測牌練運作，中午到旁邊買滷肉便當和紅茶冰，下午一點返回卡店打比賽。」

「你腳底的電齋好小。」

「我吃這個好了，掌印魚板烏龍麵。」

「那我，」初洗花的聲音頓了一頓：「鼬占，你有注意到嗎？」

「注意什麼？」

「完全不靠過來呢。」

店裡的貓影目前出沒了五隻，有的窩在沙發區，還有直接睡在空椅上的，然而沒有貓想走近窗邊。像是張開了結界，體毛超過一定比例的生物不能跨進來。

「你的殺氣太重了。」初洗花惋惜地說。

「怪我？我又不殺貓貓！」

「貓貓的主人呢？」

「貓貓沒有主人也可以過得很好。」他哼了一聲。

「不要在貓咪咖啡廳說這種有待商榷的話。」

「在場也沒有貓反駁我啊？喂妳說是吧！那個呃……名字叫茹茹來著？茹茹小姐妳真的需要主人嗎？」

鼬占找了隔壁桌面上灰色的美國短毛貓徵詢意見。但對方連聲音都不屑發出來，舔幾口爪子就調頭跑開了。

「畜生破貓。」

「呃，不好意思，能為您點餐了嗎？」

不知道何時開始，肉球工坊的店員就抱著點餐板，一臉尷尬地站在旁邊。

初洗花用力摀著臉把腰彎了下去。

這間店可能不會再來第二次了，對不起鹿庭。

雖然留下了地獄般的顧客印象，好在店家很有風度，普通地完成了點餐，普通地吃上了晚飯。

＊

一直到開飯時貓們也不肯賞臉，連肉泥戰術都無效有點太扯了，兩人只得放棄。變得像在一般的飯館用餐，有點寂寞，但能試的都試過了。

「哈——」初洗花長吐一口氣：「本來打算找貓咪好好放鬆，結果居然會被貓討厭，預想以上的打擊。」

「學姐最近遇上了什麼亟需紓解壓力的事情嗎？」

「嗯，一切在控制之內？」

「邪惡組織的幹部？」鼬占嚼著魚板，嘲笑地追問：「能難倒妳的事情究竟是什麼？除了被貓喜歡以外。」

「很多，能難倒我的事情兩隻手也數不過來。」

她垂下眼瞼，從淺盤裡叉起通心粉。

蔬菜和碎培根沉浮於白醬湯汁裡，瓷盤看上去很寬，但外緣厚厚一圈裝飾性的平面，餐點的實際分量並不多。店內用餐的來客多數是社會人士，恐怕單就飽足度而論並不吸引學子，高中生也很難頻繁地花大錢來玩貓。

鹿庭論外。

四下的裝潢甚至稱不上有趣，使用大量乳白與木紋色，其中一面牆留著大片淺灰的仿清水模，整體以乾淨為準，綠色盆栽少許。

鼬占取出手機，時間才過六點，店內剛開始放輕鬆的音樂。

若要問平靜或否，的確是個能讓人鬆緩下來的場所。門口看起來略硬核，但店內並未特別強調貓的元素，他還以為這種店會更狂熱一些。

有餐廳音樂當背景，聊起天來舒服許多，他隨意地開口：「難道……接觸廣播業很不順利？」

「唔，並不是能說『不順利』的狀況。」初洗花點頭，過濾恰當的詞彙，一面斯文地用餐：「相對其他懷抱著類似理想的人，我可沒資格說不順利。」

「有什麼進度嗎？跟我分享分享吧。」

「複雜的部分跳過，總之，要立刻拿到實習的空缺不太現實。沒有那麼多位置，以一年或兩年的程度等待是常態。不過，也有電臺想找我錄臺呼，甚至打算邀請我長期上談話節目，以來賓的身分。」

「臺呼？」

「整點的時候，廣播裡不都會放一小段音樂，接著有人聲說『某某廣播電臺在空中陪伴您』之類的宣傳語嗎？就是那個。」

她抬起一根食指在空氣裡繞了繞，但此刻餐廳裡放送的並不是廣播。

「其他英雄也錄過，那間廣播社喜歡採用英雄的素材。」

「了解，跟妳想要的不太一樣呢。」

「九月底有一間公司要進行海選，也許能取得實習機會。十二月還有另一場規模比較小的，上榜就能保底拿到至少兩個月的個人節目時段。」

「個人節目聽起來很厲害。」

「但是，一些前輩聽過我之前錄的作品後，都說『太理想了』。」

「啥意思？理想有什麼不好。」

「缺乏破綻，從談吐中享受不到親近，久而久之只會被聽眾束之高閣，沒有被我的聲音陪伴著休閒度過的感覺。」

「混蛋，話說得也太重了。」

「是經過我自己理解後，再整理出來的結論啦。」你生什麼氣嘛，初洗花笑了起來：「而且是專業意見喔？付錢也不一定能聽到呢。」

「一直以來自認拿手的領域被人否定，不是挺難受的嗎？」

「嗯？」

「沒，是我多嘴了。不過現在我跟妳聊天，當然會站在妳這邊。讓我幫忙罵個幾句還行吧？等您功成名就，別忘了回頭多關照小的。」

鼬占撇撇嘴，端起烏龍麵的碗公。

相較於初洗花，他吃飯的速度快不少，轉眼連麵湯都要消滅殆盡了。對面的白醬通心粉甚至還沒減損一半。

從入店到此時還不見客人離席，此處本來就是提供悠哉進餐、閒談消磨時間的場所，可惜氣氛似乎沒能成功感化鼬占。

「難受——嗯，說的也對，」初洗花輕輕放下叉子：「很不安，不知道能做到什麼程度，不曉得自己的能力是不是被需要。」

「學姐在我們眼中看起來，很厲害喔。」

將筷子擱在碗緣邊上，他喝著紅茶，用稀鬆平常的語氣回應：「不只我，椴業和鹿庭肯定也這麼想。他們倆最後還是得繼承家業吧？至於我，甚至不曉得畢業後怎麼辦。所以迅速確立了目標，勇往直前的學姐，既貪婪又厲害。」

「居然用『貪婪』來形容。」

「妳是為了自己而成為廣播員的吧？」

「……」

初洗花瞪大眼睛，看向低頭專心抽乾冰紅茶的鼬占。

我貪婪，不對，我也能夠表現出貪婪嗎？那個詞彙的聲調有點太陌生了，在胸腔裡淺淺迴響，她並不是很習慣。

「唔噁冰爆頭，喝太快了……」鼬占皺起眉頭，放下玻璃杯。

「我好像根本不需要貓的樣子。」

「哈？什麼意思？」

「什麼意思也沒有，才不跟你講，」初洗花忍不住彎起嘴角，重新拾起餐具：「反正貓也不需要主人。」

「怎麼又繞回去了。」

鼬占用力搓揉太陽穴，發疼地聳起肩：「我不擅長替別人加油打氣啦。有沒有比較物質層面的忙能幫……噢對，學姐不是要搬家嗎？記得把我跟椴葉叫上，之後請我們吃刨冰就好。」

「五月十二日。」

「嗯？」

「五月十二日是週末，來我家吃晚飯，就你和我。」

「怎麼了？還真突然。」

「最後我想紀念一下。新公寓沒辦法開伙，暫時要跟廚具們告別了。當天我來準備晚餐，結束後用具讓你帶走，寄放在你那邊好嗎？」

「沒什麼難點。我上午還有其他安排，不過下午就回樞機了。」

「打牌？」

「才不是咧。」

「那就五月十二日，說定了喔？」初洗花伸出小指要求打勾勾。

「幾歲了，」對方嫌棄地揚手拒絕，伸了個懶腰：「我會去的啦。呼啊……妳好像還得吃很久，越吃越多的感覺。」

「想回去了？再等我一下。」

「不不，妳慢慢來。」

他把空掉的餐具推向桌面的另一邊，摀住嘴巴，別過臉打了個長達五、六秒的哈欠：「抱歉，吃飽後血糖升高，精神有點撐不住，我趁機睡一下。唔嗯……二十分鐘就好……妳待會去找貓玩也行……」

鼬占的動作比嘴上說的話更快，用紙巾簡單地擦拭，交疊起手臂，倚著桌面全身都進入了休息的準備架勢。

看來真的很睏。

其實還想多聊幾句，可惜對方極端的作息並不允許。看著他沒過幾秒呼吸就變得緩慢有序，初洗花不忍心打擾他。

「……」

不過少了聊天對象，用餐時間似乎立刻被延長了不少，安靜只要一浸泡在空氣裡，就會擅自開始膨脹。

正當她打算繼續解決通心粉時，那隻名叫茹茹的灰色虎斑貓跳上了鼬占身旁的空位。但貓連彎腿坐穩都還來不及，就被一雙陳舊的手掌輕輕捧了起來。

抱貓的男人穿著一身漆黑、如神父般缺乏細節的裝束。

「『不好意思，這個位置沒有人坐吧？』」

EP. 09 P2

「請給我一杯義式咖啡，和熔岩巧克力杯子蛋糕。」

語畢，蟬壬將菜單還給服務生，輕微點頭致謝。

身旁的鼬占仍然沉沉睡著。初洗花注意到他趴睡時的姿勢很特別，雙臂環起手掌掛在肩旁，像是企圖擁抱自己似的。

「妳好，我的名字是蟬壬。」男人露出微笑。

「我叫做初洗花。」

「初次見面——對妳而言是如此，但我擅自做了些調查，希望妳別介意。」

「無妨。」

「太好了。真是一位穩重的小姐，看來我們能聊得來呢。」

以五十歲範圍的男性而言，他的氣色絕對稱不上好。表面輕微乾枯，底下能察覺到腐鏽。

店裡飄盪著輕快的鋼琴音樂，接續在蟬壬後面又來了一組客人，正在店鋪的另一端與貓互動，談話聲從那裡傳過來。

茹茹此時坐在蟬壬腿上，抬頭望著櫥窗外面，狀態很安穩。蟬壬和緩地用手指順著茹茹後頸的毛，再拍拍牠的屁股：

「畢竟這次是我從旁橫插入你們的空間，做為彌補，不如由妳開始吧。初洗花小姐，有什麼問題想問我嗎？」

「……」

蟬壬表現得充滿餘裕，另一方面，初洗花也維持著平靜。

若對方在偽裝或圖謀不軌，她或多或少會警覺。不過，既然現場還能保留住溫吞的空氣，那麼她並不想施加多餘的刺激。

瓷盤裡的通心粉一動也不動。

「相較於我隨便一查就能知道不少的身分，」初洗花淡淡地說：「我對你的了解還太少。你跟鼬占相處過很長時間嗎？」

「那當然。」

蟬壬把手從茹茹身上移開，摸了摸鬍子：

「我與鼬占的父親是大學時期的舊友，中間存在一段空窗期。等我第一次與鼬占相遇，他已經是個九歲的小鬼頭了呢。『如果鼬占家平安夜要聚餐，我肯定會被男主人邀請』。困難在於，那樣的家庭是否能擁有一場正常的聖誕晚餐呢？嘖嘖。」

「……」真是討人厭的說話方式，初洗花努力保持著不動聲色：「魔裝操者的計畫從那時就開始了嗎？」

「從美蘇冷戰時就開始了——這麼說稍嫌誇張。操響粒子真正成為一回事，得等到我與黑博士加入才算數。」

「鼬占被選為西洋棋銀河的變身者呢？」

「呵呵呵。」

蟬壬仰頭輕笑，從喉間發出的低沉震音如同某種咒語：

「『選』這個字可真溫柔。鼬占『是』西洋棋銀河，就像鼬占『是』黑博士的孩子一樣，西洋棋銀河在製造過程中，便是以此為前提進行的。」

「跟我所知的不同，最後成為西洋棋銀河的人是銀海。」

「啊啊——沒錯，銀海。」

男人的聲音突然下降了一個幅度，從眼底洩漏出細緻而扭曲的異景。蟬壬的五官並不會在直覺上使人產生壓力，但當他微微將眼瞼睜大，那雙發亮的瞳孔確實能映下恐怖的影子。

茹茹的耳朵抖動了一下。

「羅修羅公司做為巨大的企業，仇敵比今晚飛出樹林的蝙蝠還多。」他收斂姿態，繼續解釋：「變身手鐲和粒子注射劑流入民間，如果世界因此而燒起來，對誰也沒有益處。單就回收作業，銀海是有用的棋子，但『西洋棋銀河』終究不該被菜鳥警官當成玩具。初洗花小姐，妳知道普羅米修斯盜取天火後，受到了什麼懲罰嗎？」

提示是肝臟喔，肝臟。

蟬壬似乎對自己的比喻感覺很愉快，呵呵輕笑了起來。

「為、」

第一個字從嘴唇裡發出來時，她察覺到自己的聲音有些顫抖。

跟鼬占聊天輕鬆太多了。甚至一路追溯到三百日戰爭初期，他也不曾像眼前的男人一樣，散發出如此的「對立感」。

就像……就像完全不同的生物，從基因層面走上了岔路。

既內斂又不尋求寬容。

「為什麼非鼬占不可？」

疑問句落下。

蟬壬短暫地思索了幾秒。他伸出手，輕輕放在一旁鼬占的頭頂上，搓了搓他的頭髮，那是長輩對晚輩表現親和的單純動作。

「為什麼？嗯，為什麼呢？」

被幾週以來的疲倦給壓垮，鼬占絲毫沒有醒來的樣子，直到蟬壬將手掌收回為止，依然保持著熟睡。

「因為這孩子比任何人都更加純潔。」

「純潔？」

「初洗花小姐，妳認為讓正義之所以昨天是正義、今天是正義，明天也還會是正義的根本是什麼？」

「……暴力？」

「嗤、呵哈哈哈！」蟬壬忍俊不住發出獰笑：「當然不對。暴力只是一種平等的手段，怎麼可能被用來裁決正義！」

「你的答案又是什麼？」

「是『度量』。」

此時，服務生將黑咖啡與杯子蛋糕送了上來。

蟬壬第二次向店員致謝，這次追加了風雅又簡約的手勢。他慢條斯理地拾起茶匙攪拌咖啡，熱煙緩緩從指縫間溜走。

「度量？」初洗花追問。

「從『哪裡』到『哪裡』是『什麼』——從早晨六點到晚間六點是白天，從課桌上用粉筆畫出的白線往左邊算是我的地盤，從綠燈轉為紅燈的期間斑馬線上的空間是安全的。」

「那就是所有正義的根據？」

「妳不覺得貓是很優秀的生物嗎？」他放下茶匙，並沒有立刻飲用：「在貓所認知的世界裡，只存在其他的敗類，以及身為自己的這個敗類。這裡所說的『敗類』，前者和後者並沒有區別，僅僅做為一個符號被我借用，若妳想替換成別的字母來理解也行。」

邊說著，蟬壬用沾著咖啡水滴的茶匙，在餐巾紙上壓出一個字。

Я。

不如用我隨興想起的字符代替吧，他輕巧地說：

「貓並不度量自身或他貓，不思考主體性與客體的對立，貓的Я與另一隻貓的Я毫無不同。而且，貓的Я處於浮動狀態，允許縮小或擴張，並對其他的貓產生爭奪，進一步對周遭的環境也爭奪。爭奪本身成就了他的Я。單以這一點來看，颱占跟貓一樣。」

「……我無法理解你的意思。」

「颱占比任何人都害怕被度量，所以，他自身也放棄了去度量他人的能力。對颱占而言，『自我』的概念只能由自我完成，並非附和應然，而是履行實然。對我、黑博士、銀海也好，世上所有皆為Я之敵，是掠奪對象。」

語行至此，蟬壬稍微露出了惋惜的表情：

「所以，小鬼頭知道我成為了輔導員，應該相當生我的氣吧？」

「我所觀察到的颱占，並不是那麼性格扭曲的人。」

「但他沒有表現出來嗎？不想成為善人或惡黨，只選擇增益自我的選項。『來互殺吧』不只賭上性命，也是『來確認你是你吧』的意思。」

「那就是你對颱占的期待？」

「不，那是我與黑博士嫉妒颱占的理由。」蟬壬直到此時才品嘗了第一口咖啡，溫潤嘴唇：「颱占的生存方式，導致操響粒子只能迴響他的Я，不帶雜質，僅反映出一個願望、一個自我。我和黑博士、或者妳，初洗花小姐，我們都做不到避免度量善惡好壞重要及不重要。我們成為正義的使者，抑或化身為十惡不赦的壞蛋，所以才遠離純潔，無法完成西洋棋銀河。」

「但鼬占很景仰你不是嗎？」

「愛、景仰、嫉妒，都是單一方向完成的情感。我不但愛著這孩子，嫉妒他的純潔，也害怕汙染他的天賦。銀海寬容的正義觀汙染了他，我猜——恕我直言——我猜小姐妳也汙染了這孩子吧？但我肯定他的一切，支持他的Я，這些舉動造就了所謂的景仰也說不定？然而，景仰終究只是副產物。」

「……你為什麼能輕描淡寫地說出這種話？」初洗花的姿勢慢慢緊繃了起來：「你是他的榜樣，卻選擇了惡行。嘴上說不想汙染，實際上你身為長輩已經造成了影響。」

「同意，相處不可能毫無影響，鼬占並不是一顆不會學習的石頭。重點在給予他需要的肯定，讓他理解何謂成長。」

「拉入地獄不叫成長。」

「大人無論如何努力，最終或多或少，總是會給孩子們留下負遺產。言行舉止、習慣、喜好，我們這一代覺得正確的事情，向下傳承往往會變成錯誤，妳也能理解吧？」

「但你有選擇！成為一個惡黨最終走向毀滅的結局，並不是你現在三言兩語能夠推託掉的責任！你卻沒有任何彌補的打算！」

「彌補？善與惡做不到正一負一合計零。對於作惡，我沒有像妳一樣強烈的焦慮感，所以才選擇了信任鼬占的Я，而非舉棋不定。」

「你的所作所為，直到今天、現在、此刻，一直讓鼬占陷入痛苦之中！他煩惱著該怎麼處理你的回歸、怎麼應對自己的過去，甚至不得不把殺人當成一個前提去努力！」

「這是我們所有人造成的結果。銀海、三百日戰爭、妳、Narrative，若沒有發生一連串的事件，鼬占也不需要改變形狀、將自己塞進假想的人際關係裡。如果這孩子願意舉劍指向我，那麼我會用敞開的懷抱迎接他，但三年過去，為何只剩下我追求著他最純潔的模樣？初洗花小姐，妳愛慕一個人的方式，就是去強行扭曲愛慕的對象嗎？」

「……」初洗花感覺自己的右眼袋抽跳了一下：「可以了。你根本沒必要把話題延伸到那個部分。」

「很抱歉惹妳不愉快。但妳是否能理解我的主張，我對此還有疑慮。為了導正話題，請讓我修正剛才的不慎發言吧……」

蟬壬溫吞地坐直了身軀：

「『這孩子——鼬占並不是生來陪伴妳沉淪的』。」

「麻煩您陪我到旁邊的巷子一趟。」

＊

初洗花揍了蟬壬一拳。

＊

返回肉球工坊時，茹茹又一次霸占了蟬壬的座位。畢竟貓沒有「暫時離席」一類複雜的概念，蟬壬只好重新把牠抱起來。

他跟服務生要了一張餐巾紙，擦掉鼻孔下面的血漬。

「自從你復活以後，都沒有被人打過嗎？」初洗花不慍不火地問，撿起早就乾掉的叉子，淺盤裡的通心粉半點溫度也沒有。

「上次是那位嚴厲的祭司小姐。」

「活該。」

「要是每當我被女人揍一次臉，墳壇上便開出一朵花，萊薩過一陣子就會變成花海了，那該多好？」

蟬壬將餐巾紙折成整齊的三角形，塞在蛋糕托盤旁，隨後端起咖啡：「提出有關正義根據的問題時，還以為妳說『暴力』只是想符合我的作風，原來妳心底確實有暴力的腹案。」

「不，我同意暴力不該用於裁決正義。」

一面回應，初洗花端起紅茶猛灌，徹底涼掉的通心粉相當難以下嚥，但她現在只想狼吞虎嚥點什麼：「但你根本不是來和我溝通的。」

「妳覺得為什麼我會找上妳？」

「你只是一味地企圖指責我罷了。把你的發言寫成摘要，就只有『我想獨占魑占，我認可的才叫做魑占』。連把話講得讓人能聽懂都做不到，您不如回去再潤潤稿子吧蟬壬先生。」

「唔，原來如此。」

蟬壬若有所思，輕揉發疼的顴骨，眼神不自覺飄向了初洗花的右手指節，上頭留著輕微的破皮痕跡。

他對上初洗花冷漠的眼神，伸出食指點點自己的太陽穴：「這裡——在這面殼的深處。」

「什麼？」

「自從我再一次取回意識，有一個聲音，也不對，有一個念頭，不停地告訴我關於未來的線索，像引導號誌一樣。」

「未來的線索？」

「我只能逃走，我想要……成為像這孩子一樣純潔的人，」蟬壬一手托著半臉，珍惜地看著熟睡的魑占：「為了他，我必須奪回自己的Я，所以沒有成為英雄輔導員的餘裕。光是維持現狀，我已經精疲力盡了。」

「聽起來你完全不打算放棄呢，這種只會拖累魑占的處世之道。」

「對。」

他終於又笑了起來，好像初洗花說了句蠢話。

蟬壬將杯子蛋糕拉到眼前，用湯匙壓破表面。深褐色黏稠的巧克力漿汁在匙面上膨脹，滴淌的邊緣由於表面張力而盈滿，輪廓漾著溼潤的光澤。

「妳說『想獨占』魍占是偏失的，想『讓』魍占去獨占或許更接近。如果妳從來不曾追求過Я就無法理解，Я的消滅多麼令人恐懼，世間只剩下我與魍占能夠體會。而我，一定要拯救這孩子。」

他將小湯匙放進嘴裡，再次取出時，匙面殘存著黑液的拖痕：

「我的Я究竟是什麼形狀？不，我依稀察覺到了，無法整肅為一，卻從屬於個體。如群的惡魔，我的Я被撕裂，卻只為一個目標前進。」

「……」

「但妳似乎將成為最令人頭疼的空格，初洗花小姐。」

「空格？」

「讓我幫妳一個忙。」說著，蟬壬擱下只吃了一口的甜點。他從魍占的書包裡取出原子筆，抽來新的紙巾，寫下不曉得究竟靠近哪個地區的地址：「五月十二日，到這個地點去。」

「……」初洗花默默接下粗糙的便條。

「這是對今晚不愉快的對談一點小小的致歉，以及，使我們達成互利的交換條件。

抵達那裡之後，小姐或許就能遇見一直渴求的事物了。具體內容我並不清楚，畢竟來自未來的燈號並不喜歡我。」

「我無法信任你。」

「請別信任我，去信任那個從明天窺視著我們的黑幕吧。至於我，就繼續與黑幕對立，只祈求Я。讓我們保持此刻的齟齬即可。」

「五月十二日。」她忍不住反芻了一次。

她意識到此時發生在眼前的，大概正好就屬於所謂的預知未來。

從諸神黃昏的提問開始，由齊格菲轉達，被木咬契否認。但並未消失、如幽靈般，潛伏於這起事件中那抹透明的片語。

她或許真的必須親自去看看。

可能是為了覷占，也可能是蟬壬所說的「Я」。

眼前這兩名男人——或者包括自己在內，頭頂上還存在著另一隻未命名的手掌。

不安。

對未來的不安定化身利劍，抵在她的尾椎上，只要略微卻步就會立刻刺傷皮膚。她討厭被蠻橫的力量催促前進，從成為魔法少女開始，一直。

「你說幫我，但我需要什麼幫助？」

「我剛才聲明過了——我不知道。這是為了讓遊戲強制繼續而填入的假設答案。做數獨解謎時，偶爾會遇上必須繳出這種下策的狀況，何況我所見的是一盤變動中的爛題，真令人不愉快。」

「讓我替你試誤？」

「妳是我填進表格的數字，試誤的人是我。」

「我搞不懂你眼中的世界究竟長什麼樣子，」初洗花感到口乾舌燥，說話時吐出的空氣異常發熱⋯⋯「但你的提議，我會保留成一個選項。」

「『謝謝』從我嘴裡取出來毫無價值，但是，謝謝妳。」

蟬壬微微低下了頭⋯⋯

「關於未來的黑幕，請當成止步於我們兩人之間的密語吧。這張餐桌上曾經交錯過的言詞，麻煩收藏在妳嘴裡就好。」

EP. 10 T1

＞五月十二日。

＞AM09：50，椴葉與鹿庭離開樞機。

「知道最讓我難過的是什麼嗎？」

「洗耳恭聽。」

「已經下定決心了要賣甜甜圈，居然還擔心顧客的健康。明明當我選擇吃甜甜圈的時候，健康觀念早就被扔到十八層地獄向下一樓了。」

嘴上一邊嫌棄，鹿庭拾起灑滿糖粒的巧克力甜甜圈，咬了一口：

「堂堂的車站名店『幡楓屋』，居然拿六顆公路車的細輪胎打發我？未來麻煩上架砂石車用的尺寸謝謝。」

列車內氣氛安靜，她說話時的音量也相對放低。即便不那麼做，鹿庭的語調原本就不高亢，隱沒在行車間的背景裡。

兩人買了比較快的班次，然而到瀨洲也得磨上一個小時。想當然工廠不會開設在站點隔壁，算上離站後的交通，抵達萊薩時多半已經中午了。

絲毫沒有旅行時的雀躍感，兩人的心情都有些沉重。

車班途經肴湖、址麻嶺和帛博三處大站。週末的旅客很多，座位完全不見空隙，椴葉慶幸著自己有事先訂票。

一邊聽車內廣播依序介紹停靠站，他意識到不過一年前，鼬占也跨越了如此遠的距離，獨自到陌生的地方展開新生活，不禁有些欽佩。

雖然他在國小年紀也從格陵蘭搬來念書，但有父親偕行，無法相提並論。

「在想些什麼？」鹿庭將草莓甜甜圈遞了過來：「一起變肥吧。」

「唔，謝謝。」

他接過用白色糖線畫出網格的甜點，咬了一口：「嗚喔，口味夠重了吧？不擅長吃甜的人都要開始哮喘了。」

「嘖嘖嘖，差遠了，」鹿庭搖了搖黏答答的食指：「我追求的是像死刑犯的最後一餐那樣豐盛、只吃一顆就會讓人類巨大化的美國作派的甜甜圈。」

巨大化。她在腰邊比個了膨脹的手勢，強調了第二次。

停頓兩秒。

「話說回來，我如果巨大化，椴葉還會喜歡我嗎？」

「會啊。」他皺著眉頭，把剩下的甜甜圈啃完。

「變得像 Nikocado Avocado 那種等級呢？」

「我會在事態無可挽回前阻止妳。」

「變得像腐泥超獸喰魂特里爾東一樣，然後我用混濁又破碎的聲音哭求著你趕快把我打倒呢？」

「鹿庭小姐，您對甜甜圈的想像好可怕！」因為是英雄的關係，生活經驗的素材比別人多，所以妳能說出比普通的女友更過分的比喻耶？

「開玩笑的。」

鹿庭莞爾，開始攻略第二顆甜甜圈，朝偉岸的腰圍努力。

其他乘客細微的交談聲在耳邊依稀縈繞著，被列車悶沉的行進聲蓋過。座位緩緩搖晃，產生飄浮的錯覺，搖籃一般撫慰著思緒。

到目的地還有很久呢。

窗外景色從王立邊郊離開，被替換成了東返大廢街。前段時間進出管制升級了，買車票時，網站不但要求輸入真實姓名、身分證號碼和聯絡電話，通過剪票口也由站務員重新核對身分。

怕有人死在聲音傳不出去的地方。

不過，此刻望去的遺跡遠景並沒有陰森的感覺。蒼白的路街、成片的破窗與長滿灰塵的空洞商店，夏日陽光沁入那些角落時，會曲折地喪失顏色，留下乾枯的氣味。

軌道向上拔高，視線開闊起來。

遠處出現了比東返更加邊陲、通行至鄰縣桅帆的郊區公路。

「說到很肥的甜甜圈，」椴葉沒頭沒尾地起了個新的話題：「不知道為什麼，美國警察給人一種老是在值勤時吃甜甜圈的印象。」

「因為方便拿著開車，又有飽足感吧？甜甜圈中間會開孔，最初是因為水手在麵包中間挖洞，好把吃一半的麵包掛在舵盤把手上喔？」

「咦真的假的？」

「從農場文章裡看到的，可信度沒那麼高。」鹿庭步調緩慢地啃著第四顆甜甜圈。再怎麼喜歡甜食，到這個等級也相當挑戰耐受極限了。

「**Gorillaz** 有一首歌，叫《**Stylo**》。」椴葉取出手機。

「唔咕唔咕，沒聽過呢。」

「MV裡有吃甜甜圈的警察喔。我印象很深刻，看起來真好吃。」一邊說著，椴葉從手機裡找到歌，將掛好耳機的小螢幕遞給鹿庭。

她取紙巾擦擦手指，戴上耳機，靜靜盯著影片聽了幾分鐘。

Gorillaz 的音樂MV一直很荒誕。

荒誕 **as fuck**。

「槽點好多，為什麼布魯斯威利會……不，算了。其他角色我不過問，但這個小女孩，腦袋被子彈打出一個洞也沒事耶？」

「啊啊～妳說小麵嗎！」椴葉露出興致昂揚的表情。

「她開始從額頭流出機油了。小麵？還真是怪名字。」

「小麵是日本政府祕密研發的超級暗殺者，一群不得了的天才兒童喔？」

「哈？」

鹿庭沒有跟上話題：「麻煩倒帶個十秒。日本政府祕密研發的超級暗殺者，所以她的腦袋是機械做的？跟你一樣？」

「我的腦袋不是機械做的。」椴葉比手畫腳地解釋：「影片裡妳看到的是邪惡小麵，是團長用小麵的生物情報克隆出的複製人，跟我不一樣。」

「哈？」

「在這首歌的時間點，小麵失蹤了。攻擊直升機把風車島炸爛，小麵下落不明。團長只好製作新的小麵，讓她替補團員。」

「好的原來如此，但是……哈？」

椴葉陷入了所有 **Gorillaz** 樂迷都經歷過的難關：要怎麼在最短的時間內，解釋團員之間的關係和來歷。

他開始了沒完沒了的推坑小講堂。鹿庭雖然理解得很有限，但用來消磨漫長的車程倒也不錯。

除了自行車，她還想多了解一些椴葉的興趣。

從四名團員的聚集，到放浪的時光、各自分散、大逃亡，團長試圖重新將過去的夥伴們一個一個找回來。

「這位團長，」聽完將近四十分鐘的解釋，鹿庭平靜地說：「雖然差不多是個敗類，但他對小麵還挺不錯的呢？」

「團長最牽掛的人或許就是小麵了。」椴葉猛點頭。

「甚至不惜製作克隆人，也想彌補緣分的空洞？機械的人偶對他而言，是能圓滿遺憾的捷徑嗎？」

她看著手機螢幕，團長那張死人臉，沒由來地跟某個男人重疊了。

那名男子眼裡只有愛，只靠愛便從地獄歸來。

但現實世界並不像音樂MV或卡通，要如何一邊咳血一邊撰寫奇蹟是他單方向的情感，是否會傷害到愛的對象，歸在另一回事。

「椴葉。」

「嗯？」

「到瀨洲車站為止，再多推薦幾首他們的歌給我吧。」

鹿庭將耳機的其中一邊還給了他。

＊

列車進站。

萊薩工廠的探查是由Ämme提出的邀約。約一週前，椴葉收到了交代原委的電子郵件。信裡的用語無敵生硬、畢恭畢敬，完全感受不到同僚間的親切，但說明了Ämme

的計畫。

從鼬占口中獲取了關於萊薩事件粗略的線索，經過幾日調查，Ämme 找出了該工廠三年間的資料，並輕易取得了具體地點。

但旅程還無法開始，又聯絡了以前情報部的人脈提供掩護，避免行動節外生枝，引起羅修羅的注意。最後下訂裝備，並草擬一份擅自行動、用來跟監察部和梓司令遊說（開脫）的說詞。

蒸發掉一週時間給前置準備，五月十二日，總算能放心潛入了。

鹿庭與椴葉兩人搭著計程車，抵達工廠時正如預想已經中午了。瀨洲的天氣讓人不太想在室外逗留，車內冷氣舒服得不可思議。

「還真不好找。」鹿庭從錢包裡掏出車費，遞給司機。

「畢竟是邪惡的生產據點嘛，不能太惹眼，」椴葉推開車門，熱風朝正臉湧了上來：「沒有定位引導的話，也很難在雪原上找到指導院的入口喔？」

「自虐舉例謝了。」

「習慣了。」

萊薩工廠藏在瀨洲的邊際，向北過河便是三岱農田區。三百日戰爭時附近也曾被攻擊過，景色十分蕭瑟。

放眼望去彩度偏低，只剩下兩、三成的廠區還運作著。

一段段鐵皮房之間穿插著奇異的破損磚屋、荒蕪的礫石空地、孤零零的蓄水塔或電塔，以及一區相隔一區、規模不一但同樣陰暗的雜木亂林。

至於萊薩工廠本身，自從被正義使者西洋棋銀河用力爆破後，就一直荒廢到今日，跟純粹的廢墟沒兩樣。

不遠處，拎著大提琴箱的 Ämme 正在跟警衛你一言我一語。

「請、請讓我進去！」

「不行啦小妹妹，裡面很危險！聽說還死過人耶。」

警衛伯伯在近午烈日下冒著大汗，困擾地撓著頭髮：「這裡都封鎖多久了，怎麼會一個人跑過來咧？妳家長電話幾號？我打給他們問問看。」

「我……呃，啊！」Ämme 推推眼鏡，做了個智力似乎很高的動作，堂堂正正地回答：「我其實是死者的家屬！」

「家屬？哪一位的？」

「我、我們都，」她支吾了一下，別過視線：「我我我們所有人，不都是大自然母親的孩子嗎！」

「這麼說來我和妳是親戚？」

「叔父！」

「沒想到姪女已經長這麼大了。」

什麼鬼對話。

椴葉跟上前去，取出證件向警衛表明身分。

「不好意思，我們是聯絡過要勘查工廠的團體。批准文件在這裡。」

「喔、喔喔稍等。」對方接下文件，走回值勤室開電腦確認。

Ämme 露出了茫然的表情：「明明最一開始，我也做了跟齊格菲差不多的應對，為、為什麼我就行不通？」

「呃嗯，因為妳看起來比較不像英雄吧？」

「……無法接受。」她低聲發著牢騷。

從兩人旁邊，鹿庭抬起相機對鏽跡斑斑的大門照了一張。由於操作還很生疏，細節在強光下一片模糊。

她不動聲色地刪掉了照片，轉頭向 Ämme：「那位保全先生能信賴嗎？」

「工廠已經不在羅修羅名下了……警、警衛的所屬公司也沒問題。」

面對初次相認的鹿庭，Ämme 比平時更緊繃，憋著一口氣似地解釋。

這塊土地被賤價轉過好幾手，直到去年底銀海的官司，真相曝光後就沒有業者敢再碰了。目前權責歸給政府，在 Narrative 建議下半永久封鎖。

「但難保羅修羅是不是還在打萊薩的主意，有點不安。今天的拜訪已經盡可能把腳印擦乾淨了……拜拜拜託事後千萬別流出給它們知道。」

Ämme 緊張地雙手合十，抿著嘴祈禱。

南無指導院情報部大菩薩，請保佑一切無風又無雨。

與此同時，橫擋去路的鐵柵門緩緩拉開。保全人員從值勤室探出頭，遠遠朝這邊呼喊：「同學，你們可以進去了！」

「謝啦，警衛大哥！」椴葉用力朝他揮手：「裡面有什麼？」

「不曉得！好幾扇門根本打不開，整體也還沒有僱人徹底巡過，我們也只會拿空地來停車而已，你們自己多小心！」

「我明白了！」

看來政府接手後也無暇調查。椴葉轉頭，望向鐵柵門後的廠區。

好吧。

究竟會找到什麼呢？他無法說服自己樂觀猜想。

根據事先挖到的資料，萊薩工廠的占地將近一萬平方米，拿來踢足球綽綽有餘。其中個別獨立的建築也不少，是否有隱藏空間則尚待探索。

該從哪裡開始？

鼬占所說的，蟬壬最終身亡的鍋爐區在哪？

「距離上次跟 Ämme 共事也好久了呢。只要決定讓我出動的場合，指導院通常會把其他院士撤走，一起做任務還挺新鮮的。」

「齊、齊格菲，這麼說有點強人所難，但如果能請你站在我的立場想想，應該知道和你同行是……是一件壓力滿大的事情。」Ämme 露出了腸胃不太舒服的複雜表情：「藥品開發部有偷偷在販售『回想起梓司令的臉時，讓大腦進行模糊處理並促進多巴胺釋放』的配方，早知道離院前多買一罐的。」

「到那種程度嗎！」

「在司令那樣的偉人底下工作，就算我是個改造人也……」

「光聽敘述，還以為妳是封建領主的家僕呢。」鹿庭加油添醋地說：「伯母沒有隨身佩一把武士刀真是太好了。」

「司令其實從來不使用貶低或壓迫的言語，但、但，」

Ämme 眼鏡一歪，迅速摀住了嘴：

「唔咕、但就因為全部都是正論，每一個字都是正論反而讓人更——齊格菲你懂嗎？司令真的超、超愛人類的！指導院的所有人都能感受到她的愛。一想到自己要是無法回應期待……嗚嘔噁噁噁！」

「哇哇哇。」鹿庭連忙攙扶住應激反應全開的 Ämme，輕拍她的背部：「快點深呼吸，來，吸氣——吐氣——別怕，司令不在這裡喔～」

「呼……呼……」

「我越來越不喜歡回老家了。」椴葉陷入沉思。

「不、不好意思，忠誠心時不時會湧出來。我我我自己舒緩一下就好，總之趕快開始萊薩工廠的探索吧。」

Ämme 眼神憔悴地把臉抬起。但鹿庭依然緊緊牽著她的手，環顧四周：「預計會是大工程，有什麼優先目標嗎，Ämme？」

「唔嗚，三個人一同行動缺乏效率。齊格菲，你有更好的自保能力，能麻煩你獨力

歡迎來到注孤生社：雙生驪歌
©毒碳鹽／adey／尖端出版
尖端出版
www.spp.com.tw

找出倉庫嗎？操響粒子應該會有保存處。另一方面，我跟鹿庭小姐一起巡看看鍋爐在哪。」

「……明白。」

椴葉似乎並非全然的同意，但遲疑片刻後依然點了點頭，接受了分頭行動的提案，隨後轉向鹿庭。

「那麼各自注意安全，Ämme 麻煩妳多關照了。」

EP. 11 T2

﹀五月十二日。
﹀AM10：30，**初洗花離開赤楠。**
﹀AM11：40，**椴葉、鹿庭與Ämme進入萊薩工廠。**

並未受到什麼阻礙，兩人找到了鍋爐室。

精製出操響粒子的粉塵後，必須將其注入特製的鉑合金坯，在精密控制溫度與壓力的環境下整理結晶，最終固定為原料棒。

長九公分，直徑僅一點四公分，單一管原料棒經過後續的加工，能產出六十份注射劑，或提供一只變身手鐲的循環運作需求。原料棒可不能像香菸那樣塞成一綑運送，每一根都得個別裝箱封鎖。

材料昂貴、製程漫長。為了供養罪惡的露滴，萊薩工廠內的超臨界機組陣列相當雄偉，巨型發電鍋爐像閱兵典禮上的戰車群似的。

「規模真是驚人。」鹿庭抬頭仰望，低吟著道出感想。

羅修羅不愧是暢遊於戰場間的的死亡商人。

管線朝天花板延伸，盤根錯節並各自分散至不同的角落。如同俯瞰巨木的根系，結構緊湊的配線異常驚人。

但被破壞得面目全非。

不論是兩側的鐵柵工作走道，或灰色的牆面與地板，要找出能讓一個人穩定躺下的安好處，幾乎不可能。

戰鬥的殘跡也清晰地遺留了下來。

「從這裡，」鹿庭舉起手，指向二樓牆邊的爪痕：「異戰王牌的鉤爪嵌進牆壁，沿著垂直的壁面奔跑，追趕著什麼人。最後在走道末端發起攻擊，砸穿鐵柵地板。扭打的兩名魔裝操者摔落地面迸出裂痕——為了從格鬥中脫身，對方以槍或什麼道具掃射，留下彈孔。接著，異戰王牌甩出攻點劍，牽制拉遠距離的目標，中間空地上到處都是放射狀的砍痕，這臺機器也被削得像松果一樣。」

鍋爐局部爆炸，地板燒得一塌糊塗。

纏鬥的兩人被爆風波及，飛向了不同的位置。但還有第三個人，用不可思議的路徑穿越亂戰，接續在異戰王牌後，繼續追擊那個目標。

三個人，三種獵殺風格的軌道交錯蔓生，鏤刻出萊薩之戰的豐碑。

「嗚。」

「妳還好嗎？」鹿庭注意到 Ämme 的神情有些難受。

「鍋爐室的空氣異常的悶，而、而且好冷……感覺不太舒服。」

「的確，畢竟有很多『東西』在。」

「咦？」

「安心吧，處理這種狀況也正好是我的專業。」

說著，鹿庭輕輕將右手掌舉在胸前，曲起手指做了個奇妙的手勢，並用低沉陰晦的嗓音，短促地吐出一個字：

「箭。」

Ämme 一瞬間便感覺到呼吸輕鬆了起來。

還沒結束，鹿庭改變手勢：

「■。」

明明舌頭只輕顫了一次，從她喉嚨深處，發出的卻像三個重疊的聲音，類似將「寅、轍、娑」同時唸出來的感覺。

視野逐漸清晰，腦袋也不再嗡嗡作響。

「鹿庭小姐，剛才那是？」

「祕術。」對方從謎樣的肅穆氣氛中恢復過來，平淡地回應：「似乎三年間一直徘徊著無法離開，所以我指引了他們枉死之都的去路。」

「他、『他們』？」

「冤魂。」

「唔、唔哇哦呀。」Ämme 的臉色悄然刷白。

「想看嗎？我也帶著能讓人短暫獲得陰陽眼的符咒。」

「不不不要！謝謝您的好意！海枯石爛的拒絕！」

「明明是科學至上的指導院，卻害怕鬼怪或幽靈這些存在？」

「世界觀的差別太大了……」她餘悸猶存地說。調查過程居然還得應付超自然現象，完全超出了 Ämme 預設的難坎。

「居、居然還想讓我看什麼的，鹿庭小姐真是無拘無束。」

「這裡是能源控制室？」鹿庭沒有理她，已經擅自走到遠處去了。

「聽我說話啊！」

「可惜門被鎖起來了，Ämme 妳能想點辦法嗎？」

「唔咕唔嗚。」

Ämme 癟著臉快步追了上去。

控制室的隔間開著防爆窗，但烤得烏漆抹黑，不曉得內部配置如何。門板上意外只有簡單的喇叭鎖，多半裡頭沒什麼貴重資料。

鹿庭轉了轉門把，喀嚓喀嚓：「既然只是個喇叭鎖，稍微用力撞就能撞開了，問題不大。」

「真的嗎？那換我試試，我、我也不希望自己毫無貢獻。」

Ämme 放下大提琴箱，稍微後退了幾步——

全力助跑！

「喝呀！」

咚。

改造人渾身的右肩衝擊對門造成了一點傷害，遺憾目標毫無動靜，彷彿她根本沒有和物件互動。

「？」Ämme蜷縮著跪坐了下來，眼鏡半邊的鏡腳都掉了。她搓揉著發疼的肩膀，呆呆瞪向門板，好幾秒後才茫然地回望向鹿庭：「……咦？妳騙我？」

「抱歉抱歉，把話說得太滿了。本來想著如果是椴葉就行得通。」

「嗚嗚。」哭著把眼鏡掛回去了。

所以商品背面的標示貼紙才會那麼重要，學到了一課。她乖乖從提琴箱裡拿出開鎖工具，半蹲在門前嘗試解鎖。

看來還得花上一段時間，鹿庭在一旁的階梯坐下，整理相機的檔案。

沒拍到什麼好東西。

廢墟攝影也不是單純拍下人去樓空的風景就好。萊薩工廠內殘骸凌亂，動植物的侵襲則很少，大部分空間都在整體性的陰暗或明亮兩者間走極端，找不到好景色去呈現光影的氛圍。

當然，也可能只是她尚缺乏經驗，不善於發現。

戰鬥的痕跡將會成為建築整體敗壞的起點，漸漸破損得愈發嚴重。也許再放著風化

五、六年，萊薩就會在安寧中變得美麗了。

但五、六年後，自己對攝影還能保持興趣嗎？鹿庭悻悻然地自問。

「笑一個。」她抬起鏡頭，對準忙碌中的Ämme。

對方怔了一下，慌慌忙忙地空出一隻手，比了個「V」字，可惜沒趕上鹿庭的快門。相片裡的人影比廣瀨香美的Get Down還模糊。

「那是新買的相機嗎？」

「一時興起入手的。我原本的手機掉進海裡了，換了臺照相功能很好的新機，最近變得比以前更常拍照，所以想試試專業一點的工具。」

「手機『掉進海裡』？」

「噢，居然拍到了靈異照片，Ämme要不要看？」

「絕對不要！」

「剛才路過卸貨區的時候，妳背後有一隻小小的——」

「咕哇啊啊啊啊！」

「開玩笑的。」鹿庭把照片刪掉了。

「請請請不要鬧我！」

「恐懼源自於火力不足。反正每次只要遇到超自然現象，妳就先往對方甩一發殺獸象徵，世上除了賠償費還有什麼能嚇到妳的？」

「就、就是召喚不了光劍，敝人才會帶著槍啊。」

「……」鹿庭瞟向 Ämme 腳邊笨重的大提琴箱。

原來她和齊格菲之間，能力差距大到如此程度嗎？

「幾天前，我到網路上粗淺搜尋了一下，」她將相機塞回硬殼包裡，一隻手撐著臉頰，無聊地隨口說：「原來『齊格菲』和『諸神的黃昏』的命名順序，並非取材自北歐神話本身，而是華格納的歌劇呢。」

「沒錯，但也只是代號，不要對來源太鑽牛角尖比較好喔？對指導院而言，這些名字沒什麼特別含意，大、大概吧。」

「《尼伯龍根的指環》一共四部曲，在齊格菲前面還排著『萊茵的黃金』和『女武神』兩件作品，他們也是改造人？」

「齊格菲是第一個。前兩個代號也被用掉了，但並不是人物……解釋起來非常複雜，而、而且以我的立場有點不方便明說。」

「失禮，我問得太深入了。」

「請別放在心上。」Ämme 背對著鹿庭，用略顯遲疑的語氣回應：「但，要是鹿庭小姐真心想知道……比方說，我是人造英雄計畫中的失敗品，到這個程度為止的話，其實告訴妳更多也無妨。」

「沒有必要為此勉強喔？」

「不，我不想從鹿庭小姐面前逃走。」

「……？」

從我面前逃走，那是什麼意思？

鹿庭沒有深追，順著對方的話反問：「失敗品，指的是相對於『齊格菲框架』而言？」

「二十年前啟動的人造英雄計畫裡，指導院同時準備了『兩種』不同的育成方案。在齊格菲的培養期間，當時還是部長的梓司令懷孕時間越拖越長，母體也逐漸衰弱。當孕期來到第十四個月，已經沒有院士認為齊格菲能成功了。於是，他們啟動了薩密爾博士的備案——他力本願方法。」

後天變身。

不從胚胎階段調整，改選正常出產的幼體做基底，隨著人類成熟的進度持續追加改造。

「他力本願。」鹿庭細細品味著科學家們的惡趣味：「我還以為自己跟那些白袍術士們沒有共通語言呢。」

「白袍術士這個形容還真嶄新。」

「後來呢？」

「齊格菲仍然處於懷胎中，但另一名剛滿月的嬰兒也投入了計畫，被選中的人便是我。要是以生產順序為準，我應該算齊格菲的姐姐，而從計畫的角度來說我是妹妹。」

「**Ämme** 妳比較喜歡哪一種說法？」

「唔呃，前者。」

更想當姐姐呢，鹿庭理解地點點頭：「但薩密爾博士卻失敗了？」

「大失敗，被當成笑話的失敗。齊格菲順利誕生後，性能差距的比對報告短短半年內就判了備案死刑。齊格菲完全是諸神黃昏的上位互換，噴射機和風箏般的雲泥之別。」

「拿器物類比活生生的人，聽起來挺自虐的呢。」

「別擔心我，」Ämme 苦澀地笑著，低頭扶了扶眼鏡的鼻橋，用輕巧的語氣回應：「我對自己的出身沒什麼疙瘩，畢竟全都在留下記憶前就塵埃落定了。現在我以身為齊格菲的後繼作品而自豪著。」

「……」

「果然不太能接受嗎？但、但讓梓司令成為了總司令、促使指導院團結，甚至掃清了我缺陷背景的陰影，齊格菲就是如此奇蹟般的存在喔？」

高速運算精靈，全情報蒐集強化。

骨骼替換，質變肌肉。

心臟、全臟器改善，超恢復腺。

萊茵的黃金感染適應化、應用化。

光子兵器機能。

「齊格菲的思維同時間處理著過度負荷的工作，自他降生的一剎那，從呼吸到心跳，全部都會造成腦的負擔，」

Ämme 放下開鎖工具，緩緩站起：

「嬰兒的大腦無法承受這柄沉重的諸刃之劍。原本指導院所有的預測，都指向了椴葉的夭折。但他卻辦到了，彷彿框架即是他自然掌握的身體，彷彿他本應是他最終抵達的模樣。」

先驗的英雄。

不需要去成為——而是從存有的起點，註定去貫徹宿命。

「妳真的很喜歡『齊格菲』呢。」

「嗯，我喜歡齊格菲。」Ämme 將手輕輕放在胸口，摘選出語言：

「我傾慕他遭遇強敵也絕不動搖的表情，醉心於他痛下殺手時，眼神會一瞬間變得猙獰的小細節。每次當他眺望向毀壞的高樓，說話的語氣變得略微悲傷的時候，我也喜歡得不得了。所以我——」

她的聲音倏然停頓。

遲一拍後，像是總算下定決心，Ämme 對上了鹿庭的雙眼：

「所以，鹿庭小姐……我或許討厭妳也說不定。」

「討厭我？」

「把齊格菲支開，創造一個和妳獨處的機會，其實也是想與妳聊聊。雖然直到剛才都猶豫著該不該說，但我不想從妳面前逃走。」

「那麼，請好好將理由告訴我吧。」

「……」

為什麼她的表情依然那麼緩和呢？自己剛才不是說了「討厭」嗎？

Ämme 如鯁在喉，對於動搖的人反而是自己感到一絲無名的沮喪：

「鹿庭小姐出現後，齊格菲就像裝甲漸漸剝落了一樣。三百日戰爭結束時的他變得柔軟、寬容而且安逸，不再只是鋒利的寶劍。眼中除了全人類的救贖，不知何時又多了一個與背景獨立的妳。」

旋即去年底，鞍岳新瀉事件。

適應率大幅下降、框架機能半值以上喪失的齊格菲，超越指導院預期投放了「殺獸象徵」。並非服務人類整體而跨出的奇蹟一步，僅僅為了去解放一個單獨的人物，便重拾了反擊的閃光。

對鹿庭而言或許是救贖吧。

但在 Ämme 眼中，那道輝煌的殘影始終無法以美麗去稱呼。

為什麼非做到那種地步不可呢？

齊格菲找到其他必須拚盡一切的答案了嗎？在那個嶄新的答案裡，還會有人造英雄二號的位置嗎？或者，雙方早已形同陌路，而他最後將要做出的選擇，是一條自己根本無法理解的道路？

我們不是戰友嗎？

——請不要丟下我啊。

「明明我應該祝福他才對。但珍貴的人在自己不知道的地方，變成了自己不知道的樣子……我該用什麼心情來消化這份不安？」

Ämme 抓著領口的手指漸漸扭曲，下意識地使勁。

我想成為走在齊格菲身邊的存在——她踟躕地吐出蒼白的言語。

想成為改造人一號的助力。

想讓他感受到歸屬，想被理想而完美的他肯定存在價值。

但在真正能夠辦到之前，那個背影卻漸漸模糊。

是幻想嗎？

「我所追逐的齊格菲……其實只是自己捏塑出的幻想嗎？鹿庭小姐，妳一定也覺得我糾結的念頭很沒道理、很可笑吧。」

「怎麼會。」

鹿庭站起身，輕輕握住了 Ämme 顫抖的手。

她將 Ämme 纖細的手掌移到自己胸前，讓她從五指確實地感受心跳。

放心吧。

「放心吧，妳所追求的並不是虛無的幻想，而是純潔。」

「純潔？」

「當試圖追求純潔時，心漸漸地便會染上對改變的恐懼。想要將依靠的對象封鎖在時間的單點，去否定未來。」

無關乎驕傲或者羞恥。

只是因為誰都不擅長預知未來，才本能地選擇了寄託於過去。

畢竟，那的確是一件可怕的事情啊——珍貴的人在自己不知道的地方，變成了自己不知道的樣子。但光陰會隨槁葉在冬日死去，人也很難不因成長而改變。因此，無所去處的情感才飼養出怪物。

純潔的門前只有一條窄橋，左右深淵，引人發狂。

那不是幻想，那是致死之病，Ämme。

「妳已經確實傳達給我了，烙印在妳眼底的齊格菲是什麼模樣，他所擁有的超凡，他是一位何等美麗的英雄——以及，妳背後瀝下的陰影。」

「我的……『陰影』嗎？」

「謝謝妳願意告訴我。對妳而言說出這些話並不容易，對吧？」

鹿庭的語氣格外寧靜。

多虧了她那始終保持著沉穩的模樣，Ämme 感覺呼吸漸漸平靜了下來。她這才意識到自己脈搏很快，肩膀緊繃著，腦袋也一片混亂。

相對的，鹿庭的心跳一直十分和緩，從掌心裡能慢慢地閱讀。

多麼溫柔的一個人。

齊格菲會為了這樣的女性而改變，也變得情由可原了。

啊啊，我的運氣真差。

「鹿庭小姐，」張開乾燥的嘴唇，Ämme用混濁的嗓音問：「我到底該怎麼辦才好？」

「別著急。」鹿庭小心翼翼地放開了她的手：「妳正在困擾的問題，沒有人知道怎麼做才是正確的。」

「……」

「所以才必須給自己一點時間。傾慕、依存、景仰、榮譽感、忠誠，冷卻下來之後，它們就會變成關在身體裡的幽靈，留下半透明的顏色。」

就藏在這裡——鹿庭指了指Ämme的胸膛：「Ämme覺得這種幽靈可怕嗎？」

「……還可以。」

「太好了，那麼嘗試著跟它相處吧。或許最後仍然無能為力，仍然必須品嘗它的苦味，但妳並不是無法準備。」

所謂的幽靈，也只是熟悉後就不會再動搖的東西罷了。

邊說著，鹿庭後退了兩步。

她轉身到角落裡，隨意挑選了一塊稱手的水泥碎片。

「嘿咻。」

咣！控制室的門把被砸了個稀巴爛。她「咚」地用力踢開鐵門，灰塵從室內湧了出來，裡頭看上去一片模糊。

「鹿庭小姐，妳果然很無拘無束呢……」Ämme無語地看著搖搖晃晃的門板鉸鍊：

「要是我能培養出像妳一樣寬裕的心境，搞不好……就算我想繼續追趕在齊格菲身後，也不會覺得那麼辛苦了。」

「追趕？」鹿庭歪著頭：「嗯，狀況和妳不太一樣。我對於椴葉可沒有什麼純潔的期待呢。」

「咦？」

「Ämme 還不太了解我，所以不曉得吧？」她輕輕地將食指放在嘴脣上：

「——我啊，意外的是個貪求肉慾的女人喔。」

EP. 12 11

〉五月十二日。

〉PM01：20，**初洗花抵達上邪。**

〉**「蟬壬」開始移動。**

繼東返之後，上邪又是另一個她從未拜訪的地區。

初洗花這才察覺自己的活動範圍不廣，路線也挺單一。自從入住赤楠的新家後就不曾遠行，離開縣市的機會也寥寥可數。

騎著「瑪蒂露妲號」往平時完全相反的方向前進，這趟旅行對她而言新鮮得不可思議。成為魔法少女時，在大氣層裡炸出音爆、飛越國境，現在只短短路過幾個城市，心情就如此躁動。

上邪與樞機、王立或電齋都不一樣，是個更加古典溫吞的地方。戰火並未蔓延至此，沿途也少有兩歲以下的新事物。

離開車站步行五分鐘，她已經置身於一條稱得上「老街」的巷弄了。

從中央劇院雅舊的巴洛克建築向外延展，兩側洋房的外壁些許掉色，騎樓也略顯灰暗。目能所及的商店，裝飾風格彷彿落後了七、八十年。主幹道普通地鋪著柏油，分支小巷卻是磚地，入口標上禁止汽車通行。

擦身而過的行人們步調很慢，街區沒有慌忙的空氣。

稍嫌土氣的服飾店，窗戶舊舊的維修站，散發奇特味道的藥材行，冒煙的麵館。遊客不多，顧店的人也慵慵懶懶。

「還有這種地方啊……」她捏著蟬壬給的地址，心情複雜地核對路標，確認自己沒有走錯。

一抹鮮豔的紅色從視線邊緣一閃即逝。

她轉過頭，怔了足足兩秒。

「咦？」

穿著與舊街格格不入、個性強烈的紅色棒球夾克，拎著紙袋的短髮女性信步穿越騎樓，鑽進轉角一間矮矮的唱片行裡。

初洗花慌忙追了上去。

她睜大眼睛，顧不得可能撞上攤販，最後已經快步奔跑起來。陽光刺痛了眼睛，她突然覺得灰塵的氣味很明顯，既厚重又溫暖。

伸手搭在門把上時，話語聲也從厚重玻璃的另一側傳了出來。

「我幫妳帶了焦糖布丁過來喔。」

「吶～謝了。」

那些字詞的質地與記憶中有點不同，卻令人感到懷念。

她用力將門推開，風鈴噹鋃噹鋃響起，稀薄的冷氣從腳邊溜走。

「啊咧，這時候居然有客人？」

「歡迎光……咦？」

紅色調的女性站在櫃前。不只穿著，俐落的鮑伯頭也在髮尾染出高調的紅色。她身材瘦長，初洗花只在學校籃球隊裡看過如此高䠷的女生。頸鍊、耳釘，鎖骨邊與近袖口繡著小幅刺青，襯著放蕩不羈的氣質。

另一名坐在櫃檯內側的女性，則呈現著反差的文雅。灑落的長直髮、空氣瀏海、圓框眼鏡。相較於櫃前那位謎樣執著於紅色的傢伙，從她的面容能感覺出精緻的化妝，細節裡下了許多功夫。

突然有個嬌小的女孩闖入店裡，兩人都詫異地望了過來。初洗花狼狽喘著氣，半個身體倚靠在門上。

「……哈啊、哈啊，」

她的嘴巴張、合，反覆了好幾次，啞著說不出話，最後總算硬擠出了兩個已經好久沒使用過的名字：

「廣藿？勿懷蘭？」

那分別是絢爛帝王，以及顯赫教主的名字。

*

梅普露特仙境，被十數種魔法生物持續爭奪的國度。從其他位面沉澱並滴落的「愛與希望」緩緩流入，使仙境的土壤浸濡魔力。另一方面，美普露特的力量也潛移默化影響著其他位面，此處就像眾多異世界的祕密裡側。

老實說怎樣都好啦。

戰爭期間根本沒有人在意那些設定，成王敗寇就是你的魔法。

肅清墮落的妖魔種族、修復表裡世界的魔力輪迴，魔法少女們的戰鬥忽然結束了。從格局過於龐大的劇場脫身後，初洗花在自己的臥房醒來。

開啟仙境之門的華麗手機失效了，小妖仙拒絕聯繫，留在身邊的紀念品只剩下裝著心臟的鳥籠。

倘若將心臟取回，她就會再次成為表世界的一分子。遭到邪惡的魔法攻擊，可能會跟普通人一樣被混沌的情緒感染、異化為惡德怪人；但另一方面，她也能重新獲得去愛的能力。

小妖仙把選擇權留給了她，直到現在。

店裡放著輕鬆的音樂。

「可以泡咖啡喔，和奶茶，雖然只是店員喝的便宜貨吶～」

勿懷蘭一面說，轉身按響了後面的煮水壺。她胸前掛著員工證，櫃檯內側堆滿了參考書，似乎在利用打工的空閒時間備考。

「別忙別忙，飲料就不用麻煩了。」初洗花輕搖了搖手。

「嗯吶，妳變了好多。」

「這句話完全輪不到妳們來說吧？」

經歷七年終於相聚，時間差已經巨大到讓人沒辦法做什麼誇張反應了。

三人圍在櫃檯前，分享廣藿帶來的焦糖布丁。

據她們介紹，附近的店主要有兩個方向：完全面向當地人的老鋪子，或者不太在意知名度的獨立精品，布丁屬於後者，此處則是前者。

唱片行格外狹窄，二樓似乎吃掉了一樓一公尺左右的高度。店內只有兩組中島架，堆得毫無空隙。礙於空間不足，連牆面都塞滿了商品。

琳琅滿目的專輯海報互相推擠，甚至邊緣重疊。從中能找出一兩幅米露露鈴、歌姬的近期新品。年代久遠的物件自然也不少，靠近窗邊的照片已經被晒到嚴重褪色了。

這個時段似乎不會有客人，要聊什麼話題都無所謂。

「沒想到重逢意外地平淡吶，」勿懷蘭說，一邊嚙咬著布丁的小湯匙：「不過，驚訝還是很驚訝喔？畢竟嘗試了那麼久都沒辦法聯絡上妳。當時可下了不少苦功吶。」

「妳們兩個很快就再見面了嗎？」初洗花問。

「嗯，馬上回收了心臟，從網路發出消息，半年後就相認了，也沒受到來自仙境的干擾。啊，通訊紀錄還在吶～」

勿懷蘭從手機裡翻了好久，總算挖出七年前的電子郵件，將當時的信交給初洗花看。

三人分別來自完全不同的縣市、完全不同的國中，服役時也只有簡短又破碎的交流機會，沒能深聊過幾句。小妖仙最初便將細節控制得很徹底，支配者系列之間的情感不太像摯友，而是共患難的老同事。

靠在一旁的廣藿好奇地湊過來，偷看手機螢幕上的信，不過似乎對自己七年前的用詞感到有點羞恥，尷尬地笑了笑：「真的很久了耶。不過，我和勿懷蘭也一直到三百日戰爭爆發時，才曉得妳居然沒有回收心臟。」

「我才不像妳那麼遲鈍吶，早就猜到了。」勿懷蘭不以為然地說。

「真的假的？」

「廣藿就是那種，會一直留在被棄養的地方，乖乖等主人回來接牠的狗狗吶。」

「妳的比喻好過分。」

「要是再聰明一點就能自己走回家了吶。」

「拐了個彎罵我笨！」

「店裡沒有糖喔？將就著喝。」勿懷蘭撿來三個杯子，倒入即溶咖啡粉包和熱水，香氣轉眼在冷氣房裡擴散開來。

「喂黃色混蛋，別跳過狗狗的話題！最後狗狗到底有沒有成功回家，給我好好交代清楚啊！」

「……這孩子究竟是博愛還是傻？」

「呵呵，勿懷蘭也有些伶牙俐齒了呢。」初洗花忍不住笑了出來：「果然還是妳們變得更多，新穎的感覺比懷舊更濃烈。不過的確，心情很平淡。」

「哼哼，我可是度過了一整個妳沒參與到的高中生活耶？」廣藿接過咖啡，謹慎地啜了一口：「我現在租屋處就在附近，在上邪大學念政治系。」

「勿懷蘭呢？」

「如妳所見，備考中喔？月底就要大學招考了吶，地獄地獄地獄。」對方一臉疲倦地回答，把眼鏡摘下來，取手帕默默擦拭。

「辛、辛苦了。有什麼目標嗎？」

「離這裡越遠越好！最好能北上筑殿，我要從老家逃走！」

「咦——」

廣藿似乎對勿懷蘭的答案很不滿意：「來上邪陪我嘛！一起參加社團活動打籃球啊？我們系籃好廢喔。」

「考不上吶可惡！明明妳的印象色是紅色，成績卻一直那麼好。」

勿懷蘭一邊埋怨，收回手機。

她打開並不是納拉通的一般社交軟體，將帳號展示出來。兩個人分別與初洗花交換了聯絡方式。

確定訊息發送沒有異狀，廣藿滿意地點了點頭。

「ＯＫ，這樣小妖仙的下三濫手段就破解了。」

「是啊。」

甚至感覺有些太輕率了。

蟬壬的提示，由於他自身「不清楚具體內容」，才能在缺乏目標指定性質的狀況下，讓預言「跳過」了小妖仙的干涉吧？主動會合會被魔法阻撓，但巧遇不在此限，鑽了規則上的漏洞，高貴的不取對象。

初洗花若有所思地看著多出的兩個頭貼。

她在納拉通上有六、七十位英雄界的聯絡人，反而這種普通的平臺，能發訊息的對象寥寥可數。木咬契好像說過，光看著大頭貼增加，就會覺得社交生活變得充實？她當時肯定在隨口胡謅，但搞不好並非全無道理。

「初洗花那邊怎麼樣？」廣藿從提袋裡又拿了一份布丁，卻被勿懷蘭拍了一下手背。她不高興地嘟著嘴，很饞的樣子：「妳一直留在前線也不輕鬆吧？還得跟日常生活做平衡。」

「前線？不，戰鬥其實不值一提。三百日戰爭結束後，就再也沒有解放『可愛暴政』的場合了，甚至連完全著衣狀態都很少用上。」

「哎呀，和平的時期真好。」

「所以相反過來，讓我覺得棘手的，全是些普通的事情。」

她沉默了半晌，考慮到底該說些什麼才好。

勿懷蘭將最後一顆布丁取出，連同咖啡一起推到她身前。茶杯裡倒映出店內鵝黃色的吊燈，以及自己的臉。

是小孩子的臉。

昔日的戰友早已順利成長，來到尋常女性的模樣了。看著她們各有想法的打扮，意識到自己只是想「看起來成熟一點」已經力猶未逮，不禁莫名令人沮喪。

初洗花將手指輕輕放進杯耳，感受著茶水的熱度。

「……我不打算繼續升學。想進入廣播電臺相關的工作，最近也正為了這件事情而努力著。」

「那不是挺踏實的嗎？」廣藿將棒球外套脫下，掛放在櫃檯上，一隻手肘拄著桌面：「不升學的人也不算少數喔？」

「嗯，但很令人不安。說不出具體究竟『什麼』造成了不安。明明我也並不是毫無累積才對，卻有種不知道該怎麼好好前進的撞牆感。總之，老是覺得準備不足、赤身裸體地在迎接挑戰。」

「嗚哇啊，我稍微想像了一下妳赤身裸體的樣子，然後才驚覺好像不合法，真的是非常抱歉……」

「廣藿！給我讀一下現場的空氣！」勿懷蘭把講義捲成紙筒敲了下去。

「哈哈哈。」

本想反射性地說點責難的話，沒想到肇事者被搶先懲罰了，初洗花意外笑出了聲。看來這七年間，負責管住廣藿嘴巴的工作也被別人接下了。

她真想從今天開始，加入這種嶄新的空氣裡。

「初洗花妳不要理她～繼續說。」勿懷蘭把廣藿的頭殼當成木魚，咚咚咚有韻律地敲著。

「其實也說完了，畢竟不曉得該怎麼解決。」

「呃・呃・嗯，花・點・時・間・抽・絲・剝・繭・如・何？」

廣藿聲音一抖一抖地提議：

「搞・不・好・是・小・妖・仙・的・魔・法・造・成・的・哇・妳・越・打・越・用・力・耶・我・要・變・笨・了・住・手。」

「小妖仙？也不能什麼都怪到它們頭上吧。」

「難說，我到現在還是搞不明白，所謂鳥籠的誓約究竟會造成哪些影響。小妖仙的魔法比魔法少女高明很多，也許比想像中更隱晦陰溼。」

「……隱晦陰溼？」

「妳還有什麼牽掛，是非得繼續當魔法少女不可的嗎？」勿懷蘭撐著下巴問，歪頭想了一下又說：「噢對，據說在我們之後，小妖仙又湊出了下一屆的魔法少女？妳到現在還得繼續照顧她們？」

「其實我能做的也到極限了。」

說著，初洗花從手機裡找出熱情香橙、淘氣草莓和優雅櫻桃的合照：「妳們看，後輩們每個很可愛對吧？」

廣藿立刻露出了複雜的表情：「哇她們笑得好燦爛。雖然根本不可能，但都快讓我以為小妖仙改邪歸正了，雖然根本不可能，嗯不可能。」

「直到四、五年前，我偶爾還會夢見自己在狂扁小妖仙吶……」勿懷蘭喝了一口咖啡保持鎮定：「真想把它們的填充棉花抽出來，扔進水溝裡。」

「啊、啊咧？」

沒想到意外觸動了夥伴們苦澀的回憶，初洗花有些尷尬：「總而言之水果系列的事情，越來越不是我能插手的感覺了。」

「怎麼說？」

「她們比我們更有才能喔？況且背景也相差很多。互相住得很近、其中兩人甚至同校。即便在任務外也會相聚出遊，累積作戰之外的共同回憶——在她們的世代，通訊手段更發達，聯絡關照是件稀鬆平常的事。」

定期開會檢討、設定戰術，或者單純就只是一起放鬆地玩樂。

去補充彼此不足的部分，無論戰鬥或者生活。

支配者系列猶如「魔法」的劍奴一般，在鬥技場裡永恆徘徊著。但水果系列卻保留住了「少女」的一側。

她們比上一屆更有魔法少女的才能。

初洗花說著，不禁苦笑：「身為差了好幾歲的學姐，要是一直回去露臉，會讓氣氛變得很詭異吧？我也該學著讀空氣才行。」

「哦……」廣藿皺了皺眉頭：「的確像是妳會得出的結論，雖然看似理性卻好像在逞強，簡直是最典型的硬邦邦藍發言。」

「硬、硬邦邦藍？」

笨蛋紅、愛哭黃、硬邦邦藍。

「其他呢？妳還有非打倒不可的敵人嗎？」

「我想打倒的東西是一種根植在文化內的概念，就算把飛行大隊擴編成五個人也辦不到。」

「對藍色的禮服還有執著嗎？我自己是有點想再穿一次紅色那件啦，可惜風格已經不適合我了。」

「我不太喜歡裝飾多的衣服。」

「交通呢？不能飛行會造成通勤困擾嗎？」

「最近剛開始騎摩托車。」

「永保青春？」

「一直當小孩的麻煩處可多了。」

「以後看電影和進入遊樂園，要改買全票耶？」

「廣藿，如果妳想不到好點子，不用勉強跟我硬聊也沒關係。」

「喏，妳怎麼看？」廣藿攤了攤手，轉頭找勿懷蘭徵詢意見。

「……」

勿懷蘭放下手裡的咖啡杯，慢慢從櫃檯後面走了出來。

她將雙臂敞開，向初洗花空出胸膛。

「硬邦邦藍，過來這裡。」

「？？？」雖然沒有搞清楚狀況，但初洗花還是貼了上去。

勿懷蘭輕輕抱住了她。

比起深擁，更像是將嬌小的初洗花藏在懷中。

勿懷蘭很溫暖，有股淡淡的薰衣草香味。臉埋在衣服裡，從側頰能稍微察覺到內衣凹凸的觸感。真實、厚重的擁抱，如同七年後的顯赫教主——不，是已經告別過去，健康成長的舊友確實存在於此的證據。

初洗花意識到自己錯了。

夥伴們並未改變的部分也很多。至少，待在勿懷蘭身旁依然能獲得安心感，她根本沒有忘掉那份感覺。

「要是能更早一點和妳說就好了吶。」

勿懷蘭的話語變得格外笨拙，好似又變回了當年那個一起橫越穹頂、沐浴火焰的柔弱少女。

惋惜，飛上天空的東西，總有一天都要落在地上。

「初洗花，妳已經……可以不用再當魔法少女了喔？」

*

那是從未有人觸及過的，武力的頂點。

支配者魔法少女展示鈴環（心臟）、詠唱、進入完全著衣後，視戰鬥強度，變身時長僅能維持十七至四十五分鐘，往往必須伴隨母艦或僚機共同作戰。即使在一切的完善下潛藏著短板，她們依然詮釋了何謂絕對強者。

光線。

熱。

速度。

她們是鐵血的、純潔的、超人的化身。

但，既然稱之為「變身」，就代表她們曾擁有原本的名字。仙杜瑞拉的咒語必須在午夜消失，不繼續扮演「兵器」成為了一個選擇。

異常的是誰？

異常的是初洗花。是魔法少女・輝煌軍神。

沒有人不明白這個事實，同時，沒有少女能不去景仰她的身姿，只因她居然日復一日、日復一日，依然故我鐵血的、純潔的、超人的化身。

既美麗也悲劇。

誰都好，阻止她吧、挫折她吧、否定她吧？

把原本的名字——重新還給她吧。

恐怕，那便是勿懷蘭與廣藿，在放棄了閃閃發亮的仙境之力之後，最扼腕、最懊悔，無法再次用萬能的魔法去實現的願望。

——「妳可以不用再當魔法少女了。」

巡航七年，寄語終於落在地上。

EP. 13 T3_O1

＞五月十二日。

＞PM02：50，樞機，渚信金庫觀測到嚴重濃煙與火光。

＞PM03：00，警方疏散民眾。Narrative 發送警報，隨後確認齊格菲、祭司鹿庭、魔裝操者·異戰王牌、謝勒汗鐵狼、卓越飛燕、檀島騎警、魔法少女·輝煌軍神等王立區域英雄均未回應。開始擴大呼叫範圍。

＞PM03：10，大量黑色人偶出現，通訊器等電子設備機能受限。

＞PM03：35，DST（民間防衛凡人志願組織）第一次進入樞機。

＞PM04：10，DST第一次撤出。

＞PM04：25，英雄隊伍第二次進入樞機。陸軍開始部署。

＞PM04：30，DST第二次撤出，居民疏散率50％。

＞PM04：50，英雄隊伍第三次進入樞機。颸占朝樞機折返。

萊薩工廠的調查進入終盤。

鹿庭與Ämme沿著破壞痕跡分析，甚至前往行政辦公室搜集零星遺留的文書資料，可惜值得參考的線索一件也沒有。

最後，她們與椴葉在停車場會合。

「兩位，有東西得讓妳們看看，需要一些意見。」

椴葉臉色很凝重，一片低氣壓中，三人返回由他負責檢查的儲藏庫。

倉庫表層一片空蕩，供貨車出入的鐵捲門被椴葉用光劍破壞。一踏進昏暗的鐵皮房裡，不安的景象映入眼簾。

屋頂有一處顯眼的大洞，傍晚的陽光灑落，斜斜打在牆上。

那是生化飛彈擊穿的痕跡。三百日戰爭期間，宇宙怪獸陸續空襲了各地工業區，重點打擊地球的生產力。

飛彈輕鬆貫穿了屋頂，像鋼釘一樣繼續往下層深入。

在水泥地面的破口處能發現底部還有空間，內側漆黑一團。破口寬度不足以供人通過，椴葉於是改拿一旁疑似員工通道的鐵門開刀。門板厚度近六十公分，裝著挺有一回事的手輪門把，但任何防禦在殺獸劍面前，被破壞只差別在時間的長短。

推開門，沿著幽暗的旋轉樓梯深入，體感推測下降了十數公尺，再次融壞另一扇相同規格的安全門，他們終於能一睹地下空間的全貌。

三人的腳步聲沒有引發回音。

大門口的管理室供電正常，此處似乎也一樣。花了點時間找到電閘拉開，蒼白的照明依序亮起。

地下室的範圍遼闊得發虛，類似大型量販賣場、家具商場，將貨倉直接當成選物區的開架式場地。高度向上擴展至三層樓，內部配置著一排排貨架，用來堆疊操響粒子棒的保險箱。

然而。

「這、這是……！」

Ämme 不自禁微微退了一步，伸手拉住椴葉的衣襬。

異景，異景，異景。

生化飛彈在中央爆炸，進一步毀壞了本層地面。窟窿深不見底，不像單純以武器造成的損傷規模。但引人膽寒的並非空洞，而是圍繞著爆炸中心向外擴展、由黑色素材組成的「雕像群」。

默示錄版的《威利在哪裡》。

十、百、千，型態各異的雕像，全部以微妙的角度面朝中央空洞處。如果遠離一些觀察，能發現這片壯盛的陣容排出不祥的渦旋，彷彿正緩慢地沒入中心，靜止不動中壓抑著某種隱晦的變化。

至於雕像群的內容——

「……宇宙怪獸？」鹿庭打開相機，走入密密麻麻的雕像間。

「不只宇宙怪獸而已，」Ämme 小心地輕摸那些無機質的表面：「還，還有魔裝操者，以及跟它們戰鬥過的超響體們。」

跟人偶的感覺類似，光靠觸感或物質分析機能也得不出結論。椴葉順著渦旋的流動方向，從外側依序清點：「這尊雕像，描述了宇宙怪獸馴服女王蜂的種族，將它們納入軍隊的場面，或許是數千年前的景色。」

巨大的昆蟲展開翅膀，下方堆疊著外星戰士山丘一樣的屍體。

「至於這邊，應該就是第一位操響粒子受害者：蜘蛛超響體的雕像。」

雕像沒有沉黑以外的顏色，細節也略顯粗糙。但從作品生動的姿勢裡，依然能感受這些怪物的威脅性。

體積最小與人同高，最大甚至頂到了天花板，完整度各有格局。雕像不僅局限於地面，破損不全的歧肢向上繼續占據了更多空間，壓壞好幾處貨架，在燈照下顯得猙獰而凶暴而不甘。

「簡直像古代文明的敘事壁畫。唔，首先是宇宙怪獸的故事，」Ämme 用手比劃著各雕塑的位置。

外星人在戰火中揉合了不同的種族，建立大一統政權。佇立在講臺前的銀河統治者肖像高舉右手，宣示著征途。腐泥超獸被外星科學家製造出來，吞食其他星球的生命。鯨群似的宇宙艦隊聚集在行星的大氣圈內，排成縱陣。

邪刃影魔高貴的騎士部隊揮動細長彎刀，騎著鴕鳥一樣的生物，朝同盟的敵人發起榮譽衝鋒。身形瘦長的變形星人擄走無辜的人類，雕像真實地表現出它們一半異形、一半地球人，正在偽裝身分的場面。

作品內容逐漸進入三百日戰爭時期，宇宙猩猩與巨大機器人肉搏、生化戰機和地球空軍展開狗鬥等……越來越令人感到熟悉。

與之相對的——

「然後是我們相對不了解，魔裝操者們祕密的過去。」

Ämme 來到大漩渦的另外一側。

意外獲得變身手鐲，與蜘蛛超響體首度交手的西洋棋銀河出現了。就算因素材而呈現黑色，正義使者的鎧甲依然散發出崇高的氣質。

下一件作品，四處殘殺落單女性的蝙蝠超響體在暗夜飛翔，但進入狀況的銀海沒有放過他，摺住骨翼，用鐵拳猛擊惡黨的正臉。

從英雄的誕生到成熟，廝殺一環連結著一環。

銀海陸續與扭曲的異變者對峙。很快，站在他對面的塑像輪到了異戰王牌高聳尖銳的身影。

蜜蜂超響體、海葵超響體、鍬形蟲超響體、穿山甲超響體、飛標的魔裝操者、多米諾骨牌的魔裝操者、撞球的魔裝操者。

異戰王牌。

異戰王牌。

異戰王牌。

雕像群複印出兩種迥異的歷史，順著流動的次序排列，再次演繹各自經歷過的戰鬥軌跡。無音的模型莊嚴地宣讀著「我們」是如何走到這一步的，彼此較勁誰手上的血汗更多。

博物館，這三個字是椴葉腦海中首先躍上的形容方式。戰爭的博物館，或者敗者們的博物館。

「你、你們注意到了嗎？」

Ämme 語氣微顫地出聲：「裡面沒有數獨駭客……沒有蟬壬的雕像。」

「有喔。」

鹿庭站在中央大空洞的邊緣，她身旁的雕像正是「最後一場戰鬥」，三年前發生於此處，萊薩工廠的最終決戰。

異戰王牌與西洋棋銀河正處於偕同向前撲擊的姿態，而他們面對的目標，卻是一尊敞開雙臂、身軀不帶任何特徵的人偶。

「黑黑黑色的人偶？」

「生化飛彈攜帶著宇宙怪獸的活體資訊，而蟬壬也死在這裡。如果雕像群是外洩的操響粒子擅自『響應』的結果，黑色人偶又代表什麼？」

鹿庭手拄著臉，沉思著說：

「本尊肯定離開原地，脫穎而出了吧。雖然很難相信，但僅憑著執念，那個男人在復活的淘汰賽中獲得了勝利。」

飛彈爆炸觸發粒子棒反應，按下了投影機的全自動播放鍵。

但在場不只一名死者，數百千萬的記憶，或者說怨念交叉爭奪，粒子的特性化作垂落地獄的蜘蛛之絲。

壓倒遙遠星球的歷史，將受害者們的悲鳴蠶食殆盡。最後抓住絲線往上爬的贏家，是以超響體的姿態「重生」的蟬壬。

他的願望比宇宙更深邃。

粒子迴響濃縮為一，殘餘的材料只好組成空虛的人偶。被稱呼為蟬壬的個體只有一位，從它獲勝那刻開始，後面湧出的唯有人偶。

「不，不對，」鹿庭解析到一半，更正了自己的說法：「自從本體誕生，往後『所有的人偶都是蟬壬』。它們是整體，否則缺乏目的性的人偶也不會活動。本人或許尚未自覺，但它正如群的惡魔。」

耶穌問他：你叫什麼名字？他回答：我名叫群；這是因為附身於他的惡靈為數眾多。而後他們央求耶穌，不要令他們墜入無底深淵。

蟬壬用單一的願望，覆寫了整個群的聲音。

荒廢便利商店裡，那張凌亂的塗鴉牆從腦海中浮現。那是蟬壬與他者雜音對立的結果，經過大量排除作業後，確立了自我的目標。

「……嗚唔。」Ämme 打了個冷顫。

記憶裡的線索接續上思考，Ämme 摀著嘴巴，搖搖晃晃跪了下去，發出相當大的聲響，眼鏡也隨激烈的舉動喀噠摔落。

「喂，Ämme！」

椴葉連忙想把她攙扶起來，對方卻抬手制止了他。Ämme 雙眼飄忽地瞪大，失神地盯著地板，鼻血從指縫裡緩緩滲出。

有方向了，可以解開了。

預知夢。未來始序於零。HK05832。GHG53387。十億何有安眠。IT'S JUST A JUMP TO THE LEFT。Jak1-20-07370。

「未來的F成為『零』的開始，交換成數字，F0、G1、H2、K5，帶入後續兩組字母——HK、GHG能還原為一個座標。」

她輕微顫抖，喉間的聲音毫無生氣。

大量情報正在腦中檢索排列，以改造人二號的規格無法負荷，呼吸也越來越稀薄，從嘴裡吐出字後，她幾乎要吸不回足夠的氧氣。

別停，再多猜幾遍，從不同的方向重試。

「十億，展開為1000000000從二進制轉入十進制，五一二，日期。」

時間，地點。

最後是目的。

「Jak1-20。開頭為聖經各卷的縮寫，後面追記篇目代碼。英文版？但刻意寫做Jak或許是德文，指向〈雅各書〉。」

擷取出該經第一章第二十節的內容，Denn des Menschen Zorn tut nicht, was vor

Gott recht ist.（人的怒氣並不成就神的義。）重新安排：

0	d	e	n	n	d	e	s	m	e
7	n	s	c	h	e	n	z	o	r
3	n	t	u	t	n	i	c	h	t
7	w	a	s	v	o	r	g	o	t
0	t	r	e	c	h	t	i	s	t

「製作成九乘五的字陣。以0表達此列跳過，1至9的數字則用來鎖定列上目標字母的位置，以07370從表中取字母——Zug？」

Zug：火車、軍伍行列，弈棋遊戲的一步。

「齊格菲。」Ämme拾起眼鏡，猛然抬頭，血珠灑了一地。她手掌和下半臉全都是紅色，神情也好像隨時會昏厥：「我們必須立刻回去，蟬壬應該在樞機。」

「為什——也罷，沒時間細問了，」椴葉取出手機，轉向鹿庭：「回頭吧！也得立刻通知木咬契才行。」

「木咬契由我聯繫，另外，你和Ämme先折返。」鹿庭蹲在空洞旁，用白色的粉筆刻下符號：「我打算留守倉庫，善後萊薩工廠的問題。木咬契我也會叫過來支援，需要她幫忙帶一些儀式器材來，如果洞裡的『東西』和我預想一樣的話。」

「……萬事小心。」

「交給我吧。從這裡開始，是祕教祭司的領域。」

＊

另一條路線。

鼬占起了個大清早，離開樞機，目的地是一名躲避羅修羅追殺的老朋友的窩。二十九歲男性A，當年差點變成跳棋的魔裝操者。鼬占從他懷裡把手鐲搶走，揍了他六拳，踢了他的蛋蛋，後來兩人偶爾會聯絡。

男性A原本就專門搞竊聽、偷拍裙底照賣錢、盜取個人資料之類的勾當，現在也還持續靠這些伎倆賺著零用錢。

房間裡一團混亂，電腦桌旁堆著小山一樣的拷貝A片光碟，鼬占甚至懶得去問衣櫃裡的香菇乾是怎麼回事。

藉助對方長年累積的音程編輯工夫，花掉整個上午，總算將Ämme提供的錄音檔案解析、分類完畢。

廢話，當然免費。

「……嘖，魔裝操者・勒索王牌。」

「你再說一次？」

「什、什麼都沒說！掰啦鼬占老弟，謝謝你的麥當勞～」

從臭哄哄的公寓離開後，鼬占一直掛著耳機檢查錄音檔。把沒用的東西抽掉，剩餘檔案排成串也有整整四個小時長度，一時半刻聽不完。

搭上回程車時已經下午三點了，作息還沒調過來，精神有些委靡。他坐在空蕩蕩的車廂裡，低垂著頭，靜靜聆聽人偶們斷斷續續的說話聲。

檔案一〇七『房門鎖住了，窗戶打不開，沒有人聽得到我在求救。』

蛞蝓超響體。凌晨於碼頭卸貨區異變，殺害四名討債人後遭黑幫槍殺。留下兩歲的女兒，後者最終在水林寶城天下公寓內衰竭死亡。

檔案一〇八『好暗，好暗。不該是這樣的，別靠近我，別看我。』

輪盤的魔裝操者。盜賣注射劑時，被買家以化學藥劑破壞雙眼，躲藏至民宅內並殺死屋主夫妻二人，遭西洋棋銀河搜出，逃亡過程中被擊斃。

檔案一〇九『外面好冷，想回到蛹裡，下次我會變得更美麗。』蝴蝶超響體。仇殺詐騙自己的前男友，由於犯行被目擊而繼續殺害前男友的妹妹、母親，喪失心智後在浴缸溺斃。

檔案一一〇『唯獨你絕不能原諒。要讓你嘗嘗自己種下的惡果。』事件關係人。朋友身亡，循線追蹤到黑市賣家，囚禁該賣家並強迫對其注射粒子劑後，當場被異變為超響體的賣家殺害。

「嗤。」

——聽著聽著，鼬占一不小心笑出了聲來。

總覺得一直接觸這些鬼東西腦袋會壞掉，銀海可真是辛苦了。

但多虧資料量很大，不少案件能用複數音檔拼湊出因果。甚至裡頭還有見過面的敵人，比對自己的記憶，他還能推理得更深。

原來如此。

黑色人偶或許能成為記錄前因後果的工具，但它們並非有意。和鼬占最初篤定的一樣，這些迴響只是淒涼的呻吟，是本能行為。

或者說求救。

犧牲者的思念在蟬壬成為「群」的主旋律時被壓制了，它們概括於數獨駭客膨大的個人願望中，連殘骸都被別人拿去當成復活的材料。

「求求你了結我們吧，比起成為誰的血肉，我們情願消失」之類的。

簡直可笑至極，不過——

「老子聽見你們的願望了。我不打算可憐你們，也不想體會你們究竟有多痛苦，魔裝操者做不到那種事情。」

鼬占用手指滑過螢幕上的數百條錄音檔，兀自低喃：

「但你們一個一個、一個一個，我會全部仔細地破壞掉的。」

碾碎，然後繼續前進。

他仰起臉，摘掉耳機。

不知從什麼時候，列車裡已經徹底沒有了別人。彷彿專門為鼬占而開的班次悶悶行駛著，窗外是枯槁的夕陽。除了他所處的位置，其他廂節的照明全部熄滅。左右望去，鄰近的車廂正隨著軌道的彎曲緩緩搖擺，猶如蠕動的體腔。

剛才是不是發生了好幾次過站不停的狀況？

此時，車門上緣的跑馬燈跳出文字，廣播裡也傳來了輕快的提示音：

『樞機，快到了。Cardinal Station。Kardinal Bahnhof。轉乘赤楠線的旅客，請在本站換車。鼬占，請在本站下車。』

「知道了、知道了。」

鼬占撐著膝蓋站起，拉了拉背包肩帶。車速逐漸放慢，一股慣性從背後隱約推著自己，催促他向前踏步。

塞在褲袋裡的手機發出響聲，是木咬契打過來的。

『鼬占！你現在人在哪裡？』

「電車上。聲音聽起來也太慌了吧，可真不像妳。」

『沒時間閒說些別的了。鼬占，蟬壬本身就是超響體，黑色人偶也是以他為中心發生的產物。目前樞機正在亂戰，你不要輕易搭進去！』

「喂喂喂，輔導員大姐。」鼬占的嘴角忍不住勾了起來：「不是說好讓我一個人處理嗎？妳要打破約定？」

『已經不只關係到你的事了！』

「說笑的、說笑的～雖然我還是希望妳能交給我解決。」

『聽好了鼬占。絕對不要跟蟬壬接觸！如果不幸遭遇到，就盡可能逃跑，我們也會去支援你。』

「居然叫我逃跑？真過分，我會生氣喔？」

『現在可不是耍嘴皮子的時候。事態比你想的更嚴重，所以乖乖照我說的去做！蟬壬剛剛才從渚信金庫搶走了西——』

木咬契的聲音倏然收住。

看來是理解了。

『……你早就預料到這個場面了？』

鼬占漫步來到門前，電車的速度在剎車聲中消磨殆盡，窗外月臺的景色終於靜止了下來。

一聲細長的「嘶——」氣動音中，門扉往兩側退開。

『你瞄準的正是此刻，能「同時破壞三枚手鐲」的機會？』

門外一步，蟬壬就站在那裡。

左側開門，左側開門。下車時，請您注意月臺與車廂間的縫隙，以及身穿漆黑長襬風衣，披頭散髮血色蒼白的男人。

兩人間的距離極近，甚至能感覺到彼此吐出的氣息。蟬壬面上掛著溫和的表情，而鼬占也譏諷地笑著，直視入他雙眼深處。

站內的空氣很安靜。

從蟬壬身後，占據了月臺空間的全部，絲毫未留下供人落腳的縫隙，浩浩數眾的黑色人偶以原體為中心，半圓形排出一片跪伏的姿勢。

膝腿最大彎曲，拱起背脊，摺疊腰髖，雙手十指緊扣放在後頸處。那是以「人的姿體」將高度降至理論上最低，並顫顫祈禱的模樣。

因為鼬占回應了群的願望，所有人偶都要來此處頂禮膜拜，渴求他賜下一死。那些受奴役的、畸形的、被同袍唾棄的，到樞機去認真正的牧羊人，稱呼祂的名。義人，義人，獨善的悲憫，平等的破壞，不要留我們在幽暗深谷。

惡人正機(全部幹掉)。

「木咬契。」鼬占低吟似的，放緩語氣說：「約定的事情別太放在心上，畢竟從一開始就是我的任性，妳沒有下什麼錯誤的判斷。然後，我也該說聲抱歉，唯獨這次果然我放不下。」

熄掉通話。

蟬壬從懷裡取出西洋棋銀河的變身手鐲，鼬占輕盈地伸手接了下來。

不覺得魔裝操者很讓人洩氣嗎？

即使披上密密麻麻的鎧甲，腦子也不會改變。只靠單純的變身，到頭來什麼煩惱都解決不了。

魔裝就像火車那樣無聊的東西——很久以前某個朋友曾說過：

想著「要回故鄉探望父母」的人會搭上火車，下定決心「要看遍各地風景」的人會搭上火車。但懷抱著「要把世界上所有搭火車的傢伙殺光」念頭的人，肯定也會搭上火車。

在這裡讓一切結束，來盡情互殺(確認我是我)吧。

『魔裝操者，替換啟動。』

『魔裝操者，替換啟動。』

〉五月十二日。

〉ＰＭ05：00，樞機車站2Ｂ月臺化為火海。

EP. 14 O2

各位見過自動釣魷魚船全力運作時的景色嗎？

漆黑的海原上點著兩組鹵素燈，絞盤的咔噠作響淹沒在搖擺的風雨裡，能碰到、能看到的所有東西都溼漉漉的。被漁線勾住的魷魚排成一列又一列，不停從海水中拉起，恰如成群的天使緩緩升空。

西洋棋銀河輕輕起步。

Wake up!

路徑上，黑色人偶的頭顱整齊劃一地懸浮了起來。腳尖再次觸碰地面時，殘骸紛飛的暴雪中兩枚人影已經無數次交集，加熱的拳甲泛出優雅的橘光。

「這就是……『全能感』！」

互毆！

所有能被搾出火花的電器同時高聲尖叫，一股巨大的下墜錯覺統合了失序的景色，那是渦旋、那是渦旋、那是渦旋，即便慘遭重擊，白色鎧甲依然毫不動搖，但就這點而言，深紫色鎧甲亦不遑多讓。彼此削下的、細細密密的裂片在恍惚中分解、重組，留下幻影。

第一階段。

雙方的判斷都是「還不需要閃避」。首先將一回呼吸內連續出拳的次數催至極限，試探傷害力與耐性，同時確認對手的節奏。

「沒想到瞬間就能進行實戰，你的天賦真可怕。」

蟬壬讚嘆地評價著，歪頭別過鼬占的左拳。利刃從臉頰上擦出一陣黑霧，被熱流引燃一瞬間燒成了點點星斑，灑在兩人的肩膀上。

「天賦？無聊的笑話，我可是西洋棋銀河的狂熱粉絲，當然得對它的能力知根知柢，不是嗎？」

「太可愛了吧。」

磅！

左拳、右拳正面撞擊，血花從雙方指骨內迸出，瞬間蒸發為臭煙。最終被衝力彈開的是來自紫色鎧甲的左拳。

「左邊可是我的利手，力量上的差距居然……」

蟬壬低喃著後踏一步。

單憑基礎性能的互相壓制中，自然展露優勢的是西洋棋銀河一方。俊敏、盈巧又穩重的操縱體驗不斷轉化成愉悅，回饋給大腦。

鼬占被排山倒海的欣快感淹沒，差一點發出笑聲。

肌肉在撕裂的邊緣哀號，骨頭嘎嘎作響，腦袋也好像要溶解了一樣。但身體好輕，每一吋皮膚都掌握得一清二楚，思緒跑得飛快。

現在的話，似乎什麼都辦得到。

不需要運氣，只靠實力與技巧正拳對決。總是挺起胸膛，堂而皇之地面朝對手，將一切展示出來。一步一步瓦解障礙，即便敵人使陰招、施展詭計、設下陷阱，也能用坦然迎擊的方式，靠氣度逐個擊破。

「哼哼，呵呵呵呵——」

誰忍得住。

「——嘎哈哈哈哈哈哈！遠遠還不夠，還不是最終的『西洋棋銀河』！不只那個男人，連整段歷史一起……讓我徹底超越掉吧！」

「別說那麼掃興的話嘛，小鬼頭。」相較於著魔的鼬占，蟬壬依然維持著閒散的談吐：「別去追逐任何人的成就，也不要迎合誰的局限性。『鼬占，你應該成為更加純粹的存在。』」

「風涼話就免了！」

磅！

兩個男人之間發出的烈擊相消，餘波已經不像格鬥應該出現的動靜了。地磚震動著滾出石煙，天花板一塊一塊崩落下來。

雙方開始對交錯的意圖進行識破，速度趨緩，招數卻愈發狠毒，每次行動都在交換風險。

Grab a brush and put a little makeup!
Hide the scars to fade away the shakeup!

「不管怎麼累積，我依然是個膽小鬼。玩不起正義使者的遊戲，也不甘願和惡黨為伍，結果只是一個勁地逃跑！」

明明被裝甲完全遮去了表情，從潔白緻雅的面罩上，卻彷彿還能讀出鼬占被血氣蒙蔽的眼神。

「那種苦悶已經累積得夠多了。為了成為能和誰比肩前進的存在，為了被肯定有平起平坐的價值，蟬壬——」

化為我的養料吧。

把一切，把混帳父親、把操響粒子、把魔裝操者、把超響體啃噬殆盡。讓戰鬥的軌跡畫下句點，確認自己是如何走到這一步的。

那樣的話，我也不必繼續活在「你們」的陰影中了。

告訴我！

「藏在這張白色的面具下面，『我』究竟是誰，告訴我！」

——把臉，還給我！

「嘖。」數獨駭客被露骨的殺意逼退，頻頻進行折衷應對，身上裝甲也逐漸崩出裂痕。

周圍的黑色人偶被鼬占的追擊持續輾成粉末，緊咬著極近的距離，絲毫沒有留下喘息空間。

「只是掛念同儕的餘溫嗎？小鬼頭，你也變得狹隘了呢。」

「恁爸可不是永遠十七歲的偶像，傻子！」

「呵，所以沒能參與到你後來的日子，才會讓人如此難過吧。時間究竟是從何處開始流動的呢……啊啊，為什麼我們只有遺憾能累積呢。」

側半步閃躲，反擊。

蟬壬以精練的左拳擊潰他的體勢，看似短暫掌握優勢，但尾勁不足，下一刻反被對方斜下而上的肘擊撞得整個身體懸空。

雙腳離地。

西洋棋銀河逮到了硬直，取準核心，渾身正衝將其震飛。人偶的斷肢如浪花揚起，數獨駭客像一顆砲彈貫入站內的商店深處。

稍停一秒。

砰！砰！兩發霰彈從傾倒的貨架後面往正臉罩上來。鼬占跨步閃躲，並且保持不快也不慢的速度繼續側向步行。

「主教。」

型態變化。白色鎧甲從掌心分解出素材，迅速組成左輪手槍，同一時間，手持雙管獵槍的蟬壬也從店鋪裡出現，雙方互繞半圓交火。

Why'd you leave the keys upon the table?

Here you go create another fable!

第二階段，節奏最緩慢的環節。彼此拉開距離，重新決定如何利用場地，並以飛行道具牽制對手、爭奪地利。比起搏鬥，進入互射時更像弈棋。

落空的彈丸將戰場拆得愈發粉碎，牽制射擊即便命中鎧甲，也只是製造星火的程度，但被衝擊力打停會累積差距，逐漸屈居弱勢。

西洋棋銀河落入下風。

數獨駭客取到近月臺的位置，布告欄與候車椅等雜物早已吹飛，呈現更好的展開空間。另一方面，西洋棋銀河則靠向剪票口設備，且不論左右，至少後退時無法直覺動作，處境背水。

數獨駭客毫不猶豫壓迫上來。右手霰彈槍做最終的牽制射擊，左手變換下一種型態，準備施展更大範圍的招數。

被鼬占等到了。

「騎士。」

西洋棋銀河捨棄手槍，傾身衝鋒，不可思議地「穿越」了霰彈的雨幕。

型態變化。

那正是連「攻點劍」的全周天斬擊也無法奏效的主因：型態轉變為騎士的最初一瞬間，西洋棋銀河的身體近乎霧氣，沒有「被攻擊判定」。

說白了，就是俗稱的「無敵幀」。什麼迴響斥力、弦折衷性……雖然沒搞懂實際原理，但鼬占因此吃過好幾次苦頭，把發動時機抓得很精準。他像一道穿透牆壁的鬼影，步行在蛛絲般纖細的毫秒之間，堂堂正面突破。

在西洋棋遊戲裡，騎士的走法是獨特的八方向二乘一格，且路徑不被阻擋，能從亂戰脫身，也能從刁鑽的角度展露獠牙。

You wanted to!

第三階段，戰鬥再次加熱。

鼬占瞬間縮短距離，把原先站位的不利暴力否定掉，朝那張寧靜的深紫色面甲揮出破壞的一拳。

「謝幕吧，王手！」

幾乎是決定勝負的眨眼前。

與方才的極限貼合互毆不同，這次西洋棋銀河獲得了五公尺的加速空間，右拳也完整開弓。接下來體重、戰甲的質量、腰部肩膀與手臂的旋轉和奔跑的衝擊力將凝聚為一點。

猶如中世紀重裝鐵騎執槍衝鋒，討魔的一矢，不移的雷錘。

然而，閃焰卻在炸裂前夕愕然止步。

——騎士渾身燃燒了起來。

烈焰從心窩竄出，整副鎧甲化為一團熊熊火球。

「難得運氣不好呢，小鬼頭。」

還來不及對鎧甲的異狀做反應，甚至半個氣音也吐不了，數獨駭客已經掠住他偏失的拳頭側身一帶。鼬占失衡，下顎紮實承受了對手的反擊拳。

響徹迴廊的爆音。

You wanted to!

「咯！」引以自豪的速度居然逆反斬向自己，意識剎那空白，西洋棋銀河半邊面甲噴出碎片，軀幹也高高仰起，像一顆被火柴點著的栗子傾頽落地。

「咕、咕唔哦喔喔！」

別倒下！

他齜牙嘶吼著，退一步重踏、踩穩，硬生生將勢頭挺住，腰部幾乎扭成了不像人的體姿，逆轉屈身以頭錘「咣」地狠狠猛擊回去。

「咳哈！」

數獨駭客終於陷入麻痺，發出了頓挫的悲鳴。

勝負的天秤再度傾斜。西洋棋銀河一步錯身，撈住對手的頭顱，迴轉半圓展開奔馳。兩名巨人突破鋼筋混凝土的梁柱與牆面，一路爆破建築結構、貫穿車站，直到鼬占停下腳步，奮力將蟬壬深深鑲嵌入正廳的牆壁。

You wanted to!

轟隆！

王手完成，將死(Checkmate)，巨響落地。

一道裂縫從擊打中心筆直向上延伸，搖碎了車站的巨型掛鐘，將牆面區分為乾淨的左右，指針與崩壞的細石塊一同灑落。

數獨駭客已經體無完膚。

手臂與雙腿在沿途拖行中扯飛，只留下軀幹。若他還是人類，內臟與骨骼也只會剩下一攤泥漿。

「……嗚、嘔噁！」

但，被火舌包覆的西洋棋銀河也屈膝跪下，一隻手撐著地板，抱住頭痛苦地發抖，幾乎要蜷縮起來。

他撓抓搔癢的喉嚨，撕扯雙臂上的鎧甲，但外殼似乎已經跟皮膚溶為一體，尖銳的指爪摳出血滴，被縫隙間流竄的火紋燒乾。

亢奮漸漸消退，可怖的痛楚也湧了上來。

啊啊，咯啊啊啊啊！

「這是什麼東西？混蛋，到底怎麼回事！活性……咳嘔！」

整張嘴裡全是咳血的腥臭，身體傳來好像從內部往外翻轉一樣的剝裂感，痙攣、使不上力，吸氣也如同將鋼釘吞入肺葉。

鼬占再也堅持不住，俯身倒了下去。

現在他肯定過度緊咬著臼齒，嘴角泛出血泡吧。但連猙獰深苦的表情也不會暴露出來，那正是魔裝操者面罩的優點。

「咕、咕嗚……王……八蛋……」

「『總算順利甦醒了，鼬占，你的確是個不折不扣的天才。』」深埋牆中蟬壬的殘骸，發出了無機質的聲音：「『魔裝操者．西洋棋銀河，由我與黑博士最初開發的戰甲。從一開始，便是以進入超響體狀態的前提，為你而設計。』」

「……開什麼……玩笑……」

鼬占一顫一顫吃力地仰起頭，聲音裡似乎帶著些微的哽咽。

那種荒唐的設定怎麼可能接受。給我繼續戰鬥啊，讓我繼續破壞啊，就此駐足是絕不被允許的，要履行未竟的承諾。

「……我要……全部埋葬掉。追上去……」

快聽不見了。

火勢愈發猛烈，高熱正逐步匯湧著，豔紅的絕景四處蔓延，將車站化作終點的鍋爐。鼬占倒下之處的地面也出現了融解下沉的跡象。

超響體的異化沒有退路。

向粒子許願之後，並不會留有「停下來」的申訴空間。遍布濃煙與恍惚光斑的視線裡，鼬占的意識越來越沉重，從手指開始，延伸至膝蓋、腹部，軀殼緩緩陷沒，逐漸失去知覺。

到此為止了嗎？

「必須……證明我的……」

——證明？

究竟為什麼呢？是粒子帶來的幻覺嗎？回憶像泡泡一樣浮上來了。

那是種很久遠、很寂寞的感覺。

背著溼淋淋的書包，膝蓋擦破了，臉頰還沾著沙子，心情卻很輕盈。獨自走在放學路上，踩著夕陽下的影子。對小男孩而言，世上還有什麼比打打殺殺的戰爭遊戲更令人悸動？衝突每次都帶來了榮譽、冒險和快樂，更重要的是能累積自己的優越性。

那是天性與共的趨向。爭食的雛鳥將手足踩在腳底，就連關在同一個窄籠裡的小豬仔們，也會把兄弟彼此的耳朵咬下來。

世上最純粹的成就感。

「『從第一次與你交談時，我就察覺到了你的才能。那時你年紀還小，搞不好已經忘記了。但毋須擔心，由我替你牢牢記住。』」

蟬壬的面甲剝落。

從卸掉的深紫色鐵殼後面，露出一張光滑漆黑、人偶的臉：

「『你就算獨自一人也能好好活下去，以生物的格局，達到了真正適應個體孤獨的精神韌性。在你眼中，沒有見過面的母親、總是見不上面的父親、初次見面的我，毫無意義，全部化作匍匐地面的陰影起伏。但你卻並非用更高的視角俯瞰觀察，而是承認了自己也身處這片遼闊的陰影中，接受所有靈魂的等價。你，或你以外，向下微觀窮盡基本法則，絕對平等的存在價值。』」

——純潔。

致使你完成西洋棋銀河的並非肉身強悍，或技巧純熟，而是恐懼他者將自我剝離，只承認自我起始自我終結的、孤立的執著心。

不成為善人或惡黨，那正是你的優越性。

我身為超弦響應物理學家，你則成為了真理派給我的天使。

這世界上，再也找不到比我們更深鬱淒美的因緣了。

「『恭喜，我深愛的孩子，你是自由的。』」

還聽得見說話聲嗎？

或者已經出發了？前往再也沒有差別，不被度量靈魂的量子地獄。

黑色人偶最後的話音化為火焰的祭品，散落下灰燼。

「……謝謝你。」

互殺結束。

在鋪滿鮮豔苦蓮的舞臺上，最後僅有一尊慘白的人形緩緩站起。那是被幽邃的愛意預先編號為 #FFFFFF 的絕路，反射所有可見色光，他者否決的孤高。

超弦超響超越體　西洋棋銀河。

裝甲，皮肉。

骨，刃，殼。

——臉。

凝滯不動的車站掛鐘下方，終結祕密的歷史，收束為一的自我，古今最強的不惡不善誕生了。

EP. 15 O3

動向改變了。

*

人偶造成的電磁衝擊相當嚴重，遠超以往襲擊的規模。

事發後的整整一個半小時，樞機陷入了近乎訊號斷絕的狀態，只能派人員肉身向外溝通，並接應陸續馳援的外地英雄們。

災害持續在複數的場所發生，警方跟ＤＳＴ（民間防衛凡人志願組織）都分身乏術。平民被捲入車禍、鎖在電子鎖的門內、困在車上、留在醫院、關在倒塌物裡……更何況，人偶還像蝗災一樣群聚過來。

ＤＳＴ的隊伍構成全都是平庸之軀、來自各行各業的一般庶民們，戰鬥力比正規軍還弱，且打且退，能迴避就盡全力逃走。由於手段和道具有限，現場發揮得最好的對策居然是根性論。

「嘔噁，快吐了。」「笨蛋笨蛋，別聽那些聲音呀！」

「喂，把車推開！能用的路線要用紙和筆記錄下來！還沒上地圖課？嘖，統一去問你們的副隊長啦！」

「三角市場打起來了，但優先把傷員帶走，快快快！」

「消防車要離開，請指示路線。」「啊，這邊讓我們來做。」

「請帶破門錘過來。」「這條街確定沒人了，該逃囉！」「有急救箱嗎？」

「檀島騎警到了，市場暫時交給他應付。」

「綜合醫院裡還有多少人？」「請再等二十分鐘！」

「第三聯絡組平安返回。」「成果如何？」「正在和鐵狼轉述情況。」

一團混亂中，努力的成果慢慢累積了起來。

七成的平民轉移完畢，剩下的人集中到體育館等場所，在通路安全前待機。多虧DST死命黏著於第一線的韌性，其餘英雄接連回防。

謝勒汗鐵狼從鄰縣趕回來，大幅減輕了護衛壓力。卓越飛燕提供空中引導。最終，渦輪騎士送來電子戰道具，遏制了人偶的電波干擾。通訊器再次投入，偵查無人機全體升空。

「展開！總之展開！監控給我展開！」「麻煩派人檢查能復原的載具。」

「馬上接通軍方的連線！」

「好耶，預先申請的備品派上用場了。」「登記表在這。」

「我現在連戰鬥機都能修給你看！」

「其他小隊去支援英雄。」「老師，Narrative 來聯絡了。」

戰況瞬間明朗，大家的氣勢都為之一振。

王立的日落時間大約在六點二十分。路燈近乎全損，商街也不可能像往常那樣燈火通明。黑暗籠罩之前，他們得把該撤的東西全部撤出去。

確認平民幾乎清空後，從正規軍指揮部捎來了訊息。

周圍三個城市立刻進入戒嚴，國家的部隊已經部署完畢，七點要從梅山對樞機進行一次砲擊，初步清掃人偶，再派步兵控制現場。

正是此時，所有人都察覺到了異樣——混亂的動向改變了。

「呼，健力拳！」

當謝勒汗鐵狼砸爆眼前的人偶時，耳朵突然清明起來，稍微嚇了一跳。

壓抑的聲音消失了。雖然還留有一股低沉的震動音，但十分單調，像機器自然產生的常見嗡嗡聲，不再給人恐怖的感覺。

眼前，人偶們紛紛改變面向，朝著某處步行離去。速度稱不上快，泱泱大群好像被什麼誘餌迷惑了一樣，突然有了共同目標。拜此所賜，三角市場周圍的亂鬥歇止了。

謝勒汗鐵狼愣了愣，但即便他防禦門戶大開，也沒有引來人偶的注意。

「不攻擊過來了嗎？害怕肌肉⋯⋯好像不是呢。」

他保持著戒心，確認身後的DTS隊員們也安全無虞，才移動到視野比較好的路口，拿出手機聯絡渦輪騎士：「渦輪，妳那邊情況如何？」

『我正在商圈附近，』充滿機械感的硬質聲音回應：『三角市場的人偶主動離開了對吧？我也目視確認了。』

「喔喔～不愧是會飛的，看得真遠。肌肉不能飛好可惜。」

『其他場所也是，人偶們似乎喪失了戰鬥慾望，正在朝車站移動。』

「那裡還剩下什麼嗎？」

『應該沒有居民留在附近了才對，而且車站的火災非常嚴重，都燒到將近半毀了……等等，那是什麼？』

「喂？渦輪？」

顧不得通話，渦輪騎士暫時收起手機，往車站滑翔。她身上除了複雜的機械掛件，還配備四具推進器，能進行短距離的低空躍行。

在火場周邊繞行了兩圈，遲遲找不到安定的立足處。濃煙瀰漫不但干擾了視覺觀察，也阻礙她深入，只能停在最靠近的高樓上。

好熱。

氣溫不停飆升，明明站在樓頂，頭盔裡卻顯示著七十九度？

正思索著，她往車站半毀的崩塌口望去，一抹明亮的影子映入視線。

「……天啊。」

『渦輪？渦輪！至少應我一聲啊，妳需要支援嗎？』

「唔、嗯嗯，抱歉。我知道交換情報的時候，必須盡量言簡意賅，」渦輪騎士用字吞吞吐吐地，尋找著恰當的詞彙：「但我該怎麼描述『那個』才好？那是……西洋棋銀河？從渚信金庫被偷走的管制品？但跟印象中的外表不太一樣，呃，更有生物感一點？」

原本魔裝操者他們，風格不是應該偏向金屬鎧甲嗎？

那套白色的鞘殼只給人莫名心慌的感覺。

『魔裝操者在車站裡？變身的人是誰？』謝勒汗鐵狼追問。

「不清楚。但正移動著，徒步……進度很慢，約秒速三十公分。嘖！抱歉回答得這麼破碎，我需要花一點時間整理狀況。」

『無妨，妳慢慢說，我隨時能折返回去。』

「疑似西洋棋銀河的人形物體，正朝南方緩慢移動。已經離開車站建築，進入站前的道路範圍了。」她頓了一頓，確定自己的用詞還合乎邏輯：「火勢非常猛烈，看樣子異常的高溫正是從它身上發散的。周圍物件持續被點燃，放著它繼續前進的話，一部分房屋恐怕會燒掉。」

『不能再飛近點觀察嗎？或者妳乾脆去搭話試試？』

「辦不到。」她直截了當地否決了謝勒汗鐵狼的提議：「是我的錯，沒有確實傳達高溫究竟『異常』到了什麼程度。」

『咦？』

「那傢伙每次往前踏一步，都必須先把腳掌從融化的柏油路面拔出來。附近別說樹木，連金屬材料也三五秒就發紅了。」渦輪騎士用說著夢話一樣的語氣解釋。開什麼玩笑。

中心部位一千五百度？兩千度？三千度？

阻礙觀測的已經不只有煙塵了，連空氣都滾滾沸騰著。那傢伙難道是一顆會跑的鋁熱劑炸彈嗎？

鎧甲裡不太可能還有活人，但如果變身者身亡，為什麼能繼續前進？

她僵硬地嚥了一口唾沫：「鐵狼，幫我轉達給DST，絕對不要派人到車站。憑他們的裝備，搞不好會被困在火場裡出不去。」

『我立刻跑一趟！』大概是緊繃感透過手機傳達給對方了吧，謝勒汗鐵狼的反應有點慌張：『西洋棋銀河……不對，它現在根本就只是岩漿而已了。難道是因為站在原地會慢慢沉下去，所以才保持步行？』

「不，不只有這種單純的理由。」

渦輪騎士再次轉移地點，選擇了更高的房頂落腳。

方才兩人通話的期間，白色人影已經融出了十多公尺長的爛燒痕跡。地面出現一縱明顯的凹陷，留在它身後的瀝青漿水「啵、啵」湧出沸泡。所幸車站外的馬路足夠寬敞，兩側建築尚未崩塌。

她這才意識到，謝勒汗鐵狼剛說「它現在根本就只是岩漿而已了」是一句緩和氣氛用的俏皮話，可惜太貼切了，她一時沒反應過來。

天災。

抬起腳，落下，再抬起腳——遲緩，卻有種窒息的壓迫感，每前進一步都會留下信實、公平且不可忤逆的破壞。

渦輪騎士不斷自我告誡：連宇宙怪獸都撐過來了，別被災難場面唬住。然而淹沒視野的大火、飛捲吹襲的焚風，以及景色深處恍惚的純白，讓她很難確信自己身處於現實中。

更何況，黑色的人偶「全都在這裡」。

經歷一下午的消耗，此時群聚的規模卻依舊令人絕望。

「嘖，它們真的殺不完嗎？」她挫敗地低喃，調整頭盔裡的鏡頭，拍攝現場照片。

人偶們以詭異的姿勢叩伏，相互緊挨，整齊羅列成了左、右的兩排，夾道恭迎西洋棋銀河的進路。然而，烈焰平等地吞噬了它們。每當西洋棋銀河踏步經過，人偶便依次、依次不停被點燃、焚毀，塌陷化為殘渣。

這條流水線似的火葬紅毯，會一路燒到人偶全滅為止嗎？隊伍不停往南方延伸，新的祭品還在陸續加入，緩慢靠近的影子沒完沒了。

往生吧，永眠吧，歸返縹緲吧。

大批虔心赴死的行屍走肉，讓這面火海瀰漫出一股不祥的「儀式感」。迴盪的嗡音滲入胸腔，猶如無字符的誦經聲。

明明場面既安寧又恐怖，為什麼她會感受到某種歡騰的氛圍？

像是宣告著長久的苦悶終於到頭，一切噩夢要止步今宵。

「……生死去來棚頭傀儡，一線斷時落落磊磊。活有餘辜惡人正機。活有餘辜，惡人正機——」

『渦輪騎士？喂，快醒醒！聽我說話啊！』

「咕！」

謝勒汗鐵狼的叫喚聲打破了她朝黑暗下沉的思緒。

渦輪騎士猛然回神，發現自己不知何時關掉了推進器，雙腳踩在高樓邊緣，只需再跨一步就能凌空。

剛才我……腦中都在想些什麼？

『妳到底怎麼了？聲音聽起來也太不妙吧！』

「鐵狼，」她抱著頭盔，身體微微顫抖：「我、我剛才恍神了多久？我難道一直都在喃喃自語嗎？」

『沒錯，持續了兩分鐘左右。』

「搞什麼鬼……」

光盯著看就會被拖進自殺念頭中？是白色人影有意圖性的精神攻擊，或者只是黑色人偶騷音造成的影響？

那名白色的巨人，真的是正義使者西洋棋銀河嗎？

她果斷抽身，啟動渦輪，往英雄們聚集的市場折返，邊說：「鐵狼，看來西洋棋銀河不是漫無目的的前進，最後有個目標才對。」

『在哪裡？』

「還不曉得，但從人偶排出的隊伍就能推測出路徑。」

看樣子會一路離開樞機，往王立……難道是東返？或更遠處邁進，大火也會因此而蔓延。放任不管的話，岩漿就會從市區中間劃出一道焦痕。

『該怎麼辦？要想辦法擊倒它嗎？』

「不對，有點奇怪。」渦輪騎士一面將現場照片發給其他英雄，遲疑地說：「如果打算大肆破壞，它肯定還有更好的手段。不如說，那個東西只需要全力奔跑起來，我們所有人都完蛋了。」

熄火落地。

晚間六點三十分，距離砲擊半小時。

DST隊員們正在市場空地整頓貨箱、清點以及治療隊員。人偶已經不在街道裡徘徊了，卓越飛燕、檀島騎警等英雄紛紛會合過來。

渦輪騎士將手機收起，向眾人徵詢意見：

「從它與人偶互動的方式，還有刻意緩慢移動的狀態，很難篤定它只是純粹的威脅。搞不好，變身者反倒是想替英雄們爭取應對時間？如果那仍然是我們認知中的『西洋棋銀河』，也許它還……」

「等等，意思是裡面有人？」

卓越飛燕一面接受包紮，瞪大眼睛望了過來：「得趕快救他才行吧？」

「不不不不，根本辦不到喔？」謝勒汗鐵狼慌忙搖了搖頭：「地球圈最耐熱的生物叫做龐貝蟲，但牠的肌肉也只能忍受一百度出頭的高溫。先不論現在的西洋棋銀河到底是人是鬼，我們該如何在熔岩裡進行救援？」

「誰叫你裸體去救的啊？死肌肉腦！」卓越飛燕直接生氣。

「咦？但妳的羽毛也會著火喔？」

「我也不打算裸體去救！不能穿個什麼防火服裝嗎？先問問尼伯龍根的傢伙，他們肯定開發過什麼地函漫遊靴、岩漿好朋友牛乳吧？」

「沒時間了，擊潰它吧，總不能放任火災蔓延。」檀島騎警兩手一攤。

「唔嗯，擊潰嗎？」渦輪騎士苦惱地點了點頭。

說歸說，但能採用的方案卻十分有限。像賽博超忍隊一樣，在鞍岳打出一座隕石坑的狀況不能容忍，英雄的破壞行為必須遵守比例原則。西洋棋銀河的高熱固然棘手，造成的損失卻相對可控、可預測，影響的廣度比人偶更局限，是個「乾淨俐落」的目標。就算有很多方法能阻止它，如果餘波將樞機市區吹成骨架，一加一減最終根本只是本末倒置。

如今早已不是焦土戰術的日子了。

戰鬥結束後，原先的居民們還得回來生活。

「總之先聯絡軍隊，把七點的行動取消。既然人偶不再擴散，現在進行夜間砲擊只會留下多餘的建築物損害，手段不成比例。」

「那得麻煩 Narrative 負責協調，由我們干涉軍方不太妥當。」

「請DST去轉達吧。然後來擬訂新的對策，想想規模更小的方法，盡可能控制損失。至於預防萬一的底牌……」她環視了現場一周：「我專長於干擾，騎警的裝備是普通槍枝，飛燕和鐵狼沒有遠距離手段。其他人也必須先接近再戰鬥，能從遠方一舉將它擊潰的人選，」

局部、瞬間，並且要能超越魔裝操者的防禦極限。

做得到的人……

——只剩下齊格菲，或者輝煌軍神了吧？

＊

「OK，這邊中斷留個懸念。稍等喔，場景切換一下。」

＊

鼬占睜開雙眼。

他發現自己正用安逸的姿勢，屈起雙腳拱著背，蜷縮在軟綿綿的沙發裡。身上蓋著一條毛毯，堆積著身體的溫度，觸感也很溫柔。

耳邊傳來木柴劈啪燃燒的細微騷響。

「……壁爐嗎？」

精神有點渾渾噩噩，花了點時間才會意過來。

明火的火爐並不是他習慣的設備，但此時，靜靜聽著卻能獲得一絲安寧。他迷茫地抬起半身，抓了抓頭髮，接著驚覺雙手變回了人類的模樣。

啊咧？拳套呢？

「怎麼回事？」捏捏臉頰，有痛覺，是皮膚。

四肢軟軟重重的，像不小心睡了太久一樣。拉開毛毯，身上也並非戰甲，只有普通的寬鬆衣物。

他抬頭環顧四周。

房間格局不大，擺設有點北歐風情，主要材料不是木料就是石頭。壁爐上裝飾了幾枚漂亮的陶瓷盤子，左右牆面架著書櫃。

沒有窗戶。

他所躺的L型沙發前擺著矮几，以及花紋樸素的大塊地毯。房裡除爐火以外沒有照明，稍顯昏暗，家具的影子隨著火焰輕微搖晃著。

咦？

觀察到的情報一點用也沒有。

樞機呢？黑色人偶呢？

「醒得好快，你剛才明明睡得像小豬仔一樣呢～♥。」

「！」

聲音從身後傳來。

鼬占攀住沙發掙扎地爬起，倚靠在椅背上回望過去，對方端著兩只冒煙的馬克杯，從廚房內現出身影。

年紀很輕，只是個小孩子吧？銀色短髮，鼻梁點著淺淺的雀斑，五官是西方人的感覺。面容精緻，既漂亮也英氣，但氣質停留在幼稚的範圍內。

那人穿著與房間很搭調的老氣毛衣，將茶杯布置到矮几上。隨後從容地在鼬占的斜側位置入座：「我替你準備了熱麥茶喔。咖啡出現過三次，也該膩了吧？」

「麥茶……？」鼬占認為自己大概還沒睡醒。

他遲緩地坐起，把毛毯擱在大腿上。

身體沒有不舒服的感覺，心情也很平靜。張嘴正想說些什麼時，隔壁房間突然傳來了一聲細微的貓叫。

貓？

「怎麼了？」坐在身旁的少女捧著茶杯，閒散地搭話：「想問什麼都行喔。比方說『妳是誰』或者『這裡是哪裡』，甚至『妳有什麼目的』也行，我全部都會回答的，殺必死殺必死～」

「妳有養貓？」

「哈哈♥，居然先來這個。」對方發出咯咯的輕笑，雙眼瞇起，表情有點像作弄人的狐狸：「別在意，只是一隻借住的雜魚開明獸罷了。」

「開明獸又是啥？」

「鼬占，雖然我什麼都會答，可惜時間並不是無限的。」語氣輕佻的孩子搖了搖手：「你無法永遠留在這裡。如果總問些枝微末節的事，糊里糊塗地說拜拜，就白費我辛苦將你拉出來了，變成那樣也無所謂嗎？」

「……好吧。」

鼬占將溫溫熱熱的麥茶拎了過來，輕啜兩口，潤澤舌頭：「從簡單的開始。小鬼，妳又是個什麼來歷的傢伙？」

「我的英雄名叫做『Narrative』。」

EP. 16 O4

「Narrative？」鼬占感覺自己唸出來的字詞像假的。

「對，和那個組織的名字相同。」

銀髮的孩子點點頭：「以你這個年紀，還知道恐怖大王的傳說嗎？」

「恐怖大王？」

「果然沒什麼人聽過，已經是四、五十歲的話題了？歷史上著名的大預言家諾查丹瑪斯曾經留下警告：西元一九九九年七月將會有恐怖大王降臨，噴出毒氣的彗星旅經地球，殺死大量的生命造成文明毀滅。」

「……規模真浮誇。」

「而最終阻止了末日的人就是我喔～童貞彗星♥，不過是顆破石頭，看我推回去，雜～魚雜魚～♥。」

「呃，西元一九九九年？小姐貴庚？」

「沒禮貌。」

「是妳說什麼都能問的。」

「對我的個人情報未免也太感興趣了吧？噁心～♥。」對方做作地摀住了嘴巴：「Narrative是一九八七年出生的超能力者喔？比弱雞大哥哥還年長，是人生的前輩喔～用這種態度和我說話沒問題嗎？」

「怎麼辦？我好想揍妳肚子。」

「你對小孩子未免嚴厲過頭了。」

「是妳說什麼都能問的。」

「我只是緩和一下劇情壓力而已啊！畢竟我特別討厭懸疑橋段，無論如何都想破壞嚴肅的氣氛嘛！」

「怎麼不想想妳本人就是造成懸疑的元凶之一？」鼬占無力地將杯子放回茶几上，翹起雙腳，躺進沙發深處：「話說回來，妳到底是怎樣的超能力者？噴火？凍結？還是颳風？」

「最刻板印象的『念力』喔？」

「哈哈　簡直可疑得不能再更可疑了　說到念力全是些爛大街的騙術吧　折彎湯匙　隔空取物　觸覺識字之類的　」

「念力的應用範圍其實挺廣泛的耶？比方說，把你上一句話的標點符號抽出來，塞進下一句話裡也行。」

「誰！聽。得？懂、妳、在。講——」

咦？

「嗚嘔！嘔嘔嘔嘔＃＠※◎％！呸、呸呸！」

突然感覺像吞了一整嘴的泥巴，口感噁心得要命，渾身雞皮疙瘩。鼬占慌亂地把手指伸進嘴裡，狂抹舌頭。

「剛、剛剛究竟是怎麼回事！」

「呀哈～♥，發出了骯髒的聲音呢。」

「噁、噁噁噁……」

「念力。」Narrative 無奈地皺眉：「不來點實踐課程，憑大哥哥菜蟲等級的智商很難接受吧？另外把湯匙折彎、隔空取物、觸覺識字當然也辦得到囉♥。」

「……混蛋。」

鼬占不小心壓到舌根，差點真的把東西吐出來，眼角也掛著淚水。他瞪向斜對角座的臭小鬼，憋屈地拾起馬克杯：「好吧，我姑且接受這個設定。」

「吼，才不是設定！我可是連諾查丹瑪斯的預言結果都覆寫了耶？笨～蛋笨蛋，連預告末日都做不好，一事無成的傻瓜鬍子～♥！」

「妳不嘲諷個兩句屁股會癢嗎？」鼬占翻了個白眼：「既然有『阻止天體』這種鬼扯淡的能力，我怎麼對妳沒什麼印象？區區三百日戰爭，還不夠格讓念力大師賞臉參戰嗎？」

「……因為我沒能活到三百日戰爭。」

「咦？」

「挽救恐怖大王的末日後，我就對『摧毀彗星』這個決定越來越擔憂。隨意改寫既定的未來，或許會引發蝴蝶效應，將時空導向更嚴重的後果。」

她微微聳起了肩膀。

因為我的直覺很精準，才更加對這份預感產生了惶恐——如此解釋著，Narrative兩手握拳，局促地放在膝蓋上：

「為了確認自己的判斷是正確的，我展開了一場全新的計算。」

「意思是……預知未來？像諾什麼瑪斯一樣？」

「對，可惜完全失敗了。」

「呵呵，」鼬占冷笑一聲：「雜魚超能力者~♥。」

「隨你怎麼評價，失敗是無法改變的事實。」Narrative的聲音裡沒什麼反駁的力氣，淡淡地說：「預知未來比你想的還複雜許多喔？鼬占，你看過雙擺裝置嗎？」

「雙擺？」

「算了，別舉難懂的例子。」

她用力擺擺手，揮散剛才的話題：「總之，就算用超能力跳過『情報不足』的難點，依舊有一道名為混沌理論的高牆擋著。初值銳敏依存性會把計算擴張到能殺人的程度。事實上，當我剛算到二〇〇一年九月近中旬的未來時，膨脹的資料瞬間就把大腦燒掉了。」

簡言之：過度思考。

足以奪命的神經廢熱。

像顆斷絲的燈泡，「啵」的一聲突然熄滅——她用食指叩叩敲了敲頭殼，銀色短髮微微搖晃。

「猜測未來」很容易，比方明天的天氣、麵包店是否營業、隨機歌單下一首要播什麼。短期、有跡可循、因素單純的猜想誰都辦得到。

但「預知」的等級完全不同。

抓住細小的必然，去註定、去鎖死那個單一的結果。

去敘述（Narrative）。

西元一九九九年八月十七日，Narrative 在預知能力發動後第一萬七千秒死亡，死因是腦灼傷，或非線性物理學。

享年十二歲。

那便是碰觸預知的結果，是「未知」本身對智慧生命的懲罰。

「……辛苦妳了。」

「吼唷！你看吧？我就說了吧？」Narrative 氣噗噗地揮舞雙手，擺出好像小食蟻獸威嚇的姿勢：「不用預知都能猜到話題會變嚴肅，所以我才想辦法破壞氣氛啊！」

「呃嗯，抱歉。」雖然毫無道理，但鼬占姑且還是道歉了。

Narrative 從沙發上站起來，拍拍屁股：「哎討厭死了。鼬占你餓不餓？」

「咦？可能有點吧。」

「睡飽就想吃，像小豬仔一樣沒用呢～♥。但Narrative覺得無所謂喔～大哥哥變成雜魚飯桶也行，可以盡情地對合法蘿莉撒嬌呦～♥。」

「……我快習慣妳的演技了，這讓我備感恥辱。」

✻

跟著Narrative來到了廚房。

廚具或灶臺的造型都十分懷舊，按她剛才的說法，房間的布置還真的挺有Y2K時代西洋家庭的風格，像走進老電影裡的感覺。

Narrative搜出幾罐果醬，從冰箱拿來白吐司，接上烤麵包機的插頭。

「奶油抹刀……啊，原來放在這。」

「需要幫忙嗎？」魑占呆呆杵在她身後。

「熱個果醬三明治沒什麼好幫的啦。」

「但叫我乾等著也很怪。」

「已經嘴饞得不行了？嗯，真拿你沒辦法捏～♥，這個給你。」Narrative從壁櫥抱出一只玻璃密封罐，裡面塞著很多鹽粒口味的蝴蝶餅乾。

魑占捧著餅乾罐，喀滋喀滋吃了起來：

「Narrative，這裡究竟是哪？妳已經死了對吧，我們在地獄？不如說……我就算了，妳有幹什麼會下地獄的事情嗎？」

「這裡是距離地獄一步之遙的避難所，用超能力創造的虛擬空間。」她把吐司塞進機器裡，邊解釋：「意識即將毀滅的最後一瞬，我用盡所有手段逃到了這裡，肉體完全死亡，但精神勉強保全了。」

「你反應可以再更平淡一點沒關係。咕，餅乾我也要啦。」

「喔——好屌。」喀滋喀滋。

「喏。」

「我稱此處為『無何有的房間』。在這裡發生的事情，不會被記錄到正常的時空上，也就是說，無法隨意干涉你們生活的現實。」

所以吃東西也沒什麼意義，純粹吃爽的。

Narrative 抓著餅乾，小口小口啃著：

「鼬占，你和一九九九年的我一樣，正踩在意識毀滅的邊緣喔？雖然精神暫時抽離出來，但肉體還在樞機車站裡熊熊燃燒著吧。」

「原來如此，那時我本來應該死了。」

「沒錯，我幫你迴避了立刻消滅的結果。但遲早必須送你回去，否則人格會被覆蓋，畢竟此處是我個人的精神世界。」

「……」

喀滋喀滋。

Narrative 拍拍沾著鹽粒的手，轉身移動到廚房角落。牆邊架著矮矮的小檯子，平面上開洞，分別塞著水盆和飼料盤。她蹲下身，拿剪刀慢條斯理地剪開貓糧的塑膠袋。

「妳常常像這樣，挽救其他英雄的性命嗎？」鼬占半身靠在流理臺邊，伸手進玻璃罐。

「不，你是特別的。剛才不是說了嗎？人格會被改寫。短時間內沒什麼，但就像沙漏，你正被『無何有的房間』一點一點消化，毫無防備地承受著我的精神汙染。所以除了你之外，我還沒邀請別人來過呢。」

「我是特別的？為什麼？」

「蟬壬。」

沙啦沙啦——Narrative 舉止小心翼翼地，把巧克力豆一樣的貓糧倒進碗裡。差不多這時候，廚房開始飄著吐司加熱後的香味了。

她把塑膠袋開口摺起來，用燕尾夾封住：

「嚴格來說，事態會發展成如今這樣，是我的錯。」

「妳引起我的興趣了，洗耳恭聽。」

「那再給我一片餅乾～♥。」

「餵完貓怎麼沒有先洗手，髒兮兮！」鼬占把玻璃罐用力舉高。

「貓、貓糧很乾淨！」

「……好吧，反正妳大概不會生病，喏，拿去。」

「喂喂，還真的只給我一片啊。」

咖滋咖滋。

「注意到了嗎？你也漸漸融入這種像『休息章回』一樣的劇情裡了。目前的程度還能自然復原，但待上一整天可就不一定了。」

「真可怕。明明時間拉長會有危險，要是妳講話別拖拖拉拉就好了。」鼬占嘲弄地笑了起來：「所以呢？蟬壬又怎麼了？」

「唔，果然還是稍微從前面一點的設定開始解釋吧。」

「主導權在妳手上。」他聳聳肩。

「Narrative——我是指，你認知中的那個神祕國際組織，說白了，其實也是我造成的精神汙染。無何有的房間絕緣了我大部分的力量，無法對表層世界直接施展超能力，但情報還是能緩緩映射出去的。」

輕度暗示、干涉集體潛意識、長時間低強度的催眠。

在漫長的無意識中，我正不斷向表層時空滲透念力——

「雖然無法認知到我的存在，但有些人會察覺到我的意志，或者說願望。通常直覺越強、或對時空概念越熟悉的人越容易感應到。例如木咬契，不但是時空穿越者，甚至擁有低等級的預知技能，跟我的聯繫就很強烈。」

「木咬契能預知未來？」鼬占愣了一下。

「對耶，這是你還不曉得的情報。」

「算了啦，煩死了你們這些神祕兮兮的傢伙。」

「……總之，這股暗示沒有核心，普遍且平均地散播到了人群之間。有志者各自依循著我的意志展開行動、召集人手、推廣合作。所以這三年間，才漸漸出現了去中心化的互助組織『Narrative』。」

喀鏘！

吐司跳起來了，但只烤一回不夠酥脆，她把開關又按了回去。

還得再稍等個一分鐘。

她從冰箱裡拿鋁箔包的大罐橙汁出來，替自己和鼬占各倒了一杯。

「光聽到妳阻止彗星，我還沒什麼實感，」鼬占接過玻璃杯：「但現在明白了，妳強到讓人覺得危險呢。居然對整個世界進行催眠？肯定跟預知未來一樣，是件繁瑣的工作吧？」

「不對，我剛才不是說，這是一種『精神汙染』嗎？和『無何有的房間』對你造成的影響一樣，或者說，我就像一組在時空裡側運作的背景程式。」

被影響的是直覺。

出門往左邊或右邊走、帶傘還是戴鴨舌帽、午餐吃米飯還是麵條、上樓梯先跨左腳還是右腳、打招呼時先出聲還是先把手抬起來、坐在靠窗還是靠走道的位置、對方想繼續聊還是打算結束話題。

在細小的想法中，有0.001%程度受到了精神汙染，偏向某種特定喜好。看似毫無變化，但長久累積便會導致差別，讓蟄伏的共時性浮上檯面。

「我當然不可能直接控制人的舉動。像東海會該付多少薪水給木咬契，或者納拉Soul下一季要推出什麼宅物，那些現象位於整個干涉的末端，並不是我設計好的結果。」

「只是潛意識中影響著時空，妳本人也不清楚傳遞了什麼訊息嗎？」

「嗯，不至於，這個問題倒很好猜。」

Narrative的橙汁一直擱在流理臺上沒動過，杯壁結出水珠。

她頓了一下，注視著鼬占的雙眼：

「『請不要放棄和他者的連結』——歸根究柢，恐怕我想對你們說的，也只有這樣單純的一句話而已。」

「……」

「只要留有羈絆，敘事（Narrative）便會繼續，就還保有續寫出好結局的可能性。所以請盡情地影響、被影響，守護與彼此的聯繫吧。」

「妳一直守望著我們嗎？從一九九九年起。」

「我一直被你們拯救著，從一九九九年起。」

她露出了笨拙的笑容：

「如果說我沒有特別偏好的劇情，肯定是騙人的吧？比起一流的悲劇，我更情願自己曾拯救過的世界，最終會是三流的喜劇。」

皆大歡喜的結局、完美的謝幕，像一部爛俗的娛樂電影。

這份思念被融入了0.001%的集體潛意識中。

但終究，能履行願望的人不會是我——她垂下眼瞼：「我甚至不能發動任何超能力，去刻意破壞這座無何有的房間，因為那和我現在的精神構成互相違背。」

你眼前這個笨蛋，因為執著於拯救世界，最終成了滯留的幽靈。

困在未果的願望裡，上不了天堂，下不了地獄。

留在手邊的只剩單調的祈禱——從舞臺外側虔誠祈禱，冀望人們的故事別就此結束，去產生更多的連結，去敘事。

Narrative 的話語停了下來。

兩人陷入沉默，但鼬占覺得，他能聽見對方嚥著沒說出口的心思。

很寂寞啊。

她的戲分居然已經結束了。

偉大的念能力者 Narrative 死了、息影了。被踢出演員表，一個人孤零零留守在銀幕外的房間，盯著再與自身無關的畫面，十指緊扣，日日夜夜苦悶著、悔恨著，祈求故事繼續、祈求別人的「未來」。

真是諷刺。

擁有 Narrative 的名諱，卻對 Narrative 一籌莫展。

那便是死之孤獨。

——並且，蟬壬也是一樣的。

喀鏘。吐司又跳起來了，這次烤得很酥脆。

*

「我很討厭使用這個詞：天剋。然而卻不得不承認，復活之後的蟬壬是能天剋我的存在。」**Narrative** 悶悶地說。

端著點心盤回到客廳。兩人並排窩在沙發上，享受熱呼呼的烤吐司。

一直盯著爐火，精神會有些恍惚。

廚房傳來細碎的沙沙聲響。可能是貓咪在吃飯吧，但鼬占沒注意到貓咪是什麼時候走進去的。

「諸神的黃昏，也就是 **Ämme**，她與一般英雄不同，是尼伯龍根指導院中特別隱密、特別孤立的存在。連互助組織也無法穿透防線、深入格陵蘭並讓 **Ämme** 加入受協助的環境，至少普通的輔導員辦不到。」

Narrative 抹掉嘴角的草莓醬，舔了舔拇指：

「我也沒料到，最終回應了這個願望的人居然會是蟬壬。」

「地雷呢。」鼬占有點笑不出來。

「蟬壬專長於超弦響應的研究，對時空、物理性的未來觀測有一點淺薄的認知，或者應該說自然而然培養出了直覺。」

而後，隨著宇宙怪獸的襲擊，在萊薩工廠以群集靈魂的形式復活。重獲意識的瞬間，恐怕他強烈地警覺到了「來自世界外的力量」吧。

「所以才找上Ämme，並自稱輔導員？」鼬占追問。

「他的確依循著暗示，成功將Ämme從指導院中帶出來了。嚴格而言，還真算不上撒謊呢。但……」

Narrative眨眨眼睛：「鼬占，不要把他當成一個人物比較好喔？」

「怎麼說？」

「那是一臺超大型的自我實現機器。比起能溝通的、一般認知中的角色，在這次事件中，它更像組成背景布幕的顏色。」

對它而言根本沒有什麼「直覺」或者「潛意識」。每一吋情報都被歸類在表面意志，每一個決定都是他思考過的結果。

因此，它輕易察覺到了不純物。

有一個聲音、有一個燈號在它腦中不斷閃爍，指引它的行動、暗示它的目的性，而那對名為「蟬壬」的幽靈是不可饒恕的死敵。

無妨。

反過來利用即可。

「雖然遲遲無法挖出源頭處『我』的真身，但冥冥之中，他掌握了精神汙染運作的模式，抓住了從0.001％的線索去計算事件的方法。」

「那種事情也做得到嗎？」

「做不到，除非他是個由數百萬亡魂組成的情報網怪獸。」

「我選不出哪邊更討厭耶。是妳裝作死小鬼的怪腔怪調，還是講話故意拐一個彎顯得自己無所不知。」

「呵呵呵♥。」Narrative乾巴巴地笑了笑：「對了鼬占，你會玩數獨吧？」

「那不是當然嗎？」

將數字1至9填入結構九乘九的方陣缺空中，每橫縱列、對角線上，以及各三乘三小區域內的數字不可重複，且必須恰好由數字1至9組成。

「規則挺簡單，但實際解題的時候，卻可以很有挑戰性。」鼬占兩手一攤：「懂歸懂，平常根本不想主動找題目來做就是了。」

「沒錯，數獨的排列是有邏輯的，當然故事中的事件也有。」

「事件？」

「既然蟬壬能計算各種即將發生的事件，自然也能藉助推理，做到無限類似預知未來的行為。」

比方說，前往東返國中的動土儀式，確認王立地區的英雄名單。

將錄音留在便利商店，促使異戰王牌與Ämme互動。

在特定時間前往貓咪咖啡廳，爭取與初洗花單獨對談的機會。

製造五月十二日，樞機的英雄真空狀態。

「各自的事件彷彿數字1至9的素材，他很清楚未來無論如何發展，也不會脫離九種數字的局限。即便不曉得各事件的涵義、只是將其視為代號並盲目地介入活動，依然能對故事產生影響。」

未來對他而言，就是一場允許被操弄的數獨遊戲。

很緩慢、很老實，但也很準確。

「哪怕樞機今天還有一名兩名英雄留守，蟬壬便無法獲得充裕的時間，入侵並徹底搜索渚信金庫吧？從三月中開始，他花費近兩個月慢慢解題，製造了只對自己有利的場面，搶走最初的手鐲。」

齊格菲、鹿庭、輝煌軍神、Ämme，以及其他英雄。

所有人都像素材一樣，被它重新布置。

「最後，你追尋著他遺留的訊息，在樞機車站接受了最終決戰——西洋棋銀河覺醒，化身超響體，幽靈的遺願也實現了。」

「……」魎占僵硬地、遲鈍地張開雙脣：「那麼在這一切之後呢？Narrative，之後又會發生什麼事？」

「我無法預測未來。」

「蟬壬現在怎麼了？」

「祭司鹿庭正在想辦法。但它已經實現願望，不會再有行動了吧。很遺憾，他是這次最大的贏家。」

「黑色人偶還留著不是嗎？」

「由於你許下承諾，西洋棋銀河成為了群的新王。既然蟬壬不再有目標，那麼人偶就只是空殼，總有一天會清除殆盡。其實若無人阻止，你就會帶著火焰一路走向瀨洲，把所有人偶都燒光吧。」

「樞機車站呢？」

「英雄們會努力挽救，或許辦不到全無犧牲，但還未輕言放棄。他們對正義使者西洋棋銀河的形象尚存信賴，卻也不是沒有與之敵對的覺悟。」

「……那我呢？」

「意識能保住。但房間中發生的事情，不會被記錄在正常的時空上，因此你也無法維持與我相談的這段記憶。」

說完，**Narrative** 陷入了良久的沉默。

她眼神中交織著複數的情緒，沮喪、失落，以及無處可去的歉意。

不用預知都能猜到，她已經讀出鼬占懷裡的想法了。

「再加上你的肉體已經異化。將你送回去後，想必依舊得面臨和過去所有操響粒子受害者相同、理智瀕臨瘋魔的抗爭吧。」

「……」

「妳是誰、這裡是哪裡，我現在可以回答你第三個問題了。」Narrative 緊緊握住了他的手掌，試圖挽留那份體溫：「這場災難還有續寫的餘地，請抓住 0.001％的連結，請你留在舞臺上吧。鼬占，你不需要背負蟬壬的所作所為，你還有自己的故事。」

「我，」

鼬占的嘴唇顫抖了一下。

恍惚間，他從壁爐的火光中瞥見了自己的倒影。

孑然一身、最終卻什麼也無法成為，漫步於熔岩中的燒卻之王。那原來是過去執念的累積，一頭白色的幽靈。

無名的恐懼湧上咽喉。

「故事的——敘寫？」

開什麼玩笑。

妳居然連「那樣的歷史」也想拯救嗎？

「Narrative，妳還真是……挑了句對我而言最過分的話來說呢。」

連妳也要叫我逃跑嗎？從哪裡？逃到哪裡？

西洋棋銀河仰首。

既溫柔又謹慎地，它將尖銳的指掌從 Narrative 手中抽回，並緩緩站起。高聳的身軀遮擋爐火，在牆上映出了一具搖晃的巨大陰影。

「真奇妙，沒想到在見了妳——見過死的結局之後，扎根在我心底的衝動也不見一絲一縷削減。」

看來就連無何有的房間，也無法撼搖這份深刻的感情。

白色巨人俯視著 Narrative，讀不出表情。

歸零文明的彗星？卓絕的宇宙怪獸？干預未來的謎題機器？

不，真正令 Narrative 不安之物，此刻正矗立眼前。

他是一名苟活於過去的登場角色，沒能隨戰爭結束而繼續前進的一代人。那張臉追尋的最優解，於始即是自我消滅。

「謝謝妳的好意，Narrative。但別擔心，我從小就是個對獨善其身很有天賦的人，所以，也不曾害怕死的孤獨。」

西洋棋銀河平靜地說：

「那麼就麻煩妳了，請把我的故事看到最後吧。」

EP. 17 O5_I2

樞機。

叩首人偶的待機陣列延伸至六百公尺，火葬仍然持續進行。

距離最初觀測時已經四十分鐘過去，高熱物件移動超過半公里。消防人員成功止息了車站周邊的火災，控制損害狀況避免橫向擴散，但依然找不到靠近燃燒源頭的辦法。

留在身後的火勢被撲滅時，並沒有觸發西洋棋銀河的任何反應。甚至以輕型武器對本體射擊、或先一步破壞前方未損的人偶，它似乎也無動於衷，只是專心致志地踏步前進著。

人偶的伍列並不總是採用普通道路，其中也橫穿了公園或廣場、破壞社區局部，以盡可能直線最短距離朝南方展開。依平均方向與殘留的人偶數量推測，很可能繼續穿越王立、東返、桅帆，最壞的狀況還會深入肴湖、址麻嶺、帛博、三岱或瀨洲，留下超過四十公里的痕跡。

雖然現場的英雄們仍舊無法理解幽靈的意圖，但那具蒼白的沉默的軀殼，事實上從未改變目標。

它必須前往萊薩工廠，將一切不堪的祕密從地表上蒸發殆盡。然後，讓這顆星球再也沒有「魔裝操者」存在。

穿越山、海、河、谷，無論要耗費多少時間，無論終點是天堂地獄，未來已經失去意義，只需要踩著過去邁步即可。

前進、前進、前進。

「攔截作戰在十九點二十分準時開始。」

渦輪騎士將訊息擴散出去：

「屆時西洋棋銀河將會經過恭芳十字路口，作戰分成三個階段，全部在道路範圍內完成。無論齊格菲和軍神能不能及時趕過來，都會照常執行。」

『如果失敗了該怎麼辦？』監視組的卓越飛燕回覆。

「我會下撤退指示，然後所有人一邊支援消防人員的作業，一邊等待齊格菲或軍神，預計在小皿親水公園進行最後的砲擊。」

『……』

通話陷入了一股壓抑的沉默。

為此，渦輪騎士用僵硬的聲音追述：

「這次戰鬥的指揮者是我，所以，決定殺死變身者的人也是我。請各位停止胡思亂想，專心照顧自己負責的部分──」

『渦輪。』負責護送DST部隊的謝勒汗鐵狼俠打斷了她：『別對我們說這種話。』

「……抱歉，一時失言了。」她嘆了一口氣：「我自己不拜神，所以現在，麻煩有信仰的英雄替我們做這件事。」

請向你們的神明禱告吧。

——祈求祂保佑我們，以及，保佑西洋棋銀河。

最後，初洗花在赤楠公寓的走廊降落。

等她接到木咬契的通知，已經是整起事件稍遲的時間點了。她暫且將摩托車留在上邪，取直線飛回來。

即便迴避了地面道路的曲折迴繞，依然是一段不短的距離。她並沒有完全著衣，盡可能溫存魔力，維持低速空中移動。

樞機的火光映現在夜色彼端時，初洗花卻毅然改變了航路。

直覺並沒有背叛她。

寺丁桂女士安排的住所位於戰後的重建區中，由數棟集合大樓組成的封閉社區。十層樓高的建築列著半開放式的走廊，一側面向外街空地，一側排著不同編號的房門。走廊掛著整行的照明點，一入夜便隨路燈亮起。鵝黃色的光暈讓通道空間不那麼冰冷，也令晚歸的住戶感到安心。

五〇三號室——初洗花房間的門旁，此時坐著一隻黑色的人偶。

它盤起雙腿，靜靜地窩在那裡。

初洗花先是愣了一下，隨後發現人偶身上掛著眼熟的單肩背包。她遲疑了半晌，才將手裡的十字星魔杖收起。

是魎占。

「……一路過來辛苦了。」

她在另一側坐下，曲起雙腿，抱住自己的膝蓋。雙方間隔著短短一扇門的寬度，並列著面對被長廊切割的夜空。

連風也不見蹤影，她感覺此刻的空氣有些不真實。

初洗花很清楚，就在不遠的地方，有什麼東西正在陸續崩落。彷彿踩在一場惡夢的邊緣上，但那卻是某種局限的、極小規模的毀滅。

黯淡的泡泡從日常的水面下浮出，發出脆弱的纖細的碎裂聲。

為什麼會這麼安靜呢？

她一直以為從平穩踏向危機時，應該要濺起更顯眼的水花才對。

淤積了許久的沉默，人偶緩緩從背包取出手機，撥通了初洗花的號碼。電子訊號的另一側傳來略帶雜訊的魎占的聲音：

『沒想到妳真的會來。』

「我們約好了，五月十二日要一起吃晚餐。」

『若是平常的妳，應該會優先到現場去吧。』

「沒錯，但這種時候，會來這裡見你的人，不就只有我而已嗎？」初洗花用有些虛浮的語氣說：「你需要現在的對話，不是嗎？」

『那……晚餐的預定沒變？』

「怎麼可能，你要不要照照鏡子？」

『哈哈，說得也是呢。妳該不會把材料都準備好了？』

「嗯，食材買了，也做了簡單的處理，用保鮮盒收在冰箱。」

『原本打算煮些什麼？』

「鑑於你毫無耐心，口味還有點孩子氣，主食是漢堡排。」

將牛絞肉、鮮奶、碎培根和各種調味料混合成餅型。用奶油適當煎出焦面，加入番茄和料酒一起蒸熟。盛盤之後，要再滴點檸檬或灑胡椒粒都很適合，隨意配著白飯吃。分量不夠的話，可以追加做些炸餃子。還有以菇類為主的焗烤盤。顏色純粹得像顏料，但口味濃郁的南瓜濃湯。以及只是拿鹽洗過、稍微泡點果醋的小黃瓜。夏夜來點涼拌應該會挺不錯吧。

「真可惜。」

『是啊，真可惜呢。』

初洗花並沒有那麼神經大條，讓她在這種狀況還能溫吞地做飯。

兩人一左一右地蹲在房門前，此時卻找不到把門推開的理由了。更何況，黑色的人偶看起來也不像需要進食的模樣。

它拎著鼬占的手機，微微側著頭，一動也不動。

『學姐下午跑去哪裡玩了？』

「去見了以前的夥伴，曾經的魔法少女們。」

『聊得還開心嗎？』

「……我其實不太明白，有點可怕也說不定。」

『可怕？』

「似乎所有的事情都在塵埃落定，逼我做個收尾。學校的事、搬家、熱情香橙她們，然後廣藿和勿懷蘭。無論原本在計畫內或者外、好事或者壞事，都在悄悄削減我的精力。只是單純的太頻繁了嗎？」

她倦乏地拱起背，雙手向前伸，做了個舒緩筋骨的姿勢：

「總覺得……該怎麼形容才好？喘不過氣來？如果往後的日子也像最近一樣雜亂，我搞不好會開始抽菸吧。」

『拿來當假設的例子可真糟糕。』

「鼬占抽過菸嗎？」

『抽過啊，我是個刻板印象中的壞孩子嘛。』

「感覺怎麼樣？」

『不怎麼樣。說真的，也不適合學姐妳。』

「因為會長不高？」

『妳講這種話我到底該不該笑啊？很難判斷耶。』

「呵呵。」初洗花無力地聳了聳肩膀。

人偶看不出五官變化，但她認為鼬占現在多半也毫無表情吧。跟自己一樣，沉浸在某種疲憊的靜謐裡。

她將視線從那面光滑的黑色移開，眺望遠方被染上光暈的天空。

那是種虛幻的、末日般的顏色。

「看，全世界都在苦惱該怎麼對付你呢。」

『我是個刻板印象中的壞孩子嘛。』

「渦輪騎士發了訊息，看來已經到攔截作戰前夕了。」

『不如說，他們花在決策上的時間可真長。』

「畢竟現在站在大家眼前的，可是西洋棋銀河。」

『建立好形象真的挺重要的呢。』

「你不也很努力嗎？並沒有放手大鬧特鬧。」

『我可是拚上老命了——字面意義上。簡直像握著小拇指粗的麻繩，卻企圖拽住一頭公牛一樣。嘖，多誇誇我啊？』它緩緩後傾，將背部輕放在瓷磚牆面上。『整副身體都侵蝕了，被替換成粒子構造物，腦袋也一片混沌。放棄肯定會立刻輕鬆不少吧？跟過去那些發狂的超響體們一樣。』

問題從來就不是「如何阻止」，直接跳到了「還剩多久」的環節。

同時把油門和剎車往死裡踩，結局顯而易見。至少以他一路見識過的前例來參考，還沒有人成功忍受住超響體化的折磨。

只能在徹底發狂之前，一秒、一秒倒數自己的毀滅。

「……」

『真令人沮喪。都這麼努力了，卻什麼也沒能成為。』手機裡傳出的字句一顆一顆落在走廊的燈光裡：

『銀海——對了學姐，我和妳聊過銀海以前的事情嗎？明明他跟我，或者說跟其他庸庸碌碌的傻蛋一樣，人生被操響粒子搞得支離破碎。明明他也失去了重要的存在，家人、愛人，生活、理想，卻還能一直扮演正義的夥伴。』

世上真的有人，能一直以善人的身分活下去。總是對未來樂觀以待，總是做出正確的決斷。

真可惜，我沒有像他一樣的才能。

『見識到那樣的傢伙後，我立刻就明白了：要是無論如何，最後都想和他對立的話，那麼我必須被歸類為惡黨。』

如果那是成為西洋棋銀河——成為「我自己」的挽救途徑，就非得站在那一格清晰明快的位置上不可。

『而我最後卻逃走了。父親死去、蟬壬死去，再也沒有必須去證明的對象，所以互殺在三年前擅自結束了，甚至我和銀海雙方都還活著？吶，簡直沒有比那更可笑的結局了吧？』

那肯定是全世界最盛大的不了了之。

投入了全部，最終卻連「好的結果」或「壞的結果」都沒拿到，戛然而止的斷篇，一個人究竟要花多久才能將其忘到腦後呢？

因為重感冒，沒能參加的畢業旅行。

因為事故而取消，卻是最後一年球賽登場的機會。

因為工作安排，日程錯過的摯友的告別式。

無法完成，於是遲遲未從行事曆上用紅筆畫掉——永遠嵌在某一個日期上的明明屬於我卻與我無關的時刻。

『然後這一次，』黑色的人偶盯著手機上的通訊畫面，螢幕的薄光映在顱面上…『為了回到電齋那間髒髒舊舊的公寓裡，為了下禮拜也能滿不情願地踏進那間慵懶又無聊的社團教室……我必須站在蟬壬對面。』

把尚未了斷的因緣了斷，讓它塵埃落定。

有點可怕也說不定。

該怎麼形容才好？喘不過氣來？我是個刻板印象中的壞孩子，老早以前就嘗試抽過菸了，所以很清楚那毫無幫助。

『結果和三年前一樣，什麼也沒有成為。既扮演不了銀海的敵人，也沒有成為正義的夥伴。看來我唯一的選項，只剩下狼狽地求救了。』

求救。

這個詞彙可真陌生。單單唸出來，犬齒就會隱隱發疼。他或許正掛著嘲弄的笑臉吧，只可惜表情沒有人能看見。

當時和木咬契立下的約定，具體是怎麼說的？「如果發現應付不來我會求救的」對吧？不曉得承諾還算不算數。

『請聽聽我的請求吧，學姐。』

黑色的人偶微微將身體向前屈，將臉孔靠近初洗花。從脊骨的關節裡傳來喀啦喀啦的摩擦響聲，那原來是一頭碩大的節肢動物。

『麻煩妳用「可愛暴政」，好好對準這裡——』

叩、叩。

它抬起一根節骨嶙峋的食指，輕敲了敲那面光滑的額頭。

『替我將一切都結束掉，求妳了。』

「……」

苦惱啊，苦惱。

連自我毀滅也無能為力的幽靈。

那並非一句隨口扔下的玩笑，舌根早已連諷刺的詞彙都刮不下來了。如果最後的最後還能選擇，不如在熟悉的烈光中歸於縹緲。

是信任。

這份請求的出發點，是鼬占對輝煌軍神純粹的信任，是接近於篤信的「妳一定辦得到」。對個性彆扭的鼬占而言，如此放低身段、真誠許下願望的次數，哪怕橫跨一生用十根手指也能輕易數完。

首先，「請把我殺了」。

接著，「並不是普普通通地殺了，請將我徹底消滅」。

最後，「妳一定辦得到」。

原來如此，初洗花心想——鼬占這個男人，當他必須跪下來乞討的時候，原來會是這副模樣啊。把他的虛張聲勢剝掉，最後剩下的個性居然也能這麼真誠啊。

「……」

初洗花發不出聲音。

人偶纖瘦的倒影烙進她瞳孔深處，從暖調的長廊光影中割下一脈輪廓鮮明的傷痕。沒有一絲恐懼，只是枯萎的空虛感而已。

我們為什麼會變成這樣的關係呢？

她察覺到喉頭不安定的鼓動，嘴唇抽動，幾乎要不受控制。即使如此，依然揀選了適當的文字：

「……鼬占，你知道我喜歡你嗎？」

『我可能不太聰明，但我不傻，早就察覺到了。』

「那麼應該也能明白，你對我提了一個很過分的要求吧？」

『不，我對於被妳喜歡這件事，其實沒什麼特別的想法。既不相信自己有什麼要素是真正吸引妳的，也不認為自己能處理目前以上的情誼，甚至，』

人偶寧靜地與她對視，放緩語氣：

『我也不認為自己足夠理解妳。學姐，妳是個像銀海那樣的人，能做出合理且客觀的判斷，卻同時給予旁人寬容。我的確很羨慕妳，但反過來，我無法搞懂妳想從我身上獲得什麼。』

「就算我說：『因為你總是在身邊支持著我』，也一樣嗎？」

『沒錯，我沒有特別的想法。』

「就算我說：『因為當我迷惘時，你的直率救贖了我』，也一樣嗎？」

『沒錯，我沒有特別的想法。』

「就算我說：『你看穿了我脆弱的一面，卻既不曾憐憫我，也不曾對我感到失望，而是選擇和我一起度過那樣的時間』，也一樣嗎？」

『沒錯，我沒有特別的想法。』

「就算我說：『而我同樣看穿了你脆弱的一面，因此，我以為自己也有機會成為對你而言貴重的存在』，也一樣嗎？」

『……沒錯，我沒有特別的想法。』

「鼬占，你在對我撒謊嗎？」

『我也搞不清楚，至少我並不想那麼做。但，如果為了站在與妳相對的清晰明快的位置上，我會情願對學姐撒謊也說不定。』

「啊啊——你真是個混蛋。」

初洗花嗓音輕顫，卻反倒笑了出來。

居然會被對方拒絕到這個份上，一點轉圜的餘地也不留。

到此為止了，萬策盡矣。

「告白失敗果然很丟臉呢。無論原本多麼認真看待，只要被裝飾成了單戀，都能像鬧劇一樣收場，真的很狡猾。」

『學姐。』

「到頭來，我對你而言只是一朵玫瑰。生著尖刺、陰晴不定，捉摸不透，被玻璃罩小心翼翼地保護著，而你最後卻只想從這顆星球逃走。哈啊……大失敗，銘記一生等級的大失敗。到底為什麼會喜歡上這種幼稚的小王子呢？」

『學姐。』人偶溫馴地從單肩背包裡取出了面紙：『我會繼續聽妳說的，所以先把眼淚擦一擦吧。』

「……」

明明很確信自己保持著若無其事的表情，但不知何時，淚水已經靜靜布滿了面頰，而她甚至恍然不覺。

五官紋絲不動卻流著淚，即便在鼬占眼裡看來也很嚇人吧。

她默默接過面紙。

「抱歉……」

將濡溼的紙巾從眼角移開時，她注意到上頭殘留著一道薄薄的顏色。並不明顯，在燈光反射下勉強才能發現，被眼淚洗掉的彩妝。

盯著那痕淡淡的、被抹暈開的妝粉，突然一股深刻的無力感湧上心頭。

她明白了。

將心臟化作不朽的琉璃、深深收藏在鳥籠裡。她現在弄清楚小妖仙施下的詛咒究竟怎麼一回事了。

那是為了即便在這種狀況，都能令她保持冷靜的魔法。

與戰友唐突別離、雙親在戰爭中身亡、後輩因事故重傷、放棄學業進修、從業志願面臨難關，甚至被喜歡的男孩子拒絕——不管面對什麼，依舊用懸浮的、宛如第三人稱的視角進行自我審視，做出適切的應對、說些適切的話。

抽離感。

那和「個性堅強」不一樣，長久以來她完全誤會了。

心臟並不在胸膛裡，連發飆也做不到。

哭泣也只不過是某種累人的反應，能用來品嘗深刻的悲傷、能提醒她何謂屈辱感，但終究要淪為畫外音般的客觀直述。

她不允許自己動搖。

因為「初洗花」是鐵血的、純潔的、超人的「魔法少女．輝煌軍神」。

救救我。

——救救我，異戰王牌。

「對不起。」初洗花緊緊捏起了皺縮的面紙團，低垂著臉：「你的要求我辦不到。就算只是一株玻璃罩下的玫瑰，我也死都不想和你成為那種寂寞的關係。」

『是嗎，我能理解學姐的想法。』

通訊裡的話語聲異常平淡，沒有一絲一毫驚訝。

『抱歉為難妳了。』

喀噠。

某個東西摔落地板，發出聲響。

當初洗花再次仰起視線時，黑色的人偶已經崩解、化為無形的塵埃。短短的、僅相隔著一道房門寬的距離外，那個人曾經存在的影子被燈色褪去，只剩兀自瑩亮的手機，以及一只垂落的單肩背包。

她多麼希望這只是一場很長、很長的惡夢。

EP. 18 T4

夜完全深了。

氣溫清冷下來，廢棄工廠被黑暗填滿，伸手不見五指。灰色舊休旅車踩著薄弱的頭燈從遠方駛來，在警衛室旁短暫停頓，隨後迅速進入鐵幕林立的廠區。花不上多久，前面出現了指引的光點。

鹿庭打開手電筒ＡＰＰ，高舉過頭左右揮舞。她佇在倉庫半損的門前，等了約莫兩個小時，一直守在這裡。

木咬契迅速停車、熄火。拎著一只沉甸甸的百貨公司紙袋下車。鹿庭確認了下時間，跟兩人通話時約定的差不多，甚至還早了幾分鐘。

「妳難得——」

妳難得沒遲到呢。話才說一半她便打住了聲音。

木咬契的臉色很緊繃。

「……不挖苦妳了。」

說著，鹿庭接過對方手裡的紙袋，確認內容物。裡頭是委託木咬契蒐集來的儀式道具，只湊出了最低限度，但聊勝於無。

「能派上用場嗎？」木咬契的語氣裡夾雜著不安。

「別擔心，不夠的部分由我補上。」

鹿庭從紙袋裡取出黃銅製的搖鈴，並非龍王祕教專用的法器，而是臨時買的三清鈴。她將其舉到臉龐，輕輕地晃了晃。

叮鈴叮鈴。

「本來，單憑我自身就是一座移動大神殿，什麼法器也不需要。沒想到經歷了鞍岳那件事之後，現在連打個雷都要拍紙符。」她滿意地點點頭，將搖鈴放回袋中：「但終究只是方不方便程度的小差距，而且總有一天會完全恢復。」

「既然妳那麼有自信，我也不好多說什麼了。」

木咬契打開後車斗，將女神寶劍和神聖盾牌裝備起來。從她頭頂上緩緩浮現出了紅、藍兩條計量表，分別代表生命槽和魔力值。

「不過，我對超自然領域沒概念，」她接著穿戴飾品，把力量戒指、抗性項鍊、恢復耳環一個個掛上：「預計會碰上怎樣的敵人？」

「多半也是人偶，既然殘留著蟬壬的部分，那肯定不會默不作聲放我們入侵。屆時以物理手段排除即可，麻煩替我顧好背後。」

「人偶嗎……」木咬契黯淡地複誦。

簡直是沒完沒了的代名詞，和放射線汙染的黏著度有得比。

若沒有西洋棋銀河，要多久才能將它們消滅殆盡？

整裝完畢，兩人穿越倉庫，從鬧門的破口鑽了進去。裡頭同樣幽暗無比，鹿庭本來打算重新將手電筒點亮，木咬契卻快一步施放了魔法：「【雜技：隨行燭光】。」

懸浮的白色燈球出現在半空中。

這是無消耗類型的每日法術，她幫自己跟鹿庭分別召喚了一只，接著展開屬性面板，確認殘餘的使用次數。

勇者畢竟不是魔法技能特化的職業，隨時掌握資源比較保險。

「我看看……素材存量還很多，總之【鍊成恢復藥水 lv.2】和【鍊成魔力藥水 lv.1】，預防萬一的破咒提燈也先掛在腰上……」

「妳可真有儀式感。」

「這就是冒險者啊，謹慎為上。」

「原來如此，團隊領導者的經驗談呢。但我打算一口氣探到洞底喔？不會停下來，沿路上如果人偶湧出來，就全部交給妳去拖延了。」

「唔嗯。」

「肩膀太緊繃了，我們暫且別想太多吧。」

兩人沿著旋轉樓梯下行。

「對了木咬契，」像是要讓氣氛輕鬆一些，鹿庭突然起了個不太相干的話題：「就算沒對付過邪靈，妳也多少讀過靈異類的漫畫吧？」

「電影倒是有，至於漫畫……呃嗯。」

「真可惜，我有一段時間相當熱衷呢。畢竟跟現實不同，他們幾乎都把驅魔包裝得生動又刺激，光是交互比對就很有趣了。」

「妳的著眼點跟別人不太一樣呢。」

「之後木咬契也讀讀看吧？比方說《靈異教師神眉》或《GS美神極樂大作戰》，這兩部都色情到不行。」

「最後那一句有夠多餘！」

「我最近很認真思考，一直忍不住把話題往黃段子的方向帶，是不是也算社交障礙？輔導員，妳怎麼看？」

「咦？在這個環節徵詢助言？」

「開玩笑的。不過我很信任妳喔，打起精神來。」

「在下到底該做何反應……」

有一搭沒一搭的閒談中，她們快步穿越了群像林立的詭譎堆置場，來到飛彈熔出的巨大洞口旁，準備進行大幅度降下。

「【裝備負重輕減】、【緩降術 lv.2】、【體術宗師 lv.8】。」

木咬契反覆施放技能，藍色魔力槽縮退了近三分之一的額度。鹿庭則稀鬆平常地雙腳離地，率先朝空虛踏出一步。

失重感掠住腳踝。

瞬間，前後景色被寒冷的岩壁淹沒，封閉感壓上喉頭。頭頂正上方洞口的微光迅速縮小，消失於遙遙遠處。

二人組降落的速度，直接換算成平面移動也只略快於徒步，由鹿庭配合著木咬契的「緩降術」效果進行調整，一前一後偕行下潛。

搔刮耳畔的風聲裡，鹿庭緩緩高舉搖鈴。

——叮鈴叮鈴。

第一響。

「已經在施法了？需要我幫忙警戒嗎？」木咬契問。

「不，打個招呼而已，讓對方知道我們來了。」鹿庭淡淡解釋，收起銅鈴：「這裡退一步也算人家的墳前，做為打擾的一方，我們得講禮貌。」

「……我果然不懂那一側的規矩。」

「無妨，就像妳用妳熟悉的方法備戰，我也會顧好我謹慎的點。」

她撥開臉旁飄浮的光點，轉頭望向木咬契：「說來，妳也屬於行事細心的個性，這次卻難得失手了呢。明明全身上下全是作弊技能。」

「【基礎未來預視】類似女神的耳語，只會暗示我怎麼做比較好、幫助我在範圍有限的未來中趨吉避凶，不過是將【直感】鍛鍊到屆滿 lv.10 後，自動獲得的進階技能罷了。」

木咬契悶著臉，有一搭沒一搭地解說：

「另外【讀心】也半斤八兩。lv.3 程度的話，只能知道對方『想說卻瞞著沒說出口的話』，或準確猜測『對方最強烈的意圖』，並不是徹底看透心思的來龍去脈。」

「聽起來很作弊啊？」

「或許吧……強歸強，終究過度依賴了。勇者能學會的招式洋洋灑灑數百種，但並非萬能。」她盯著手上的寶劍，半分自嘲地說：「把力量屬性鍛鍊到65535，偶爾也會打不開果醬罐的瓶蓋；隊伍深陷迷宮時，也無法一邊破壞牆壁一邊往出口前進。穿越外掛豈是如此不便之物。」

「妳有妳的框架要遵守呢。」

「我太看得起自己的判斷力了。」

「那天在社會科教室，妳也發動了技能？」

「嗯，對鼬占進行了讀心術檢定。」

「結果如何？」

「……在他心底，懸著隱約的害怕。」木咬契踟躕了幾秒，最後還是乾脆說了出來：「害怕我否定他的要求、害怕在座任何人繼續用正論反駁他。對那孩子而言，蟬壬的事並不是願意拿出來分享的記憶，至少內心還沒做好準備。所以才想方設法阻止我們介入。」

「也難怪，妳居然會答應那種亂來的獨行提案。」

「……」

「木咬契，我知道妳一直『辭職、辭職』地喊只是說笑，但妳可不要因為這次表現落漆就離開喔？我會難過的。」

「銘記在心。」她回以淺淺的一笑。

潛入的深度越來越誇張，穴壁質感從扭曲腐爛的痕跡，轉變為單純的刨挖剝落，接著，開始出現密密麻麻的橫洞分支。

腳底深淵傳來喀啦喀啦的躁動聲。

「來了。」

「真不得閒，我們回程再聊。」鹿庭張手結印，低喃著布下護法的祕術：「■。」

「【超加速 lv.4】、【神盾 lv.9】、【基礎未來預視 lv.6】，最後是【戰線鎮壓結界：被察覺過的目標必須以我為注目對象，潛行、隱身技能無效，移動增益類技能啟動耗時倍增、持續時間半減】。」

木咬契仰頭痛飲魔力藥水，皺眉，將玻璃空瓶奮力摔碎在岩壁上：

「快去，鹿庭。」

「妳也好好發洩一下吧，勇者大人。」

語畢，鹿庭陡然加速，將劍戟交錯的激烈聲響拋在上方，獨自一人逕直墜入了巨大的黑渦。

*

深坑底層。

推測深度兩千六百公尺，無音的岩盤捏握住黑暗，吸入肺臟的空氣被刺骨的冰冷徹底支配。相比狹長扭轉的通道，此處空間稍微敞開了一些。

平整的地面堆積著厚厚一層黑色粉末，像一張圓形的沙灘。大量雜物擱淺在上面，諸如散亂的紙張、僅存半截的筆、揉皺的地圖，甚至被拆解成零件的小型電子器材，全都無序且破損地肆意堆置，不見乾淨的落腳處。

鹿庭散去托住身體的清風，足尖輕踩上沙塵，揚起細微的飛霧。

當肩旁的白色燈球映出狼藉的陰影時，她產生了一種深海漫遊的錯覺，彷彿從潛水艇的玻璃窗往外窺探，那是能埋葬所有祕密的雪原。

一頭小飛象章魚怯生生地從腳邊滑過。稍不遠處，雪人蟹聚集在垃圾堆邊緣，將原子筆折斷，吸食塑膠管裡的墨水。

稍微抬頭，稀疏的水母群正緩緩向上鼓湧，觸鬚漾著斑駁的碎光。

歡迎來到超弦響應的地獄。

深坑的終點並不遼闊，但遙遠的某處似乎隱約有旋律，淺淺低鳴在耳蝸底層，溫柔地滲入渦旋。

她不知道該怎麼形容才好，可能像平澤進的音樂，但又不是那麼明亮的東西。從牆裡——或者地心的深處，她聽得出那沒有惡意，甚至沒有意志，只是在漫長的時間中不斷呢喃、脈動著。

一丘一丘廢棄物的小山最後面，一隻黑色的人偶跪在岩壁邊，左手舉起，搭在痕跡遍布的牆面上，刻寫著瑣瑣碎碎的符號。

『……為什麼找不到？肯定有的，那裡存在著一段不自然的空白，或者說房間？我漏掉了什麼嗎？應該能拼湊出暗示的源頭才對。你是誰？目的又是什麼？為什麼要隱藏在所有結構的外側……』

它細不可聞地低語著，很專注，似乎沒察覺到鹿庭來訪。

鹿庭舉止緩和地彎腰，端正地跪坐了下來，將紙袋中的道具悉數取出，工整地布置在身前。

點亮一根白蠟燭，讓蠟水滴落在金屬盛盤中間，將蠟蠋尾端沾黏、豎立起來。最後伸手捻熄木咬契的光球，揚起搖鈴。

——叮鈴叮鈴。

第二響。

「蟬壬，我來找你了。」

祭司開口，氣泡從嘴邊「啵、啵」溜走，搖搖晃晃升空。

黑色人偶被觸動，停下忙碌的刻寫，喃喃低吟也收止住了。它遲鈍地、老朽地轉過頭來，將臉朝向這一側。

燭光從它的邊緣割出影子的輪廓，彷彿半身披著一件漆黑的大衣。

『喔～祭司小姐，有失遠迎。』

「打擾了，不介意和我說幾句話吧？」

『當然，我喜歡跟人聊天。』

雖然聲音裡參差著雜訊，但它的語氣聽起來十分閒散：『不過，要是聊著聊著又把閃電扔過來，可就敬謝不敏了，我已經沒有變身手鐲了呢。』

「那次是你先發起的挑釁，言論自由並不免費。」

『言論自由用的貨幣是什麼？』

「人德。」

『哈哈哈哈，敝人扮演過輔導員，或多或少有些餘額吧？』

「累積德行只有生前辦得到，」鹿庭靜靜與他對視，口吻漠然地說：「但蟬壬，你已經死了喔？」

『……』

喀啦、喀啦，黑色人偶將整個身軀轉了過來。

從它與鹿庭之間的距離，渦底黑沙的圓心，有一副枯槁扭曲的骸骨。燒得不成原形，淺淺埋在雜物裡，但那張凹陷的面孔帶來了熟悉的感覺。

它靜靜盯著屍體，沉默了好一陣子。

『……謝謝妳告訴我。』

「不會。」

人偶終於起身，跨過乾癟的遺骸，來到鹿庭面前盤腿坐下，表現出了準備好好交談的姿態。而鹿庭並不焦急，先是將宣紙鋪開，押上紙鎮，接著擺上硯臺與墨條，溫吞地開始磨墨。

『妳也想計算點什麼嗎？』人偶看了看四周散亂的廢紙，打趣地問。

「這是訃聞。」

『啊～也對。有勞妳了。』它低下頭，似乎在表達謝意：『發源於高原深處，一支小小遊牧民族的薩滿僧侶，十五世紀起，經歷佛、道、神道、印度教等異邦學術的刺激和雜揉，而今居然發展出如此強大的宗派。更何況，祭司小姐年紀輕輕便站上頂點，真不容易。』

「我叫鹿庭。」她輕巧地回應：「你掌握的情報很多呢。」

『多虧了Ämme，她是個過於認真的孩子。身後這些垃圾，除了沒時間拿去扔的計算紙，裡頭也有許多她準備的素材。現在想想，讓一位鮮花般的妙齡少女大半夜反覆進出東返，我可真是出了一道過分的難題。』

「反過來說，你很信任她呢。」

『尼伯龍根是一九三〇年從德國起源的學會，第二次世界大戰結束後帶著納粹的黃金逃亡，脫離國家、民族，遷移至格陵蘭成為了避世的組織。出發點本來就並非蒼白的善性，所以我對指導院的第一印象不錯。』

黑色人偶似乎真的喜歡聊天，滔滔不絕地分享：

『而 Ämme 也挺有老一套指導院的風格，不糾結倫理，又擅於情報工作。嗯，說得沒錯，我的確很信任 Ämme。有機會的話，真想再次和那孩子好好交流，以一種對彼此別無索求的輕鬆立場。』

「我會替你轉達。」

『只能「轉達」可真寂寞……果然，這裡是我的最後一站？』

「對，你還有什麼遺憾嗎？」

『嗯——沒有耶。想做的事情已經做完了，其他都是餘興。這次是我的大獲全勝，就讓我抱著美夢消失吧，鹿庭小姐。』

「……大獲全勝。」

鹿庭稍微停下了動作。

她準備好兩管毛筆，一支素黑、一支硃砂，蘸墨下筆。

由於從五歲便開始練習，她的字跡十分娟秀，與禮鶴大人剛麗的筆勁完全不同，宛如優游於水中般一脈溫雅。

聞。（請仔細聽我說）

鄉學寅世戚友，誼哀此訃。（各位蟬壬的同鄉、同學、同輩、世交、親戚、朋友，

這裡要傳達一件令人悲傷的消息）

「院裡的老頭子曾經囑咐過：我年紀還很輕，講課的時候不需要太嚴肅，多多利用親身的體悟，或一些有趣的故事，讓信眾更好吸收。」

鹿庭微微彎腰，欠身仔細書寫著，一面說：「所以蟬壬，我來和你聊點關於自己的事吧。」

『洗耳恭聽。』

「原本，主祀祭司應該由信徒捐贈的嬰兒繼承。但禮鶴大人不喜歡這條規矩，所以擅自從孤兒院收養我，違反了幾百年來墨守的傳統。」

『喔？』

「後來，三百日戰爭期間發生了一件令我後悔的事情。我意識到只局限於信徒內部的救濟，最後什麼也無法保護。於是打破了祕教禁忌，加入其他英雄的行列。現在，願意和你這樣的大惡黨和平對坐、姑且替你寫封簡樸的訃聞，也是基於如此理由。」

她低著頭，輕輕拈開臉旁垂落的烏黑髮絲。

在那手指之間每一縷纖細的絲線，都能當成強大的祕術素材。

天剋。

「否則的話，你早就慘叫著在地上打滾了，跟其他惡靈一樣。」

『哼哼，』蟬壬苦澀地笑了笑：『請高抬貴手。』

「說來椴葉也一樣呢。他不會完全遵循母親的教誨，而是以自己的判斷、體悟去詮釋齊格菲。去年年底，他擅自使用『殺獸象徵』後，似乎遭到了來自指導院的非議，至少 Ämme 對此挺不爽的。」

『那女孩的執著心也很可怕呢。』

「不過，既然出於苦苦踟躕後的本意，何嘗不可？」

『我應該從這些故事中獲得什麼啟示嗎？』

「嗯？別想那麼多也行喔。只是你剛才說了『大獲全勝』，令我不禁覺得，鼬占多半也不會一直扮演你的彼得潘吧？」

『……』

黑色人偶陷入了漫長的死寂。

對於祭司的主張，它無法推理正確或否，也沒有機會見證。從殞身那一刻開始，它的時間與思想就凝滯了，無法陪伴鼬占前進。

那便是死之孤獨。

『鹿庭小姐，妳剛才所說的——能算是一道預知未來的神諭嗎？』

「不，那種事連龍王的祭司也辦不到。我們只不過是敬畏天生。」

仝泣啟。（在此表達我們的哀痛）

停筆。

訃聞了結，鹿庭瞥了一眼蠟燭。火苗下還剩半分長度，除照明以外，那也是她用來大略抓時限的工具。

抓「龍王什麼時候才會忍無可忍」的時限。

該進入正題了。

「就這樣吧，我對你的理解並不深，只能寫到這個地步。」鹿庭將毛筆放下：「不過動工之前，我想聽聽你個人的傾向。」

『有留給我的選項嗎？』

「兩個，」她伸出手指：「第一，做為萊薩的土地靈，繼續封印於此處。能驅使如此龐大數量的人偶，這份意志棄之可惜。我會交代當地人定期祭祀，由你鎮守的話，幾十年內三岱和瀨洲都不會有邪靈造次吧。」

『承蒙誇獎。』

「不過，被淨化為土地靈會失去人格，沒辦法和人類一樣懷抱目的性。在漫長的歲月裡，漸漸變成類似自然現象的存在。」

『呵呵呵，難怪。我還懷疑妳怎麼對我如此放心。』

「當守護靈跟當幽靈可是完全南轅北轍喔？連後悔、煩悶、寂寞的情感也消失，就只是『在那裡』，和支撐天花板的梁柱一樣。」

『第二個選項呢？』

「湮滅。」

鹿庭頓了一頓，斟酌過才繼續解釋：

「以你的狀況而言，恐怕必須以相當高規格的儀式祓除。」

召集眼、耳、鼻、舌、身、意，乘以過去、現在、未來，乘以知、不知、不可知，乘以生、死，共一百零八名僧侶，連續三日維持法會。

「然而，主祀祭司自身即是一座移動的大神殿，此時此刻此地，只需要二十分鐘即可結束。」

『咯、咯哈哈哈哈！』

即使鹿庭一本正經地說明著，蟬壬還是忍不住笑了出來。

未免也太輕巧了。

將一個人的靈魂——姑且不論好壞，從存在根本徹底否定、消滅，在她口中卻像一場簡單的智齒手術。她甚至沒有在開玩笑，對她而言這些只是平凡且義務性的直述罷了。

蟬壬意外想起了初洗花，那位外貌與個性搭不上的小女孩。

Ämme 所指的『充滿英雄的時代』就是這樣一回事。所有人都懷抱著某種程度的瘋狂，並堂堂正正過著尋常的日子。

真是最苦悶、最糟糕的時代。

那麼或許，鼬占確實無法一直扮演自己的彼得潘。

蟬壬沒辦法無端地去想像掌握不住的可能性，只是覺得空虛，無論他蒐集了再多資料，也絲毫改變不了置身事外的事實。

他已經死了。

「拿定主意了嗎？」

『吶，祭司大人，妳覺得越是稀世惡黨，越不該觸碰的惡行是什麼？』

欺詐，背信，遺棄，竊盜？

凌虐，殺生，食人，弒親？

不，都不對。

「是『長命百歲』。」鹿庭不加思索，明快地回答。

蟬壬放聲大笑。

縱使看不出人偶的五官，但輕易便能感受到，此刻他正掛著熟悉的、爽朗而扭曲的表情。

幽靈是時間與思想凝滯、再也無法被改變的純潔存在。

正因如此不知懺悔，惡人正機。

麻煩妳了，一丁點也別殘留下來，將這抹可悲的影子塗去吧。

『能和鹿庭小姐對談，我感到十二萬分的榮幸，謝謝妳。』

「是嗎？最後惡黨和善人竟然能達成共識呢。」

鹿庭優雅地拾起搖鈴——叮鈴叮鈴。

這是第三響。

「再見，永遠不見，蟬壬。」

EP. 19 N（arrative）1

西洋棋銀河攔截作戰開始。

依黑色人偶排出的伍列，執行區域被選定在相對寬敞、視野較好的恭芳大型十字路口。消防隊與DST合力作業，將沿途容易引火的物件預先移走、拆除，甚至砍掉路樹。遺留的車輛大部分都被拖離，清出空地。

四具強力探照燈架設在樓頂，將路口洗得一片死白，與無光的樞機市區呈現令人恍然的對比。

渦輪騎士做為英雄一側的暫時領導者，與陸軍臨時指揮所一同留在遠處。現場除了最低需求量的人員，就只剩大量的無人機在盤旋。軍隊九架、渦輪騎士二十五架、媒體兩架，時時回傳著各個死角的畫面。

作戰目標是「城市的最小限度破壞」，以及「停止西洋棋銀河的活動」。

七點二十分。

火焰從夜的盡頭浮現，純白傀儡遲緩漫步，一面燒卻跪伏的人偶，一面攪沸瀝青，踏進探照燈的簾幕。

通訊士緊盯著螢幕，拾起對講機：

「西洋棋銀河進入預定地點。請各單位再次確認聯絡線路正常。」

『注意！執行第一階段。』

首先，戰車射擊。

兩具「S48H 陸龜」主力戰車被布置在東南面。肇於目標微小，電子設備易受干擾、且視線不佳，距離路口僅兩百五十公尺。

位列第二世代的「陸龜」已經稱得上樣式老舊。即便追溯至戰前，仍然排不上核心服役單位。經歷近代化改裝，修益砲塔、升級射擊管制系統，受限於原設計，但也一度在與外星怪獸的死鬥中熱烈活躍。

用即將淘汰的裝備接觸目標，軍方也有點控制損失的考量。沒人能掌握西洋棋銀河現在的性能，必須考慮戰車被拋棄的可能性。

『射擊。』

伴隨巨響，細長的炮管推出硝塵。

西洋棋銀河腳邊濺起爛漿。相隔半秒，從它的左肩為起點向後，以圓錐狀散放出了壯麗的火花。

『一號車射失，二號車命中！』

「傷害狀況呢？」

「確實削減了它的構造，但並沒有崩潰。目標繼續前進，速度未改變。彈芯可能穿透了，疑似觀測到遠方落點。」

指揮所營帳內的螢幕反覆重放蒐集到的畫面。

「……防禦力沒有想像中強？」

「換成化學能彈頭試試？或許能從內部產生更多破壞。」

「目標溫度太高了，裝藥無法正確引爆。不久前用火箭筒驗證過了。」

「戰車前進，縮短距離再嘗試一次。」

檢討結束，兩頭五十噸重的路上巨獸催動引擎。

西洋棋銀河並未對沉重的攻擊做出反應。左肩裝甲雖然被拆去一大塊，但從無人機的攝影鏡頭無法辨識內部，並且似乎正在自我修復。

看來不一口氣造成大傷害不行。

『射擊。』

重新就位的「陸龜」戰車第二次開火。彈體送出砲管的瞬間，外殼張開、拋落，鎢鋼彈芯挾帶著迅猛的速度，眨眼消失於烈焰深處。

磅！西洋棋銀河的背部再次炸出點點碎星，花火猶如舒張的翅膀。

『雙方命中。』

「目標的腳步停下來了！」

臨時指揮所頓時掀起了一陣振勵的歡呼。

白色巨人的移動消止，軀幹出現了兩處近乎全損的窟窿，然而，還完全不見倒下的跡象。

「等等，這裡怎麼會寫八百？溫度正在下降？」渦輪騎士愣了一下，緊張地調出監控資料，將攝影模式切換成熱影像圖。

「讓它失去運轉能力了嗎？看來有效癱瘓它的活動機能了。」

「不對，體型也縮小了，你們看，」她將兩枚不同時間的照片選出，併列在一起：「原身高二七〇公分，現在減少了接近兩成。戰車砲擊讓它損失了一部分的體積，但不應該到這個程度。」

「因為它無法維持原本的身軀？這難道不是好消息嗎？」

渦輪騎士拄著下巴，沉思了幾秒：「密度。」

「什麼意思？」

「請你們再進行一次射擊，什麼彈種都行，快點！」

「渦輪騎士，要提醒妳這應該是最後一輪了。以現場的氣溫，車裡的組員身體差不多快到極限了。」

「好吧，那麼盡可能瞄準下半部。既然它擁有修復能力，很快又會繼續行走。將雙腿摧毀爭取時間。另外，讓第二階段進入準備。」

「……難度也太高了，目標可是只有接近人類的寬度啊？」

檢討結束。

『射擊。』

咚嚨！兩臺戰車齊聲開火。這次的擊中聲響很明顯不對勁。其中一道射線落在較後方的土地，路面噴出水花似的泥塊。

第二發則在白色人影上削出一尾粉塵。緊接著，西洋棋銀河右後側、十字路旁的飯店壁面「喀沙喀沙」炸出了無數小小的碎片。

是跳彈。

『一號車射失，二號……咦？被、被彈開了？』

「彈芯在外部破碎、完全沒有貫穿！」

「你說什麼！」

「嘖，」渦輪騎士猛捶桌面：「不只自我修補，甚至改造了鎧甲的強度嗎？也罷！讓戰車撤退。別放掉它止步的機會，十字路口可沒那麼寬！」

『第二階段開始。』

『無人機群請迴避，距離投彈倒數九十秒。』

隨著對講機裡交織來去的訊號，陰雲靄靄的夜空中傳來悠長的鳴聲。

英雄組織．鏤銀骷髏加入作戰。

從筑殿祕密基地起飛，一架灰鷲戰鬥機早已在近處空域巡迴待命。執行者為幽靈九號，年僅二十三歲的新血飛行員。

收到投彈指令，灰鷲傾斜機身、調整航線，大幅降低高度。此刻它掛載著單枚裝的「碉堡剋星」炸彈，機會僅有一次。

同時——

『西洋棋銀河，再次活動。』

「哈啊？給我四號和十三號的鏡頭，全部轉到主螢幕上！」

好快。

渦輪騎士全身寒毛豎了起來。也管不著無人機可能會被捲入炸彈的爆風了，將攝影器重新對準目標。

不過，畫面卻和她預料的完全不同。

西洋棋銀河緩緩抬起右手臂，緊接著，它的肢體「張開」了。

「變形？」渦輪騎士覺得自己快吐了。

鞘殼狀的外甲片片卸落，霎時化為一盞怒放的天堂鳥花朵。隨即，裂解的部件朝中央重新曲折，釋放、再構築，收束成柴捆似的造型。

格林機槍。

西洋棋銀河原本就持有遠程武器。和主教的「獵戶傷痕」左輪手槍不同，還有一具用於終結戰鬥的反器材步槍「戴月妃冠」。

但她的記憶裡，戴月妃冠應該只有「一把」才對。此刻高揚的刀管卻一共六組，昭示著細長緻密的嚙天之牙。

鬧夠了沒有？愚民。

不要阻攔在王的去路上，把頭低下來。

渦輪騎士一把搶過通訊士的耳機，發出了近乎慘叫的嘶吼：

『幽靈九號，快迴避！有對空武器！』

滋嘎嘎嘎嘎！

那是一道異常的、令空氣如絹帛般撕裂的作動聲。夾雜著厚重複疊的金屬質感，過度連續以至於喪失間隔的嗡音。

射擊的反衝劇烈，連西洋棋銀河自身都陡然下沉。槍口火舌的薄光籠罩在它身上，地板跳出細石，廢煙也滾滾流瀉。

燒紅的子彈筆直打入夜色，由於射速太快，那並不像彈幕，反而更近似一束橙黃發亮的鐵絲。

「灰鷲」戰鬥機的右翼，眨眼間被一刀斬落。

戛然鍛羽，悽慘的碎片在風中旋舞。然而「碉堡剋星」早了一拍投放。壓抑的、持續數秒的死寂後，炸彈的黑影降落在巨人頭頂。

十字路口被爆風吞沒。

無人機鏡頭裡的景象，首先是憑空出現的、封閉街區的臃腫黑煙，從零到第一毫秒不見過渡。稍微相隔了一拍，爆炸聲窒悶的「轟」的激響才抵達。鏡頭猛烈搖晃，最終倏然死機。

煙霧散去，露出面目全非的現場。時不時傳來碎塊灑落的喀噠聲，搖晃感也遲遲不能褪去。炸彈的瞬間壓力將火災輾潰、熄滅，殘留碩大的燒痕。四下已經找不到佝僂的黑色人偶了，被轟得半縷殘骸也不剩。

——還站著。

唯獨西洋棋銀河「還站著」。

它模樣落魄，全身找不著完好的甲殼，布滿走勢清晰的裂痕。肢體削得四處是傷口，左掌掉了兩根指頭，但它並沒有倒下。

戰鬥還要繼續下去。

「為什麼……為什麼啊……」渦輪騎士齜牙咧嘴地呻吟。

『幽靈九號彈射駕駛艙，收到求救訊號，立刻派出搜索人員。』

『無人機群現在開始歸位。』

「緊急狀況！『陸龜』一號車引擎過熱故障，沒有順利撤退！」

「目標繼續活動了，轉向戰車組！」

下一個輪到誰？

把脖子伸出來。

巨人將沉重的機槍側展，指向了癱瘓的戰車。一號車正處於撤離中的尷尬姿勢，脆弱的後半部暴露在眼前。

棄車？打開艙蓋只會被打成篩子，但即便躲在車裡，也無法保證「戴月妃冠」的攻擊不會穿透「陸龜」的屁股裝甲。

橫豎都是絕境。

二號車警覺到事態不妙，右履帶全力運轉，左履帶往反方向猛抽，最短半徑調轉車頭，以身為盾，斜斜衝進了目標與友軍之間。

「戴月妃冠」再次擊發。

順著二號車駛入的進度，密密麻麻的火花在車體左面撕開了一條缺口，裙甲逐個噴飛，但勉強攔下了巨人的箭雨。

履帶被彈幕拆得亂七八糟，二號車底盤陡然一沉，如同失足的野牛般「咚！」地半邊跪下，順著慣性向前滑行，撞上街邊的玻璃櫥窗。

懸吊裝置確定報銷的瞬間——不曉得究竟是打算還以顏色，或者僅僅是理性考量、企圖爭取更多脫逃時間，二號車堂皇開火了。

『給我流血，怪物！』

孤擲的砲彈出膛，一筆畫過街景。

咣！

西洋棋銀河頭顱仰起，上軀高聳，整副身體向後微傾。

有賴於「碉堡剋星」先前轟炸造成的損壞，鋼針成功打穿面甲，透過後腦杓飛貫了過去，扯出一陣碎片。

黑霧潰散。

伴隨著白色頭盔一剎那的鏤空，某種未知的巨大浪潮脫閘而出，席捲諸有象無象。四臺探照燈同時炸掉，黏膩的黑暗從腳踝淹上喉頭。

無人機全數陣亡。

「怎麼回事！畫面沒了？」

「搞什麼……」「失去和戰車組員的聯繫，訊號被切斷了。」

「又被干擾？不是設了防護措施嗎？」

「在外側待命的步兵班也沒有回覆通訊！」

「範圍呢？到底還有誰在線上！」

臨時指揮所掀起一片混亂，任何與作戰現場聯繫的器材都陷入了沉默，等同於徹底目盲。

渦輪騎士確認自己派出的無人機全部失蹤，肉痛地咂嘴，改調遣戰鬥範圍外的備用機體，一邊恨恨地說：

「從現在起畫面由我提供。戰車乘員不撤退的話，也無法執行第三階段。快跟謝勒汗鐵狼和支援的步兵小隊接上聯絡，把困住的人帶出來。」

*

齊格菲低伏身體，將手掌放在戰車頂蓋上。

「成年男性軍人四名，防火服。熱衰竭，挫傷，暈厥……」

他抽出光束短劍，向下一刀、兩刀，反手扣住艙門邊緣，把沉重的鐵板輕輕鬆鬆扯掉，伸手往內一探。

樞機一眾離散的英雄當中，前往萊薩的他是距離最遠的一個。別說「來晚了」，直到作戰開始，他才正往臨時指揮所趕路。

火場的餘溫並未退去，腳步好像踏在餘燼上。緊身作戰服雖然能幫他減輕環境壓力，但面對如此極端的溫度也發揮有限。

他從渦輪騎士那裡收到聯絡，一路更新著戰況，然而方才所有東西都熄滅了。沿路上無人機紛紛摔落，遼闊的薄霧幾分鐘就布滿了視線。空氣中懸浮的飛塵，與組成人偶的黑沙有微妙的近似感。

咬著通訊中斷前的最後幾句對話，齊格菲心一橫，改朝「碉堡剋星」的爆炸點靠近。穿越寧靜的死地後，立刻發現了癱瘓的二號戰車。

將士兵全部提出來時，後方傳來了腳步聲。

謝勒汗鐵狼領著幾名DST隊員快跑過來，攜帶露營燈、全都穿上了消防服，肩膀積著黑灰，看上去格外窘迫。

「齊格菲！」

「他們沒事的，只是受到突然的震撼而昏迷，快轉移到安全處。」

「唔呼，不幸中的大幸。霧氣散開時好多人都倒了，看來只有錘鍊過肌肉的傢伙才撐得……咦，你的臉？」

抱住癱軟的戰車組員時，謝勒汗鐵狼盯向齊格菲，呆愣了一下。

「我的臉怎麼了？」

才剛反問，他就注意到上脣搔癢的感覺。食指一抹，留在指尖的全是斑駁的鼻血，胡亂蘸在手套上。

「難道說肺部受傷了？你的身體還撐得住嗎？內臟跟肌肉不一樣，不要繼續逼迫它們比較好啊。」

「不，這應該不是——」

話還沒說完。

齊格菲猛地抬頭，抄起剛才拆落的戰車艙蓋，遮擋在身前。

短促的爆鳴聲砸了上來，火花四濺。槍響整整一秒後才消止，將艙蓋打成了坑坑疤疤的慘樣，從上緣四分之一「鏘鋃」一聲鬆脆斷裂。

剝落的部位露出前方景象：佇立於十字路口，霧色盡頭是修復接近完成的西洋棋銀河，正架著冒煙的「戴月妃冠」。

真是徹底的異形。

被砲彈削穿、少去半張頭盔，原本應當是人臉的位置呈現詭譎的窟窿，盛著濃厚的黑氣，像乾冰一樣緩緩流淌著。

空的？

「頭顱內什麼也沒——不，似乎不對。」齊格菲解放了偵查機能。

位於巨人的大腦根部，恰巧是額頭後方、松果體座標的單點，隱約懸浮著一環細小的圓形光圈，正淡淡釋放美麗的藍色。

那抹微光有名字。

當帶電粒子被加速至超越介質中的光相位速度，邊緣便會釋放這種溫馴寧靜的幻彩——契忍柯夫輻射。想必那裡就是許願機的核心，或者，更適合語帶敬畏地稱呼其為「王冕」吧。

操響粒子以王冕支持著西洋棋銀河的活動，將龐大的情報桎梏於永無止境的超弦響應，固定了它的外型。

既然如此，它應該優先修復頭盔才對。

「刻意把弱點暴露出來了？」

彷彿感應到齊格菲的想法，對方將左手抬到臉邊，食指輕點眉心。

要劍的，好好瞄準這裡。

「……你這混蛋。」齊格菲咬牙，將手向後一擺：「鐵狼，帶人先走！」

「喂喂，認真的嗎？」

「難道你能想出更好的辦法？」他不自覺地提高了音量：「事態已經跟計畫差距太遠了。第三階段是彈道飛彈吧？在那把機槍面前能順利落地嗎？更不曉得它會不會按預定穿越公園，我就在這裡解決。」

「呃唔。」謝勒汗鐵狼遲疑了一下，但已經沒時間猶豫了。

每一分秒西洋棋銀河都在恢復，並且他也聽出了弦外之音，齊格菲打算獨自將動手的責任承擔下來。

「……肌肉要是再強一點就好了。」

他遺憾地轉身，一行人背著傷員離開了街口。

確認身後淨空，齊格菲進入渾身的架勢，手掌一握，白光在勁風中壓縮為長劍，散發嗡嗡的低鳴。

「老友，之後再陪我後悔吧。」

——嘶。炙熱的氣流從牙齒間瀉下。

鼻血一直沒能停止，從下顎淌落血珠。兩眼也泛著血絲，呈現淡淡的粉紅色。齊格菲的表情閃過一瞬間的猙獰，此刻，若說那代表人類勇氣的象徵未免太過牽強，比起史詩中高潔的英雄，更近似於磨牙的鬼神。

被感染了——置身於慘劇，框架承受著操響粒子的挑撥，怒氣正隨著猛顫的心拍搏動不已，他正一步踩在血狂之前。

這次攻擊，肯定會在心裡殘留下永不抹滅的「毒」吧。即使明白，他也必須回應鼬占的覺悟。

察覺到光劍的威脅性，西洋棋銀河將沉重的槍械再次平舉，六個黝黑的槍口對準渺小的身影，雙方都把絕招抵在了對手頸項上。

齊格菲將夜色劈碎，高高舉起光劍——

「咕唔、咯！」

咽喉一熱，瞳孔猛然收縮。他臉頰鼓脹，旋即嘔出鮮血。

在這裡撞上了環境對抗的極限？

視線陷入嚴重的搖晃，齊格菲肩膀歪斜，反手支撐在戰車上，大量腥紅的液體「啪噠啪噠」灑到腳邊，一陣虛浮差點跪下。

雜訊重疊的畫面中，他隱約看見無數火星朝自己撲來。就在做好迎接重創的心理準備時，黑影籠罩了全部。

咣！

大提琴箱左右展開，內折的罩板彈起。下緣跳出兩支鋼爪，橫擋在身前的人影嫻熟地猛踩，將釘錨踹入地板。

金髮飛揚，厚重的雨幕頃刻包裹了兩人。

咣！咣！咣！子彈敲擊盾面的聲響格外駭人，一波緊貼著一波，彷彿會持續到永遠。但少女不再顧慮，轉身摺住了齊格菲的右腕。

由於神經亂訊，他的臂肌陷入了痙攣、依然死死握著殺獸劍。Ämme將光芒熄掉，另一隻手捧住對方的後腦杓，將他和自己的額頭貼在一起。

兩人臉對著臉，距離極近，甚至把眼鏡框都抵上眉間。椴葉聞得到，Ämm的鼻息中也飄著淡淡的血鏽味。

「太亂來了！」

骨傳導——不經由空氣，而是直接藉助頭顱的震動來交談，Ämme的說話聲在槍林彈雨中仍然清晰，透露著不快：

「不想對朋友下手就別勉強啊！你看框架不是亂七八糟了嗎？」

「唔呃嗯，抱歉。」

沒想到立刻就挨了一頓罵。

齊格菲有些恍惚，片刻沒反應過來。

「能不能順暢呼吸？心律呢？」

「回、回穩了。」

「放鬆精神，我替你掃描一遍。」

「Ämme，另一臺戰車的狀況怎麼樣？」

「事到如今還擔心別人？」她眉頭一皺，神色從氣憤變得有些無奈：「沒大礙，讓外圍的陸軍小隊把傷員領走了。好了閉嘴，別浪費力氣說話。」

「哈啊……」

齊格菲掩不住憔悴，語氣飄忽著，卻還是硬拉起嘴角苦笑了笑：「太好了，有妳在背後支援果然令人安心。」

Ämme鼻子抽動了下，露出五味雜陳的表情。

你用這種話騙過多少女生？

「真是的——」

這種臺詞，等輪到你帥氣發揮的場合，再一派輕鬆地轉頭對我說啊。

追趕在一號身後果然是個心累的位置。

「椴葉，或許你以為『殺獸象徵』是自己的東西。但我絕不承認這種觀點。我會監督你、評價你，然後，下次如果再幹這種無厘頭的事情，」Ämme將額頭移開，她的眼神十分認真，與平時怯懦的模樣迥然不同：「我也還會再伸手攔住你的，給我記取教訓。」

「嗯唔……都聽妳的。」

被監察部唸了。

果然說不贏姐姐啊。

椴葉回握住她的手，不協調地重新站了起來。思緒正逐步趨於清澈，身體仍舊很笨重，但壓迫的狂氣已經遠去。

驟雨休止。

大提琴箱架出的護盾相當慘烈，表面蒙皮被拆了個精光，靠近中段嚴重凹陷，輪廓變形，感覺要重新闔起來有點困難。

僥倖，「戴月妃冠」收斂了沒完沒了的射擊。Ämme用半邊肩膀擔起齊格菲，越過凹凸不平的盾緣，朝路口望去。

西洋棋銀河似乎被「別的東西」吸引，沒有繼續向他們投來關注，而是轉身仰望，靜靜盯著殘敗樓房外的遠處。

「撤退吧。」她把盾牌裡的醫療包帶走，對齊格菲說。

「最後還是得靠彈道飛彈嗎……」

「不，剛才終於和指揮所接上聯絡，作戰改變了。」Ämme 抬起手，指向雲翳破碎的天空，一縷月光滲落：

「接下來，我們祈禱。」

目睹那抹湛藍掠穿天際時，所有人心中想的都是同一件事：

上次，向流星許願是什麼時候？

那是夢幻的泡影，是一切美好與優雅，是華麗可愛。

「覷占。」

稚麗的女聲隨月色灑下時，西洋棋銀河後退了一步。

和聽見「灰鷲」戰鬥機的引擎聲一樣，它早已察覺到了高空迫近的威脅。沒想到降臨速度如此之快，彷彿戲法，那人的身影悄然落在街中。

魔法少女不愧為蒼穹的霸者。

夜風吹起。

積底的熱流席捲而去，涼意如墨染緩緩沉降。是輝煌軍神降下後尾隨而至的氣旋嗎？毫無壓力，那純粹只是一股「存在感」的具象。

初洗花穿著淡藍色的禮服——完全著衣。輕薄的布料緊貼肌膚，明明凸顯出蓬鬆飄揚的感覺，卻同時體現了她消瘦的曲線。

領口繫著端莊的結巾、左右手覆蓋臂套，細碎、精緻的掛飾以內斂的節奏四處點綴，指節、鎖骨、腳踝，提點令人怦然心跳的細節。

看，想必她便是人們口耳相傳、被風寵愛的孩子，一顰一笑都要印下春曉的預兆，代弱者踏破繁花落盡，高歌凱旋。

魔法啊，饋我等以榮光。

「學姐？」鼬占像個尋獲新玩具的小孩子，即便字詞混濁破碎，也掩飾不住語氣裡的欣喜，大聲呼喊著：「妳來殺我了？我好高興！」

「……」

自說自話的男人真讓人心煩，打算中二到什麼時候？

她並未回應少年的雀躍，靜靜取出了魔法鈴環。

光絲浮現，一只晶瑩的鳥籠懸浮在掌中。盯著那盞閃耀幻變的色彩，她平淡地垂下眼瞼，伸手摘取琉璃。初洗花仰起脖子，輕啟雙唇。月影暈在起伏的五官上，姿態猶如婉約起舞的鷺鳥，伸出細長的舌頭，將熠熠光輝嚥入咽喉。

咕嚕。

伴隨著白皙的頸肌鼓動，藍色禮服譁然解體，流溢的光點灑遍黑街，盈滿視線，化身為仲夏的螢火蟲。

結束了。

心情從來不曾如此輕鬆，這裡便是飛上天空後，她終於墜落的地方。

「呼——」

甘美、燥熱、催人發狂的「動搖」。

禮服徹底褪去，初洗花也重新換上了樸素、審美簡潔的行裝。

臉上的妝並未收拾乾淨，失去花圈髮飾的馬尾灑落下來，輕盈地披在背後。緊接著，西洋棋銀河注意到了——

此刻掛在學姐胸口，一條十分熟悉的紅色編繩，以及編繩正懸吊之物。倘若那也是Narrative 絕境下的反擊，未免也太過惡趣味。

「你把背包留在我公寓門前，忘了嗎？」

『魔裝操者，替換啟動。』

勿以惡小而為之。

從侵占他人財物開始，讓你見識見識吧，人類史最嚴重的破窗效應。

「抽牌替換。」

『桀驁（黑桃）、戀慕（紅心）、機運（梅花）、寬裕（方塊）！妳的命運被玩弄於股掌，此刻正是轉捩之時！』

『卡牌大師異戰王牌，至高顯現！』

於是，烈情的狂嵐。

一股暴躁的風壓之牆自爆心地擴散，彷彿地獄顯世的熱炎頃刻間撕爛了焦土，摧枯拉朽，將溫文儒雅的白月斬得血肉模糊。

地板縫隙迸出熊熊火焰，晚風也被迫收止、空氣因灼燒而波狀擾動。變身器發出駭人的咆哮。

『疾風怒濤的連擊，破滅的凶險笛音！』

『黑太子降臨！』

謝謝，然後再見了，我們靜穆、純潔的輝煌軍神。

——異戰王牌抬起陰影嶙峋的臉孔，機械結構的雙眼暴露凶光。

第一印象是「好瘦小」。

覆疊的黑色鎧甲緊密包裹全身，連同面貌一併掩去。然而，由初洗花變身而成的魔裝操者格外瘦弱，靜靜佇立如洗練的軍刀。

接著，「好單薄」。

欠缺鼬占厚實的身板，初洗花的肩幅極窄、細腰，雙腳併攏時大腿間甚至能留出空隙，比起鐵壁，更近似捨身的逆刺。

最後的念頭，「好美」。

不單純只是粗暴累加的甲殼，互扣的硬件順從著女性胴體特有的柔軟弧度而起伏，映出變化迭遞的光影，那是芭蕾舞者的輪廓。

完與全。

「啊……啊啊……」

從蒼白的甲殼內，緩緩滴下了空洞的喉音。

為什麼偏偏會是妳？

為什麼，妳要選擇成為我此生最憎惡的模樣？

不可原諒。

絕對不可原諒。

「——初——洗——花——！」

空氣竄出裂痕，樓宇的骨架猛烈搖晃，整面樞機的土地都蔓延著「嘎嘎嘎嘎」的輕震。

西洋棋銀河將面甲徹底閉鎖，發出怒不可遏的遠嘯。

殺了妳。

殺了妳！

「我要徹底摧毀妳們，把這段『歷史』……結束掉！」

「——哧。」

然而，惡黨回以戲謔的輕笑：「搞懂我複雜的心思了嗎？鼬占。」

「我」就在這裡喔。

跟你一樣，有顆跳動的心臟。

所以好好看著「我」吧。

看著「我」的臉。

從現在起，少女要向王冕許下全新的願望。

而那絕對會是一紙美妙的愚謀。

「迴響我的Я吧，西洋棋銀河。」

EP. 20 N（arrative）2

雙方踏入彼此的威脅範圍時，雖然僅僅是轉瞬即逝的畫面，構圖卻古典到不可思議。平面展開、左右對稱，磊落得能輕易從中央切出分隔線。由於右臂仍然是異形化的機槍，西洋棋銀河以左拳應戰，直指向異戰王牌的右拳。黑與白的拳面衝擊，風壓在地面烙出一枚「8」字凹槽，猶如莊嚴的鋼印。

轟！

當劇痛從大腦中炸出劈啪火花時，初洗花驚覺自己和砂塵的距離好近。視線布滿了懸浮的碎石，接著才意識到她已經被打崩姿勢，斜著身歪了下去，雙腳根本沒有踩穩的實感。正面較勁的場合，西洋棋銀河的蠻力明顯處於不同階級，身高、體重，任何一個要素都不是異戰王牌所能抗衡。

但那又怎麼樣。

眼見暴露出致命的空檔，西洋棋銀河立刻追擊，猛轉臂膀，機槍如同重槌般劃出一道軌跡，卻只引得塵土飛揚。

眼前空無一物。

「……消失了？」

「這副身體真靈活。」聲音從完全不對的位置響起。

異戰王牌單手抵著「戴月妃冠」的槍身，藉勢垂直倒立了過來。

漆黑的魅影輕盈轉身，做了一套體操鞍馬似的迴旋，絞緊大腿、箝住它的頸顎返身一躍，將西洋棋銀河整個人逆拋了過來。

「唔！」

Headscissors？凌空感一瞬間令它失措。

剛結束摔擲，異戰王牌不等姿勢穩定，側旋以最短直線再補上一記踢擊。

咣！橫在身前的「戴月妃冠」被正面擊中，踢潰了結構。但歧肢的扭曲並未影響本體，歪斜的槍管很快分解、重組成手臂的原貌。

西洋棋銀河被踢擊震飛出一段距離，落腳的同時蹬地，展開反撲。

「徒勞！」

熱流再度匯為一點。

兩套手鐲睽違三年再次交手。毫不意外，那並未演變成什麼鬼哭神號的壯闊死鬥，終究只是兩道蚍蜉人影間的糾纏。與初洗花一度奔赴的天空相比，顯得如此局限、凝滯、令人窒息。

在潮溼的暗巷，在屋頂、水道深處、棄置工地或破敗的公寓，貪圖著各自的利益，無止盡地相互殘食。那便是魔裝操者們擁有的全部時光。

而正因相似，才能陷入膠著。

拳影交織。至此，雙方才正式爆發了第一場近身戰。

即便慘遭重擊，白色鎧甲依然毫不動搖，漆黑的影子則堪堪迴避，勉強保持著餘裕，試著跟上對手的速度。

彼此削下的、細細密密的裂片在狂氣中分解、重組，留下幻影。

「適應得好快，啐，萬死不惜的狂熱粉絲！」

「粉絲？居然對自己的幸運女神不敬，果然狗不管教牽不出門。」

「戰甲的差距是無法跨越的，認清絕望的鴻溝吧！異戰王牌的完成度距離西洋棋銀河有多麼遙遠，我再清楚不過了！」

「喪家之犬的使用心得根本沒有參考價值。」

「嘖，冥頑不靈的女人！」

西洋棋銀河偏頭閃躲，一把扯住對方收勢不及的揮拳，抬起膝蓋重重撞上初洗花側腹。可怕的鈍擊聲淹沒了黑色頭盔內細小的悲鳴。

雙方的容錯率並不平等——只要抓住這點，結果就不會改變。

承受少許傷害也無妨，蒼白的巨人持續逼近、壓縮空間，迫使初洗花面對體型差距的壓力，讓她累積多餘的疲勞，形成惡性循環。

沉重的拳頭擦過異戰王牌的臂甲，剷掉銳刺。

初洗花後撤避開，旋即又被對手咬上。一記正拳貫穿了交臂防禦，衝擊在正胸口處。肺臟一抽，她整整兩秒都吸不到氧氣。

「唔、咳咯！」

「那麼妳就用鮮血來記取教訓吧！別忘了進行西洋棋對弈時，白棋永遠先採取動作！」

「……撲克牌遊戲裡，黑桃擁有最優先的順位！」

然而，初洗花正思考著的事情並不存在於明面的搏鬥中。她把滿嘴的嘔血嚥下，按捺住鏽腥味，回懟了對方的嘲諷。

沒錯，和往常一樣拌嘴吧。

填滿空白的廣播訊號，讓對話延續，否則操響粒子是無法「理解」的。

迴響，敘事，互殺，任何手段都要用上。

我在這裡，哪裡都不去。

「異戰王牌沒有哪一點輸給西洋棋銀河，從以前開始——」

初洗花後躍一步，改以奇異的低姿勢拉開距離，隨後全身傾轉、大幅起跳，從高了一個半身的中段凌空施展腿技。

踢擊循著弦月似的弧度斬去，與巨人的舉臂格擋交錯，磨出火花。

嘎哏！

「直至此刻，未來永劫，都會一直是我的『英雄』！」

「果然妳什麼也沒明白，」對方穩住衝擊，憎惡地啃著字詞：

「明明有選擇的餘地，卻偏偏要染指這份咒縛。我自從誕生便是惡之血脈，我的宿命便是惡的宿命，而妳的作為無異於露骨的諷刺！」

「宿命？笑死人了，別把血脈和宿命相提並論！」

尚未落地，黑影乘著浮空的餘勢，又甩出一道軌跡完整的鞭腿。

咣！鐮刀般鋒利的踢術炸裂。

「什……空戰？」

「這才是我的高度！」

異戰王牌的行動發生了改變。

相較於對手穩健的壓制策略，她更傾向採用大動作，連續發起看似無謀的豪賭。原本絕對不利的近距離互毆，正被她一步步撬出新局。

「宿命才不是什麼天真的被動收入！我唯一承認的宿命只有『幸福終老』。為了抵達那個難以企及的結果，我每天都很努力、而且我很熱愛這麼做！別說血脈了，命定論我都能否定給你看！」

「穿著戰甲的傢伙竟然敢談論幸福？懦弱也該有個限度！」

「被親友圍在床邊、微笑著嚥下最後一口氣是『懦弱』？那麼扔下了喜歡你的女孩子擅自尋死，你又勇敢到哪去了？自私也該有個限度！」

「超響體沒有死以外的選項！」

「死本身就不是選項！你連與死為敵的覺悟都沒有嗎？」

來爭奪王冕的「話語權」吧。

御前上演的零和遊戲，失敗主義者VS.前軍神。

反旋踢、翻身、以掌逆撐躍上更高的位置，再接上踢擊。漸漸，異戰王牌彷彿踏著空氣飛翔了起來，雙腳觸地的時間比手還短暫。

——卡波耶拉（巴西戰舞）。

那或許是世上「最美」的徒手武藝了吧，甚至形容為舞蹈更為貼切。倚藉對肉體極限的控制，讓舞者近乎不間斷地凌空翻騰，對抗重力。

西洋棋銀河此刻才警覺到危機。

爆擊從毫無道理的角度不停穿刺進來。才剛撤步躲避掉異戰王牌的掃腿，另一隻腳就忽然釘在側頸上，將它的防禦架勢再次擊潰。重擊之間的衍生路徑千變萬化，而且銜接得密不透風。

自由即為舞者的呼吸。

初洗花避不開身高劣勢，因此積極選擇高躍、空翻動作，加上以魔裝的性能詮釋，最終定性的風格，便是以「空戰」為主、近乎幻想的武術。

讓天空成為戰友吧。

悠久而遼闊的失重感，那是只屬於軍神的記憶、誰也無法奪走的魔法。

「……嘖，不過是困獸之鬥！」

「仰望著我再說一遍？地表居民！」

新的腿技倏然劈向正臉——那道絢麗的招式，被現代武術家們質樸地稱為「540

Kick」，意即橫跨五百四十度角、一點五個圓周的沉重迴旋踢。

思緒知道必須再次防禦，但動作追不上？姿勢根本來不及從前一擊的搖晃中恢復，甚至連視線都沒跟緊！要來了、衝擊要來了！

磅！

白色面甲崩出裂痕，碎塊飛散。

「咕哦！」

「嘖，還差一點！」

將外殼再度擊碎，直接觸碰反應核心。初洗花終於看到了一絲機會，但白色裝甲異常強韌，同樣的踢擊恐怕還得再成功兩次。

「城堡。」

為了與之抗衡，西洋棋銀河收攏兩肩，架拳，低頭微微聳起背脊。最大發揮防禦力、體重、戰甲支配力，引導它走向終點的答案居然是這個。

正統拳擊。

被迫放棄野性的戰法，它終究選擇了「技藝」。高聳的怪物擺出人模人樣的格鬥架勢，那幅光景說不出的詭異。

雙方開始對交錯的意圖進行識破。速度趨緩，招數卻愈發狠毒，每次行動都在交換風險。

置身於白熱化的攻勢來回中，西洋棋銀河的氣質出現了變化。

不再被體內的癲狂牽引，沉著應對、穩固迂迴——不同於觸肢異化的超響體們，而是改以更貼合於人類的觀點戰鬥。

猶如過去，銀海扮演著「西洋棋銀河」時的模樣。

經歷無數次交手，那是早已烙印在直覺中、鼬占對於「強」的想像。曾經為此吃盡了苦頭，現在它卻無意識地模仿起了那個背影。

「終究被影響了嗎……」

銀海會受到自己的仰慕，不過是件天經地義的事情。

並且，初洗花也本應該站在那個位置上。

「妳是個能輕易被愛的人，從最開始，就不需要愛我。」

「但我想要去愛，並且已經發生了，我阻止不了自己。」

「那就改愛另一個任誰都好的別人吧。」

「我沒有別人。」

「妳也沒有我。」

「但你有我。即使如此，宿命依然無法改變嗎？」

「……不，妳什麼也做不到。」

——就像當時的我一樣。

白色巨人被動閃避，踩著節奏明快的迴避墊步。從進入拳擊架勢起算，它再也沒有被腿技擊中，保持了數十秒的無傷。

閃躲、架開、閃躲，連續三次，輕盈略過異戰王牌的踢掃。

「我不會再讓妳碰到這張臉了。」

宣言著，它抓住剎那間隙，往對方胸口送出左刺拳。

像光一樣快。

拳面點中黑色戰甲時，熱膨脹的空氣發出了「啵」的清晰破裂聲。

深邃的震撼在初洗花的認知中製造了錯覺，似乎敲打在身上的並非拳頭的「單點」，而是城垛般可視的、壓倒性的「平面」。

衝擊波炸碎了她一部分的戰甲，打停動作。初洗花痛得喊不出哀號。但喪失反應能力後，接著面臨的才是殺招。

西洋棋銀河以最簡單、俐落的動作補上右直拳。

閃光再度炸裂。

「！」

她連自己的悲鳴都聽不見。

視線模糊時，臉前五毫米發生的局部音爆抹掉了破壞音，耳鳴壓上鼓膜。異戰王牌慘遭擊飛、嵌入飯店牆壁。

稍停一秒。

幾發虛弱的手槍射擊，與一道渾身破損的影子，同時從塵埃中竄出。

只能逃。

眼見獵物還留有一口氣，西洋棋銀河再次解放「戴月妃冠」，高舉機槍扣下扳機。而異戰王牌狼狽地踩著牆面，垂直往上方奔跑，追尾的子彈不斷擊碎玻璃窗，彷彿她正領著雪浪前進。

雙方拉開距離，以槍械互相牽制——此時根本無法成立。

僅憑自動手槍的威力，西洋棋銀河絕不會移動半步，另外，讓格林機槍哪怕一顆子彈打中，負傷的異戰王牌都會直接出局。

「只能逃」。

雙方瞬間得到相同的結論，從第一拍採取最適行動。

異戰王牌沿牆面狂奔，身後「噠噠噠噠噠」緊咬著連續的碎煙。高度瀕臨極限，踩上屋頂邊緣的剎那，她仰身一躍，飛旋著沒入月色。

西洋棋銀河沒有繼續射擊，放棄了逆光的身影。

它移動槍口，預判落下位置，準備等對方一著地就將其射殺。但初洗花也輕易察覺到了設伏的舉動，抽出細長的「攻點劍」。

「等妳好久了。」

原本以為她無法駕馭，才遲遲不敢使用，看來只是猜遠了。異戰王牌最大的殺手鐧總算現形，在最後一刻進入交戰的變數。

她已經沒有手牌了。

落地剎那，唯有依賴「攻點劍」的斬擊絕技，阻止「戴月妃冠」的彈雨，爭取僅一次的蹬步迴避，初洗花才可能倖存。

「來吧，一切的終盤！」

場面正按西洋棋銀河預讀的軌跡，絲毫不差地發生著：異戰王牌再次回到地面，手持怪劍猛然一振，線影漩渦般倏然膨脹。

劍身裂解成無數的刃片，彈跳著火星，組織出半圓球體的軌跡。斬擊的風道開始磨碎一切，在十字路口挖出一圈漂亮的大洞。

「騎士，王手。」

型態變化，「戴月妃冠」並沒有如約射擊。

它將異肢構成的機槍架在腰際，如同中世紀的騎槍。巨人邁出腳步，身影一瞬間消失於原地，閃電般驀入「攻點劍」的風暴中。

在西洋棋遊戲裡，「騎士」單位的移動規則是八方向二乘一格，並且，不會因路徑上的其他存在而受阻擋，是最自由、最變幻莫測的單位。

不是說了嗎？

雙方的容錯率並不對等，只要抓住這點，結果就不可能改變。騎槍的刀管筆直地指向軀幹，再向前一步就要將她撕成乾淨的六塊。

深麗的重黑與絕雅的純白於眼前交錯。

——此刻正是轉捩之時。

「咦？」

它驚覺自己不知為何，居然「早一步」踏出了肆虐的劍圍。

耳邊倏然安靜下來。

轉折來得極快，知覺卻彷彿陷入慢動作，讓它不得不思考發生了什麼。在突然變得清明的視線中，西洋棋銀河的思緒飛速轉動著。

既然變身手鐲適應了初洗花的體型，呈現出風格截然不同的「異戰王牌」，那麼「攻點劍」做為配套武器，自然必須響應這個機能才有意義。

原尺寸的鏈鞭長劍，就連鼬占使用起來都頗感吃力，更何況交給比它更矮小的變身者操作。

因此「此時此刻」的那把劍，造型勢必更輕、更薄、劍身更短。用來重現全周天的斬裂絕技時，劍鞭舞動的範圍自然也更小、更快結束。

為了讓它誤判武器尺寸，這個女人真的一直在壓招。

於是，豪賭成立了。

初洗花把籌碼全部壓在「鼬占的經驗」上。

只要發動斬擊，西洋棋銀河必定會將其視為破綻，穿越劍影，試圖一口氣結束戰鬥。而在與銀海無數次的交手中，鼬占早已將騎士型態的效果、時機領悟為直覺的體感，反而將它引導向錯判。

騎士型態的持續時間，比攻點劍的招式動作稍延長了「一點點」。

要怪就怪你是個狂熱粉絲吧。

毫秒微秒的差距中，勝負的天秤轟然傾斜。

她右手握著劍柄，絕技的施展動作徹底結束。騎槍擦過腹側，但虛體效果還在移動生效的過程中，無法造成傷害。

一道陰影罩上西洋棋銀河的視線。

「逮到你了。」

初洗花朝巨人伸出左手，逕直穿透面甲——輕觸光環。

失墜感恍然淹沒。身為超響體的它能觀測到：大量的雜訊、來自異戰王牌的情報，與自身存在迴異、他者的願望，剎那湧入超弦響應的洪流。

「哈哈——」

這就是輝煌軍神的智謀嗎？

不，主動把自己的小命壓在刀口上，走鋼絲一樣地設計策略，甚至連珍貴的必殺技都拿來充當誘餌，邪魔歪道，盤外騙術。

除了異戰王牌，沒有人幹得出這一連串的爛事。

「……打得漂亮。」

擋在它面前的不只初洗花，還包含著今夜以前的「自己」。將兩人共同累積的記憶算在一起，才勉強成就了西洋棋銀河的敗北。

緊密的、絕對的，互相迴響的時間。

被「初洗花」和「鼬占」寫定的未來，就在這裡。

橫跨十、百、千、萬回痛苦的廝殺，踏遍無從計數的血腥，這還是人生第一次，它居然想替黑色的一方祈願勝利。

加油啊，別輸了啊異戰王牌。

說來荒唐，坦然承認吧，你竟然也是支持著某人前進的英雄。

*

王晃開始迴響新的情報。

然而，操響粒子無法偏袒任一方的期待，只能同時映現雙向的執念。包含原先的鼬占，兩人份的「ᴙ」都會採用。

因此，最終誰都不會獲得圓滿的結果。

蒼白巨人的形體逐漸潰散，無論是幾丁質觸感的外骨骼、遍布棘刺的歧肢或扭曲的臉孔，全部溶入黑沙，回收為原始模樣。

肉體最初便被消滅、素材化了，只能以王晃為基準再造軀殼。如同鼬占固定了「西洋棋銀河」的概念，初洗花的願望則固定了「鼬占」本身。

殘穢如流瀑褪去。

初洗花解除了魔裝的變身，大吐出一口熱氣。她感覺這二、三十分鐘都沒能好好換氣，渾身被疼痛支配，搖搖擺擺，乏力地跪坐了下來。

她朝王的遺灰伸出雙手，緩慢、謹慎地，抱出一名人類模樣的少年。

一隻從基本粒子層面「無限近似魑占」的超響體。

兩臂兩腳頭脅，舉身皆易——〈智度論・卷十二〉。

活動方式與人類無異、思考模式相同，甚至只要響應不熄滅，檢測方的辨識能力不到量子等級，就證明不了他的真偽性質。

從少女的願望中再次誕生的異形，完美的偽物。

確認魑占的呼吸緩和下來，並且睜開了雙眼，神色似乎沒有大礙。她肩膀晃了一下，虛弱地向前癱倒，把頭埋在對方胸膛裡。

累壞了。

發生的事情太多，然後，規模有點令人心折。

想好好發洩一場嗎？可能早就發洩完了也說不定，她搞不太清楚，還沒讓精神狀態從可怕的廝殺跳脫出來。自我譴責、成功的喜悅、淺淺徘徊在心頭的惶恐，亂七八糟的情緒混在一起，她對這種感覺很陌生。

甘美的動搖。

「魑占？」

她發出軟綿綿的、模糊的聲音，呼喚那個名字。

旋即，寬上一整圈的手臂環抱了上來。

颱占輕輕摟住初洗花。

既然他願意做到這個地步，想必自己狀況挺糟糕的吧？初洗花被摟在懷裡，忍不住如此想著——頭髮蓬蓬亂亂、身上又是傷又是沙塵……什麼孽緣，怎麼又被他看到自己狼狽的樣子了。

「初洗花。」

「……還不快誇誇我？」她有點無奈，用額頭撞對方心窩。

「唔噗、咳。呃嗯，那個——簡直不是人類能完成的戰鬥，已經找不到比妳更扯的高中學姐了，我會拿這件事吹噓一輩子的，請放心交給我。」

「呵呵。」

彆腳得要命。

由她親手推倒、再次築起的作品，越是露出溫柔的一面，心中的不安就越累積。從今往後，初洗花將永遠懷抱著這份懸浮的不安活下去。

「颱占，我快要畢業了呢。」她夢囈似的說：「要從電齋高中離開了，魔法少女也不當了。準備一個人搬到陌生的城市，參與你太不瞭解的工作，認識幾個你從沒見過的人。」

原來我無時無刻都在前進。

我不可能停駐於原地，然後去試探未來的業果。

這是一件多麼令人害怕的事實。

「而最讓我害怕的——是當我轉頭，卻發現你沒有跟上來。」

呼喚名字，然而無人回應。

在不知道的地方，以不知道的方式，連告別也。

「求求你，別先我一步消失。」

「……」

鼬占加重了擁抱，彷彿擔心她會從眼底悄然溜走。

——臺詞未免也太奸詐了。事到如今才拉下臉，說這些難過得要死的話，其他人還怎麼保持平靜地祝妳「畢業快樂」啊。

以為只有妳會捨不得嗎？

「學姐這麼凶，我哪敢扔著妳不管。」

鼬占的嗓音和她一樣，悶悶的、鈍鈍的，使不上勁。初洗花沒親眼看到，但能輕易想像出來，他現在的表情肯定也很醜。

「再等等，我會朝著妳追上去的。」

「嗯，說定了喔？」

她從鼬占的懷中退開，伸出小指，要求打勾勾。

這並不是預知未來。

「一起累積吧，兩人份的宿命。」

EP. 21 後日談

【電齋高級中學　第七十九屆合唱畢業歌】

夕陽又落下　雀燕群歸巢
朋友即將踏上迴異的前程
山巒復白頭　秋徑寫雨聲
如蜜的回憶交給告別珍藏

那一日你說過的話語　不曾遺忘
懷念的風吹拂時　我會想起
夜幕裡每顆獨自的星　以光連結
你所望見的滿天　我在其中

對青澀的我們　三度春秋過於短暫

無法互許永遠再笑著轉身
對徬徨的我們　一首驪歌過於輕盈
無法替代往後無限的思念

那一日你說過的話語　不曾遺忘
懷念的風吹拂時　我會想起
夜幕裡每顆獨自的星　以光連結
你所望見的滿天　我在其中

✻

停課一週。

樞機車站的結構大概剩下一半，說是這麼說，修復也不是把另一半黏回去如此輕鬆的事情。總之優先復原機能，再度開放通車時，站內不少地方還遮擋著、圍著防塵布，多半會一路修到七月底。

「不不不不，為什麼妳說得好像很慢似的？拿以前的標準看，即便一路拖到年底完工，也算得上異常神速了喔？」

「真、真的嗎？我以為挺普通的……」

「經歷三百日戰爭後，地球人在修繕方面越來越走火入魔了。」

短短一年讓梅谷出現國宅群、在腐泥超獸輾過的赤楠開發新社區、東返就算變成廢街，鐵路也照常通行——族繁不及備載。

「其中也有祕密組織釋出技術的功勞，但進步速度還是太嚇人了。」木咬契苦笑著：「不只車站，重要幹道上燒壞的路面也復原了，距離完全整理好還有一段時間，但基礎功能的歸位特別快。」

「唔、唔嗯，的確，跟以前比起來，城市似乎越來越有韌性了。對文明存續是件好消息呢……但還有進步的空間。」對方認可地點了點頭。

復課後兩週，木咬契主動找上了Ämme。

忙於鞍岳再造的指導院，這次也向樞機提供了部分協助，撥出少量機械、車輛和人員參加拆除。關於整起事件的因果，Ämme必須交一份報告給監察部，所以今天本來就預定在附近活動、拍拍照之類的。

簡單討論過後，她們約了車站後街的咖啡廳「男裝麗人」碰面。為了減輕Ämme的壓力，木咬契也聯絡了椴葉與鹿庭。

然而事與願違。

四個人剛入店時，店長就抓著cos服衝了上來。貌似埋伏鹿庭很久了，但她又不經常光顧，搞得像苦等數年終於見上面的海外粉絲。

情緒限界化的男大姐其實有點恐怖，說話完全沒打算換氣的。

鹿庭莫名其妙被抓去試衣服，隊伍成員減一。

另外，坐在 Ämme 身旁的椴葉則死盯著菜單，發出貧窮的呻吟。叫來緩和氣氛的兩個人居然都派不上用場，勇者Ａ４再度大失敗。

「一杯黑色的豆子湯最低要價兩百八……」

「齊、齊格菲，我可以幫你付喔？」Ämme 檢查了一眼皮夾。

「真的嗎？哇咿免費的高檔咖啡。」

「椴葉，再這樣下去你會被慣壞的。」木咬契嚴正出聲制止：「別因為人家拒絕不了就占便宜啊，感覺好不健康。」

「哇哇！不、不是這樣的！」Ämme 連忙搖了搖手：「我有監察部的薪水，畢竟算正職。但、但齊格菲被禁止歸屬於特定部門，任務都是按件申請的。所以他平常只有零用錢能花……」

「哈？椴葉小弟不是貴重的改造人嗎？」

「這要怪羅深博士。當年他強硬地把椴葉帶出格陵蘭生活，交換條件就是放棄指導院的額外支援。呃嗯，這幾年他們父子倆似乎很節儉。」

所以才會住梅谷那種便宜套房啊。

「對自家人未免嚴厲過頭了。」木咬契扶著額頭，嘆了口氣：「椴葉，你的飲料由我來請總行了吧？愛點什麼都可以，千層派也行。」

「真的嗎？哇咿免費的下午茶。」

「……」

他平常還玩單車，三餐到底有沒有正常吃？木咬契暫且把椴葉放一邊，從資料夾裡取出幾張Ａ４文件：

「讓我們回到正題上吧？Ämme。」

「唔、咕嗯，好的。」

「當作跑個例行程序就好了，別太緊張。」

她微微一笑，取出裝訂好的說明書推到Ämme面前，一邊解釋：

「不管指導院內部怎麼設定，Narrative已經將妳列為支援對象了。咳哼，正式來一遍吧？我叫『木咬契』，英雄名是『勇者AAAA』，請多指教。」

「請多指教，我、我是人造英雄二號，諸神的黃昏。」

「那麼，按規定向妳說明——如果妳有意願，僅一次，我們可以協助妳辦理轉學和新住所，讓妳改讀有其他英雄在籍的技職學校喔？」

「謝謝，不過除了葵暮，也沒有更好的選項了，我念書本來、呃嗯這樣講有點失禮，但、但本來目的就不是學業。而且……」

「而且？」

「王立我快住習慣了，在學校也交到了朋友，還被拉進材料研究社，弄參賽的東西還滿好玩的……啊！總總總之，現在轉學感覺有、有點小可惜。」

「啊啦～既然過得很充實，Narrative也沒有插手餘地了呢。」

「我、我的重心一直放在齊格菲的監督上！才沒有享受校園生活呢！都、都是情報蒐集的一環！是社會觀察！」Ämme 不曉得在對抗什麼，激動地比手畫腳：「況、況且和同齡人打好關係，也只是為了招募院士罷了！吸收未來的科學人替指導院賣命，目的很純潔！請、請請別過度延伸！」

「咦？妳打算在葵暮工專拉人嗎！」

木咬契從手機調出相片：一張貼在電線杆上，設計簡潔的傳單。

標題打著「ＮＩ青年同好會」幾個字，後面沒頭沒尾寫著「目標導向，多元發展，清廉正直，只愛人類」，底部還有聯絡信箱。

「我們最近接到好幾次通報，說有不明人士徘徊在學生的通勤路徑上，到處散布意義不明的傳單。」木咬契把畫面遞給她看：「Ämme 小姐，妳覺得這個ＮＩ青年同好會的『ＮＩ』是什麼單字的縮寫呢？」

「呃，呃嗯，ネットアイドル（網路偶像）？」

「是 Nibelung Institute（尼伯龍根研究所）吧！」

「Are you ready I'm lady……」

「別給我裝傻！絕對是妳在搞鬼對吧！」

「說『搞鬼』也太失禮了！這、這可是正派的祕密活動！Narrative 難道沒在保障結社自由的嗎？」

目標導向（不會被倫理道德拖延效率）。

多元發展（從分娩到火葬，你終生都能依靠的好朋友）。

清廉正直（情報部打掃得特別勤快）。

只愛人類（甚至比你養的狗更愛你）。

「哪一點聽起來正派了！宗教團體別給我進入校園！」

「指導院才不是宗教團體！」

「放棄吧，老姐，咱們家總有一天絕對會變成邪惡基地。挑戰我媽之前還得把前面的八隻頭目再打一次，用特殊武器會贏得比較輕鬆。」

「我幫你點一組可麗露，椴葉你先閉嘴。」

「真的嗎？哇咿免費的小蛋糕。」

「喂，振作點，別向惡勢力低頭啊椴葉小弟……」

木咬契無力地向後仰，倒在柔軟的沙發椅上，雙手壓著太陽穴。

這些臭小孩的花招實在太多了，當輔導員好累。

「說到宗教，鹿庭妹妹那邊也有件事我還掛在心上，很難開口呢。」她突然換了個話題：「不如說，稍微覺得小毛，我不敢多問。」

「鹿庭怎麼了？」椴葉一邊挑可麗露的口味，一邊反問。

「事件發生那天晚上，我們不是在瀨洲善後嗎？」

由倉庫深坑降落，從雙方分開行動的時點算起，岩壁逐漸變得潮溼，接著再下潛數十秒就碰上了積水，無法繼續深入。

想想也是預料中的事情。宇宙怪獸原本就打算用髒彈汙染水系，附近是供給三岱灌溉的河流，往下挖很容易碰上含水層。

「問題來了，既然坑洞最底部是淹水狀態，」木咬契瞪大雙眼：「那，直到我跟她再會合的這三十分鐘間，鹿庭究竟『去了哪裡』呢？」

「嗚、嗚嘎！我明明一點也不想知道這種事！」Ämme用力摀住了耳朵。

「大老遠就聽到有人在說我壞話。」

鹿庭穿著執事服，悠悠哉哉地從廚房後頭出現。

她拎著泡檸檬片的冰水壺，另一邊支起托盤，放著幾個玻璃杯。

長髮束起，領帶、燕尾，由於鹿庭的五官強烈偏向東方氣質，與西式的男裝制服相襯之下，意外產生了和洋折衷的奇妙氣質，比起美麗更靠近英俊。

店長的眼光滿準的。

鹿庭依序放下杯子，幫大家倒水：

「咦，明明同樣是『莫名其妙的神祕力量』，初洗花學姐就很華麗可愛，怎麼換到我這裡，卻讓妳們怕成這樣？」

「祕、祕教的畫風根本不一樣吧！椴葉，幫我唸她幾句啊！」

「那可以加點一份蒙布朗嗎？」

「……」

前後算一算，差不多也五百塊了。

Ämme低頭瞥了錢包一眼，淚眼汪汪：

「我討厭你！雖然喜歡齊格菲，但果然還是討厭你！」

「啊哈哈哈——」

木咬契尷尬地笑了笑。現在這樣能算打成一片了嗎？以個性而論，她有預感繼初洗花之後，Ämme會變成下一個特別苦勞的孩子。

呃，歡迎來到注孤生社？

＊

明天就要從赤楠搬出去了。

行李已經封箱，畢竟原本的生活習慣很素，紙箱的數量一點也不多，木咬契也說會開休旅車幫忙運一趟，不成問題。

打理完畢的下午，初洗花騎著摩托車，載了一大袋廚具往電齋出發。

雜七雜八的鍋具塞在腳踏板上，稍微有點危險駕駛，而且鼬占說得沒錯，她漸漸對「瑪蒂露妲號」這個名字有點害臊了。

停車，通過電子門，跟著鼬占爬上樓。

「鞋子隨便擺，然後妳穿這個。」進門時，對方塞給她一雙布拖鞋，多半是新品。相對的，他自己倒是只套著襪子。

「嗯，謝謝。」

這是她第一次參觀同齡人的房間。

鼬占住的套房相當陰暗，朝防火巷開窗。沒有想像中的亂，但看得出來，不少東西其實是臨時堆到一起的，不像日常使用的擺放方式。

擱在浴室門邊的掃把組乾淨得要命，鐵定這幾天才剛買吧。

初洗花想像了一下鼬占匆忙整理的模樣，對於倉促造訪、沒早點知會他而升起一絲抱歉，另一方面又覺得有點好笑。房間的其中一面牆是陳舊的壁櫥，用木板拉門擋著，深度可以躺上一隻小孩子，像哆啦A夢睡覺的地方。

鼬占拎著袋子，想辦法把千奇百怪的廚具排進去。

「為什麼會買三支尺寸一樣的弗萊板？妳難道打算開店不成？」

「咦？忘了耶，有些是老家留下來的東西。」

「喂喂喂。」

那不就是家族的遺物嗎？鼬占抓著鍋柄的手抖了下：

「領回去後發現哪裡撞到，可別怪我啊？阿彌陀佛阿彌陀佛。」

「沒關係啦，」

初洗花苦笑著，在床沿坐下來：

「裡頭稍貴一點的只有壓力鍋，剩下都算不上高級品，別太在意也行。」

「壓力鍋？這臺？」

他把雪銀色的笨重鍋子提出來，緩緩推進櫥子下層：

「人類為了吃而想出來的花樣真多耶。『好啊，就都不要爛熟沒差啊，反正我牙齒掉光也沒有人會在意嘛』之類的。」

「才不是那種『壓力』鍋，第一次聽到食材也能情緒勒索的。」

「我只是想開個玩笑。」

「嗯，我有聽出來。」

「……」

「……對。」

對個頭。她好想暴捶自己一頓，這什麼謎之尷尬對話。

鞍岳新瀉事件後，鹿庭和椴葉之間也是這種空氣嗎？一般會維持多久？

初洗花有些困窘，每次只要回憶起兩週前的事，羞恥感就會在腦袋裡無聲爆擊，她必須用力保持冷靜，才不至於發出「嗚呃啊啊啊」的呻吟。

現在想想還真折壽。

而且四捨五入，也算是告白了。

嗚呃啊啊啊。

「妳又怎麼了？表情突然變得好有趣……噢，對了，」

奮鬥了五、六分鐘，鼬占總算讓鍋碗瓢盆消失在視線中。

他從小冰箱裡抓了兩罐鋁箔包麥茶，把椅子拉到床鋪邊坐下，抱著一本厚厚的檔案夾，似乎有重要的事情得討論。

「那是什麼？」初洗花接下冷飲。

「這幾份是木咬契給我的，主要是法律方面的支援。」

他翻到貼著標籤的位置，一派平淡地說：

「現在傾向於主張我『在車站起火的時間點已經身亡了』，再參考國外其他英雄復生的案例，盡量爭取對我有利的責任追究。」

英雄死後歸還的情況還得再細分，例如一死再死的火焰鳳凰人，就不適合列為參考，但那也屬於極端特例就是了，相關的能力非常少見。

木咬契隊伍裡的僧侶，不曉得會不會復活的魔法？即便真做得到，想必也不是多麼方便的手段吧。

「我屬於不知情歸還，也就是喪失生命的當下未預期能復活，另外復活的方式無法再次執行……唉，總之很複雜，我還在讀資料。」

「你現在身體怎麼樣？有異狀嗎？」

「活蹦亂跳的，不吃飯會餓，熬夜也會打哈欠。唯一不同在於，就算西洋棋銀河的手鐲已經崩潰了，我也能隨時變身吧？畢竟我『兩者皆是』。」

鼬占伸直右臂，皮膚出現些微的擾動，翻轉成白色鱗片似的鎧甲。

稍微集中精神，甲殼的模樣便再次消失無蹤。

「你簡直就像忒修──」

「學姐，我們暫時禁止聊那個話題好不好？討論不完的。」

「有道理。」

「附帶一提，混帳老爸的遺產幾乎都捐給DST，生活變得有點拮据了呢。過一陣子我想找一份打工，幸好電齋滿多地方在徵人的。」

「要不要替你向寺丁桂女士牽線？」

「免了吧？我不擅長應付老女……阿姨，」鼬占撇了撇嘴：「那種管道並不適合我，但也別操心啦，我餓不死自己的。」

他興致缺缺地否定了提案，將檔案夾往後翻。

有點新鮮——初洗花「啾嚕啾嚕」地吸著麥茶，一邊想著——鼬占認真又充滿耐心地處理著瑣事，這種穩重的感覺好少見。

原來他也能逐字細心地研究文章，用便利貼作筆記、螢光筆畫重點。

若兩人只是普通的、隨處可見的高中生，相約在圖書館準備考試、爭取大學，就會是現在的氣氛吧，然而，她此時只覺得「新鮮」。

那樣的時光（可能性），他們已經錯過了。

真想看看他戴著眼鏡，安靜讀書的模樣。

「再來這幾張資料，是我準備讓妳帶回去的。」

說著，鼬占把A4紙抽出來。上頭列著密密麻麻的電話號碼、住所資料、電子郵件地址，一部分甚至附上了黑白大頭照。

「收錢不算太過分的密醫，擅長竊聽偷拍的敗類，從羅修羅逃走、會修手鐲的老員工，個性稍微有點問題的警察——反正就是些極端狀況下，可能幫得上忙的人。」

「哇，裡社會。」

「希望別派上用場，但求保險給妳一份，喏。」

「何必大費周章？」初洗花注視著他的雙眼：「只要你說一聲，異戰王牌的手鐲還給你也行喔？不是想破壞掉它嗎？」

「不，妳留著吧。從現在起初洗花就是異戰王牌了。說不定有那麼一天，妳必須再次阻止這隻不安定的超響體。」

颱占嚴肅地說，用食指點了點眉心：「妳便是那柄懸吊在我頭頂的達摩克利斯之劍，而且也只有這樣，我將來才能活得心安理得。」

「……你真的很中二耶。」

初洗花沉默半晌，嘆了口氣。

她垂下眼瞼，盯著無名指上的環形燒傷。

微微隆起的皮膚顏色泛白，形狀不太規則，像細細的荊棘，那是她觸碰王冕時殘留下的痕跡。

Vena amoris。

「先聲明，我會按照自己的風格扮演異戰王牌喔？你精心準備的助拳人名單也派不上用場了吧。就像剛才說的，『那種管道並不適合我』。」

「隨妳高興，但我希望學姐有點危機感。」

鼬占兩手一攤：「以前的妳太強了，對於確保自身安全很遲鈍。而魔裝操者的環境可不一樣，地獄裡多的是來不及變身就被我幹掉的白痴。」

「別拿我跟你的手下敗將相提並論。」

「妳完全沒有資格嫌我中二。」他笑出了聲：「況且不只戰鬥，妳還很擅長讓自己捲進麻煩裡。從會喜歡上小流氓這點就很清楚了。」

「哇，實際聽到這句話，比想像中刺耳好多……」初洗花一臉驚訝，很詫異自己能被如此精確地打擊：「如果你非得只用一個詞來概括別人，我喜歡上的就是小流氓沒錯。但事實不是這樣吧？你值得個別拿出來討論的缺點多了去了。」

「比方說？」

「比方說只有在跟我交談時，姿態會無意識漸漸放低的部分。」

「有點禮貌還要被妳嫌棄，做人真難。」

「才不是嫌棄呢，可愛到爆炸。」

「學姐妳的擇偶觀念到底有什麼問題？」

「有五個。」

「燕子的子安貝妳用不上吧？」

「嗚哦，反應好快？還拐個彎笑我沒發育，腦筋太靈活了真噁心。」

「別誇了，妳耳朵都紅了。」

「……鼬占，」她的表情僵硬，吞吞吐吐地說：「為什麼我們每次聊一聊，最後都能變成這種很難走下一步棋的狀態啊？互相損來損去的嘴上拮抗到底有什麼意義？」

「會嗎？我只是為了看看妳慌張的樣子而努力答腔罷了，總不能老是由我來負責心煩意亂嘛。」

「嘖，地對空矮子頭槌！」初洗花像飛彈一樣撞向鼬占鼻梁。

「——咕咯！」

超痛，視線一瞬間刷白，淚水都擠出來了，但他反而大笑了起來。

眼前這混蛋，臉上居然掛著幾天以來最燦爛的表情。

剛才原本在討論什麼？

好像是人身安全相關的問題？

「呵呵，對不起啦，我有點得意忘形了。」鼬占把懷裡的檔案闔起，抹了抹眼角：「時間也不早了，在附近吃個晚飯如何？」

「重要的事情都交代完了？後面不是還夾了好幾頁嗎？」

「後面只塞了些待整理的資料，」

他將文件夾推回書櫥，從衣櫃拎了件破舊的軍裝外套：

「殘留在東返便利商店、或鹿庭從萊薩廢墟替我帶回來的。暫時只是一堆沒頭沒尾的雜筆、摘要和條列紀錄，空閒時我就會翻一翻。」

「蟬壬的？」

「嗯，大部分都看不懂，知識程度還不夠，但挺有趣的。總有一天能解謎出來吧，我想知道他究竟把『什麼東西』當成了假想敵，在追逐誰。」

「……」

很輕快呢，初洗花想。

當他聊起那個人，語氣中已經不見諸如遺憾或苦悶的情緒了。

前進吧。

「你說不定有私家偵探的天分呢。」

「偵探？刻板印象中那個？」

「偵探還有不刻板印象的嗎……呃，安樂椅型？」她從床緣站起，歪七扭八地伸了個懶腰：「哼嗯——打算去哪裡的餐廳？我覺得簡單解決就好。」

「要稍微走一段路，昨天打電話預約了。」

「你根本興致勃勃嘛。」

「唔，倒也沒什麼好否認的。」

兩人一面閒扯，在玄關換上外出鞋。

外頭已經天黑了。

「說真的，既然人脈和經驗都很豐富，比起普通的商店打工，要不要嘗試接觸一些徵信社的案子？也許簡單的委託對你已經沒什麼難度了。」

「哇，好難想像是妳提出的建議。」

魍占拉開老舊的鐵門，不怎麼留心地回應了一句。但等他偏頭再想了想，卻忽然覺得確實稱得上一個選項。

偵探啊……銀海會不會對此不爽呢？

能讓他不爽就更棒了。

「那麼，拆解祕密的過程又幹了什麼爛事、當我陷入危機的時候，」他拎著鑰匙圈掛在指節上轉，壞笑著望向初洗花：

「——異戰王牌，妳可要來救我喔？」

全文完

後記

我的讀者是天使。

好了打住，冷靜寫點後記該寫的東西。

製作「雙生驪歌」的過程，其實是相當苦惱的一次體驗。除了對上一集的檢討，也經歷了「喜歡前作的讀者會想看什麼？」、「怎麼表達特攝文化裡約定俗成的梗呢？」、「劇情和外部設定的深度到什麼程度比較恰當？」、「都刷十幾場了怎麼還不出天空的龍神玉？」、「《斑馬人》為什麼這麼好看啦？」之類族繁不及備載的煩惱，寫小說真是件有意思的事情。

這次動筆前，我在記事本上列了兩個新目標，分別是「不只科幻，也多寫點玄幻方面的有趣內容」，以及「試著設計一些懸疑感」。

前者是想讓各角色的發揮更平衡。當然這種平衡是不是必要的還待商榷，但就像吃烤雞肉串要配啤酒，我想盡量讓作品顯得多彩。

至於後者，則是給自己下了份戰帖。想藉這次的劇情風格，踏入以往未知的領域。嗯其實也不只懸疑面啦，這次設計整個故事的過程，心境就像在跟自己的技術力

Chicken Race 一樣。

我似乎不太擅長營造表面的謎題，但倒是享樂於埋暗號，做些牽強的象徵或呼應，即便只是些不會被察覺的邊角也無所謂。

至於目標的完成度究竟如何？反覆修刪填塗，把大綱拆了又拼、拼了又拆的我已經喪失客觀檢查的能力了。唯一能確信的是，即使將時光倒流，多半我還是會幹同樣的事情吧。

這樣到底算有成長還是沒成長？

我不曉得，但打到龍神玉後，把技能組改成了天衣無崩全彈爆焰流，我好像不管遇到什麼龍都沒再動過腦了，所以應該算有成長吧，角色強度上。

卡普空用腳在寫技能耶（稱讚）。

藉此想推廣一部由日本獨立社團推出的特攝片，完整片名是《自主制作特撮映画「オーク」》，在 YouTube 上能輕易找到，有中文字幕。

連載過程中，我看了這部僅四十五分鐘長的電影，從而被製作組的巨大熱情猛然鼓舞了。跨越外在條件的束縛，單純地把「感動」之物傳遞下去，讓浪漫延燒。身為阿宅，原來我們從最初就沒有這之外的選項。

奇怪，看到淚目是正常的嗎？正気じゃない！正気じゃないですよ！

寫作本身以外，這次的作品是以限期免費的方式，從二〇二三年初開始，與另外兩位作者——千川老師、佐渡遼歌老師，三人的作品同時在原創星球平臺上公開，並每週發布連載進度。

感謝這段連載期間，在星球或粉專上捧場與我互動的網友們。多虧有你們的參與，才累積下了這樣一場挑戰活動般的熱絡時光。那是倘若只有我獨自一人對著牆壁碼字，絕對描繪不了的回憶。

感謝 adey 老師這次也——抱歉，更正。老師您是跑到另一個時間流速與我們不同的時空去修煉成仙人了嗎？收到圖的時候我都快過度呼吸了，咱們剛剛都在煩惱些什麼來著？劇情？不不不，光封面和插圖的表現力就完全構成買下這本書的理由了，adey 老師您果然是人類的寶物。

也感謝尖端出版社，從連載活動到正式成書一系列的程序。其實木几老師出版《裡臺北外送》之後，我還笑著跟朋友說尖端怎麼特別愛出怪書。結果馬上就輪到我需要出怪書的狀況了，人真的該留點口德。

最後，讓我們回歸正題——

我的讀者是天使。

這不是場面話，可惜娛樂小說家全都是滿口空談的大騙子，我不知道該如何用文字證明自己的真誠，所以只能多說幾遍，我的讀者是天使。

感謝與你的緣分，然後，希望未來還有機會再次相見。

我已經開始期待了。

浮文字
歡迎來到注孤生社：雙生驪歌

著　　者／毒碳酸
插圖繪師／adey
企劃宣傳／陳品萱
執 行 長／陳君平
美術總監／沙雲佩
國際版權／黃令歡、梁名儀
榮譽發行人／黃鎮隆
美術編輯／陳又荻
文字校對／施亞蒨
協　　理／洪琇菁
執行編輯／丁玉霈
內文排版／謝青秀
總 編 輯／呂尚燁

出　　版／城邦文化事業股份有限公司 尖端出版
台北市中山區民生東路二段一四一號十樓
電話：（〇二）二五〇〇—七六〇〇
傳真：（〇二）二五〇〇—二六八三
E-mail: 7novels@mail2.spp.com.tw

發　　行／英屬蓋曼群島商家庭傳媒股份有限公司城邦分公司 尖端出版
台北市中山區民生東路二段一四一號十樓
電話：（〇二）二五〇〇—七六〇〇（代表號）
傳真：（〇二）二五〇〇—一九七九

中彰投以北經銷／楨彥有限公司（含宜花東）
電話：（〇二）八九一九—三三六九
傳真：（〇二）八九一四—五五二四

雲嘉以南／智豐圖書有限公司
（嘉義公司）電話：（〇五）二三三—三八五二
傳真：（〇五）二三三—三八六三
（高雄公司）電話：（〇七）三七三—〇〇七九
傳真：（〇七）三七三—〇〇八七

香港經銷／一代匯集
香港九龍旺角塘尾道六十四號龍駒企業大廈十樓 B&D 室
電話：（八五二）二七八三—八一〇二
傳真：（八五二）二七八二—一五二九

新馬經銷／城邦（馬新）出版集團 Cite（M）Sdn. Bhd.
E-mail: cite@cite.com.my

法律顧問／王子文律師　元禾法律事務所
台北市羅斯福路三段三十七號十五樓

二〇二三年七月一版一刷

■中文版■

郵購注意事項：
1.填妥劃撥單資料：帳號：50003021戶名：英屬蓋曼群島商家庭傳媒(股)公司城邦分公司。2.通信欄內註明訂購書名與冊數。3.劃撥金額低於500元，請加附掛號郵資50元。如劃撥日起 10～14日，仍未收到書時，請洽劃撥組。劃撥專線TEL：(03)312-4212 ・ FAX：(03)322-4621。E-mail：marketing@spp.com.tw

國家圖書館出版品預行編目資料

歡迎來到注孤生社：雙生驪歌 / 毒碳酸作．-- 一版．-- 臺北市：城邦文化事業股份有限公司尖端出版：英屬蓋曼群島商家庭傳媒股份有限公司城邦分公司尖端出版發行，2023.07-

冊；　公分

ISBN 9978-626-356-840-2（平裝）

863.57　　112007304